# 十王一妃

1

張廉

插畫／Chiya

Kadokawa Fantastic Novels DX

# Contents

十王一妃
1

如果知道樓蘭這裡的天氣那麼差，我那瀾打死也不會來取材。

如果不是看在考古學家比較帥、大叔比較有愛的份上，我鐵定只會窩在被子裡看資料自己想像。

樓蘭——這座神祕的古城讓熱愛考古和探險的人趨之若鶩，能來的還需要經過相關部門的批准，因為樓蘭古城並未對外開放。

由於要在網路遊戲中加入樓蘭城，我也想敬業點做得更加真實，於是託了好姊妹的哥哥的同學的朋友的爸爸的老同學，想去樓蘭取材。

複雜的關係差點繞死我。

呃……其實我也只是隨便說說而已，可是我那姊妹太認真了，真的透過層層關係把我送進這支考古隊裡，然後踏上漫漫黃沙後悔路。

你說我不是自己找罪受嗎？

太陽猛、風沙大，我坐在越野車上，一張嘴外加眼睛鼻子耳朵，有洞的地方全部都進沙。

但考古隊裡的成員們各個像是吃了興奮劑一樣激動，灰頭土臉地張著嘴大喊：「樓蘭～～我們來了～～～～～～」

幸好，考古隊裡有一個叫明洋的考古生長得挺帥，成了我這一路的精神糧食。明洋長得挺考古的，不是說他長得老氣橫秋，而是有一種古代美男子的儒雅和俊美。聽說他也是江南人，可見我們江南不僅出美女，也出美男子。

嘿嘿嘿嘿，這句話貌似有點自我吹捧，小女子也是江南女孩，皮薄膚白大眼睛，只是這兩年好吃懶做，宅家畫畫胖了……不對不對，我這叫豐腴！

考古隊裡還有一個非常可愛的女孩叫林茵，看起來就像是那種會用手機自拍的正妹，她也是明洋的學妹，整天喜歡圍著明洋轉。

因為我們同齡，把我編入考古隊的老教授於是把我交給明洋照顧，這點讓林茵醋海翻騰，整天擠在我和他之間，兩隻眼睛盯我的時間比盯明洋還久。

喂喂喂，小妹妹，我對考古的人沒興趣好嗎！即使長得再帥，長年東奔西走不見人影也不實用啊！而且個人認為沙漠約會毫無浪漫可言，光是接個吻都可能滿嘴沙子……

塔克拉瑪干沙漠的天氣實在讓我這種生長在水鄉的女生受不了。

越野車停在樓蘭古城廢墟外，但這裡並非他們的目的地，因為已經不知被多少人發掘過了。他們的目的是以這邊為中心，向外尋找失落的文明。據說曾經有人找到了一具神奇的彩棺，可是才一轉眼，這具彩棺就消失在漫漫黃沙中，宛如它未曾出現，只是那個人的幻覺。

總之這些年來，關於樓蘭古城、羅布泊以及死海的傳說不斷——飄忽不定的幽靈、會移動的流沙、月光下突然出現了波光粼粼的羅布泊……這些傳說讓人覺得玄妙無窮。不過唯物主義的科學派認為在沙漠中找不到原點是常有的事，人們看到的有可能是海市蜃樓，或是太陽曬久了產生的幻覺。

唯物主義實在不怎麼浪漫……傳說多美好啊！讓人浮想聯翩。

明洋把水放到我的面前。他把我照顧得很好，我們又同是江南人，所以很快便成了朋友。

……而且他還曬不黑。

可惡啊！男人這樣是要我們女人怎麼活？

「妳坐在這裡不要亂走，在沒有嚮導的情況下，這裡很容易讓人迷路。」

明洋微笑地囑咐我。因為參與考古，他的身上似乎帶著一種古人的儒雅和謙遜，這是現代男人很難擁有的氣質。

我拉好遮陽帽和面巾，疑惑地看著他：「其實我一直不太理解考古學……我知道考古能讓人類了解過去，可是人家躺在地裡好好的，你們把他們拖出來，再放到博物館供人天天參觀，如果我是古人，肯定不會高興。」

明洋只是笑了笑，什麼都沒說，顯現出一種包容的氣度。

烈日曬在每個人身上，考古隊的成員們拿儀器的拿儀器，開路的開路，幾輛越野車分別以我們為圓心向四周而去，捲起漫天黃沙，只留下我們這輛車——明洋開車，我坐在副駕駛座，後面則是那個整天卡在我們中間的小學妹。

「妳不懂別亂說好不好。」林茵一臉不屑地看著我，眼睛把我從頭瞥到腳。她最看不慣我一身文藝的裝扮，跟他們考古的專業服裝格格不入。「如果不是因為妳，學長就可以跟老師們一起去發掘，偏偏要陪妳這種文弱女生在這裡吹風，妳以為這裡是海灘嗎？」

「小茵。」明洋叫住了她，不讓她再說下去。我無趣地看著她：「親愛的，這裡似乎也不適合約會吧？」

林茵一愣。我盯著她，懶懶地坐在車上：「我只是來取材的，拍幾張照片就行了。你們還是可以去發掘什麼小河公主啊、神祕彩棺啦！」

我想，如果我是古人，要是知道明明用盡各種方法把自己的屍體藏好，最後卻還是被人挖出來像外星人一樣研究，我寧可火化。

林茵雙眸一亮，立刻趴上駕駛座的明洋後背上：「學長，那我們也去轉轉吧？」

明洋雖然沒說話，但眼中也出現了猶豫。林茵拿出定位儀：「我們有定位儀，沒問題的，走丟了也可以找到回來的路！」

現在科技越來越先進，沒信號不要緊，靠衛星！

明洋笑了，看向我：「那……」

「去吧去吧～」

「好。那我往樓蘭城外開一圈，讓妳可以取材拍照。」

明洋體貼地說。趴在他肩膀上的小學妹翻了個白眼，在那裡齜牙咧嘴。

做什麼鬼臉啊，小ㄚ頭？我沒勾搭妳學長算是恩賜妳了！居然還整天給我臉色看？要是把我惹毛了，小心我拐走妳學長，讓妳對著那些棺材哭！

神祕的樓蘭城遺跡在明洋緩慢的前行中進入我的鏡頭。雖然現在只剩下殘牆土城，但依然可以感覺到這裡盛極一時的繁榮。這一路過來，明洋跟我說了不少關於樓蘭的事，這座消失了數千年的古城在當時的繁榮程度，相當於現在的香港、上海、深圳！當時的樓蘭綠洲環繞，人們在煙波浩淼的羅布泊裡泛舟捕魚，在茂密的胡楊林裡打獵，在波光粼粼的湖邊畜牧放羊……很難想像這裡曾經是可以耕

田畜牧的美麗綠洲，現在卻只剩下一片黃沙，這點應該給我們現代正在破壞環境的人引以為鑒。

一夕之間，樓蘭消失了，徹底消失在歷史的洪流中，只留下這座殘城和那位樓蘭美女。

在我查看相機裡的照片時，我們的越野車已經駛離主城，往死海靠近，那裡已經有一支隊伍前往，明洋只是去跟他們會合。因為有我在，他還是顧慮到我的安全，不會亂闖死海。

我一路拍過去，沙漠的景色也很不錯。

忽然，我看到了一根奇怪的沙柱，上頭刻著奇怪的圖騰，頂端則是一輪太陽，這種圖騰非常少見。

我暗自感到奇怪，但隨著車子緩緩駛去，那根奇怪的圖騰石柱也消失在漫漫沙海之中。

開了片刻之後，前面忽然起了風沙，遮天蓋日的風沙讓我們暫時無法前行。我們停在沙漠之中，等這陣風沙過去。

我煩躁地拉緊帽簷，林茵在後面不屑地說：「這算什麼？上次我們還遇到了沙塵暴，像妳這種嬌生慣養的大小姐到底出來做什麼？」

我懶得理她，看向別處，卻發現右側隱隱出現了一堵巨大的牆。我於是僵硬地指向那裡：「妳說的……沙塵暴……該不會是那個吧……」

風越來越大，幾乎快把我們的車給掀翻。林茵和明洋朝我指的方向望去，登時傳來了林茵的尖叫聲：「沙塵暴！」

「怎麼會突然出現沙塵暴？根本不可能啊！」

「別管怎麼出現的，真是烏鴉嘴！快跑吧！」

明洋匆匆發動起車來，然而更詭異的事情出現了！

眼見就要壓來的沙牆忽然不見了，幾乎要把我們掀翻的大風也像是被瞬間抽走般，一切風平浪靜，宛如只是我們的幻覺。不過真正讓我們驚訝的，是前方赫然出現了一片大湖，清澈的湖水煙波渺渺，波光粼粼，彷彿從天而降，說不清地詭異。

「是羅布泊！羅布泊！」

明洋激動地大喊起來，一甩帽子，朝那片詭異的大湖狂奔而去。

羅布泊？不是消失了嗎？喂，大哥，這麼詭異的事情我們是不是該撤退啊？

「哈哈哈——哈哈哈——羅布泊——太棒了！太棒了！全世界會為我們歡呼的——」

明洋的狂喜讓我石化在湖邊，原來儒雅的君子在看到自己嚮往的聖地時也會如此癲狂。

「瀾瀾——小茵——妳們快過來——」

他朝我們揮手。林茵已經完全僵立在我身邊，陷入一種不可思議和宛如作夢的驚訝狀態，眺望遠處忽然出現的羅布泊。

「不可能……」林茵連連搖頭。

我立刻點頭：「是啊是啊，不可能！我們撤退吧！」

但林茵似乎完全沒聽到我的話，她依然瞪大眼睛：「不可能……羅布泊怎麼會出現在這裡……不可能……」

她失魂落魄地一步步走向那座大湖，我急忙拉住她：「別過去！這件事太詭異了！」

「不可能……不可能……」

她卻像是著了魔一般擺脫我的拉扯，朝那裡而去。我不是考古探險家，不會因為羅布泊突然出現而瘋狂，恐懼和心慌反而正慢慢侵襲我的身體。

整件事詭異得讓人心慌。

忽然間，我感覺腳下有什麼在動，於是往下看去，竟然看到綠草像是活的一樣迅速向周圍蔓延開來，正向我腳下靠近。

這已經不是可以用詭異來形容了！而是非常可怕！

綠草快速爬來，我不由得往後退，後背卻突然撞上了硬硬的東西。我轉身一看，發現是之前看到的那根圖騰！

此刻圖騰上的花紋顯得更加清晰，原來是齜牙咧嘴如同夜叉的神像！那神像吐出舌頭，瞪圓眼睛，像是要把看到的獵物生吞活剝。

剎那間，那神像的舌頭竟然慢慢朝我挺起……天啊，這神像好猥瑣！

隱隱的，腳下的沙石開始滾動，我驚訝地俯視地面，發現沙石像是退潮般迅速朝那座大湖的方向滾去，剛才還在擴張的綠草也正飛快地退回。

巨大的湖泊則依然風平浪靜，明洋和林茵還在岸邊歡呼拍照，並拿出定位儀準備定位座標。但似乎遇到了不對勁的狀況，只見他們高高舉起定位儀，像是沒有信號。

我看到腳下的草退得越來越快，心裡越來越慌，立刻朝他們跑去，跑近時聽到了他們的對話：

「奇怪，這裡怎麼接收不到衛星訊號？」

「學長，是不是定位儀有問題？」

「有什麼問題？」我一把抓起他們兩個的手，他們疑惑地看著我，我急急用視線示意著腳下：「你們沒發現這裡很詭異嗎？只要是詭異的地方，電子設備通常都會失效，你們是考古考傻了，沒看過恐怖電影嗎？再不走的話，我們就會跟那具彩棺一樣神祕消失的！」

我拉起仍一臉莫名的他們想逃跑，腳下的沙地卻忽然像是流沙般，朝大湖迅速崩塌下去。

就在此時，他們口中的羅布泊中心忽然出現了一個巨大的漩渦！周圍的一切開始朝那個漩渦裡急速而去。我們就像陷入了黑洞無法脫身，隨著旋轉的流沙被直接捲入湖水之中！

我拉住他們的手最終因為漩渦的轉速越來越快而鬆開，整個人像是掉進了正在沖水的抽水馬桶一樣，被吸入了漩渦的中心，然後淹沒。

死、死定了……

周圍……都是水……

但是……好安靜……

我漂浮在水中，耳中是輕輕的水聲，像是水在呼吸。才張開嘴，一串氣泡便咕嚕嚕地緩緩上升，時間彷彿變得緩慢，我的呼吸也像是停滯了一般，雖然沒有感覺窒息，但也無法呼吸。

周圍是清澈的水，我的身體繼續慢慢往下沉，往上看是一層淺淺的沙壁，薄薄的沙漂浮在水面上，像是在整片水域蓋上了一層迷人的金紗，陽光灑落金紗，穿透在水中，迷人而夢幻。

我被奇特的景色所吸引，一時忘記了害怕，看見相機漂浮起來，竟然本能地拿起它拍下這美輪美奐的景色。漸漸的，我離開了水——是的，我神奇地穿透了這片水域，漂浮在一層奇特的、位於水和沙之間的空間。清澈碧藍的湖水就在我的上方，下方則是一層薄薄流動的金沙，宛如世上最美麗的金

色紗巾，在我背後緩緩飄盪。

我繼續往下墜，最後掉出了那層流動的金沙。就在我穿透金沙的下一刻，地心引力頓時出現，我開始往下急速墜去。

啪嚓！啪嚓！

「啊！啊——」

我壓斷了樹枝，滿身傷痕地繼續往下掉，右眼也被樹枝劃破，刺痛無比，這讓我感到相當害怕，怕摔不死但眼睛瞎了。血模糊了視線，我隱隱看見下面是繁花似錦的草地，繁花中有個一絲不掛、好像是女人的生物慌忙爬起來，一個打著赤膊的男人正位在她身下。

不過當我看到這一幕時，人也重重摔了上去。

砰！

「啊！」

重重的聲音穿透了我的胸膛，耳朵裡嗡嗚陣陣，頭也變得昏昏沉沉。

我隱隱感覺剛才好像聽到了人聲，同時像是有什麼柔軟的東西減緩了我墜落的力道，不至於使我完全摔昏過去。

「啊~~~~~@#@￥#%￥」

意識朦朧間，耳邊似乎傳來了女人的尖叫聲，然而除了那個「啊」之外，後面的話我幾乎聽不懂，好像是英語……我似乎聽到了王子的英文單字「prince」。

我勉強睜開沒有受傷的那隻眼睛，清澈的視野裡猛然捕捉到一雙金色眼睛正恨恨地瞪著我，那雙眼睛就像是埃及壁畫上法老的眼睛，又細又長，眼角微微上翹。

而我的嘴正摔在他的嘴上。

「呼……」

長長的一口氣從那薄薄的唇中吐到了我的嘴裡，那雙金色的瞳仁在幽怨地瞥了我一眼後漸漸失去神采，慢慢閉上，幾近金色的瀏海也滑落他的臉頰，失去了色澤。

他、他不會死了吧？

我想撐起身體，右手臂卻傳來骨折的痛楚，我頓時感覺眼前一陣發黑，再次摔落在他雪白的身體上。

就在這時，他的身體像是皮球洩氣般開始縮小、縮小……縮小？

我完全僵硬在花叢中，這是……什麼情況？

「王子殿下！王子殿下！」

不知怎地，在那金髮金眼美男子把最後一口氣吐到我嘴裡後，我神奇地聽懂了他們的話。緊接著，我被人用力拖開，骨折的劇烈疼痛感讓我差點痛昏過去，也無力起來。

我趴在地上，用血汙模糊的眼睛察看情況，看到兩個身穿翠裙的女孩跑向我掉下來的地方，與此同時，她們身上發出了綠光，頃刻間長出了薄翼般的四翼小翅膀，並迅速縮成如同精靈的大小，然後把一個和她們同樣大小的小人從草叢裡抱了出來。

我慢慢閉上了眼睛。

不用看了，這肯定是幻覺……大白天的……怎麼……會有……精靈……

再次醒來是被一種奇怪又刺鼻的腥味熏醒的，那味道像是用死了很久的蜈蚣燉湯，讓人噁心得渾身起雞皮疙瘩。

甦醒的那一刻，難忍的痛楚也侵襲而來，讓我差點再次昏死過去。我渾身痛得冷汗直冒，不管之前看到的是不是幻覺，這絕對不是幻覺，這次肯定摔得很慘。

我作了幾個深呼吸才勉強忍住疼痛，接著費力地睜開眼睛，發現右眼已經無法睜開，視野只剩下一半。我似乎處在一間很昏暗的房間裡，伴隨著奇怪的「咕咚咕咚」聲，像是煮東西的聲音。

模糊的視野漸漸清晰後，我終於看清了眼前的景象，我的上方……掛滿了鉤子和刀具！

看清楚的那一刻，我全身僵硬，這、這又是什麼情況？

那些刀具不是普通的刀——大的、小的、寬的、窄的、長的、短的、粗的、細的、片肉的、斷骨的，明晃晃地照出了我滿是血的臉。這恐怖的場景頓時讓我完全忘了身上的疼痛……我這是掉到開膛手傑克的老窩了嗎？

等等，這說不定也是夢境的一部分，畢竟我最近恐怖片看多了。

我再閉上眼睛。

一秒。

兩秒。

三秒。

我還是沒出息地嚇哭了。因為那該死的煮東西的聲音還是沒有消失！還有這見鬼的明顯是血腥味的氣味也在我的鼻子裡進進出出！

我真的害怕地哭了出來，同時試著動了動手腳，果然被人給銬住了。

「妳終於醒啦……」

低啞陰森的少年聲音從我的上方響起，我睜開完好的左眼，被淚水模糊的視線裡出現了一雙陰森詭異的綠眼睛。在我眼前的的確是個少年，看起來大約十六、七歲，瓜子臉，大眼睛，可以說是美少年，可是那雙陰森的綠眼睛和蒼白得像死人一樣的皮膚，以及咧到正常人不可能有的幅度的詭異笑容，都說明這個美少年精神不太正常。

至於他頭上那像是裹屍布一樣，微微露出綠色亂髮還垂掛在臉邊的繃帶，以及明顯是用手指骨做的耳環，讓他看起來更像是剛剛復活，連裹屍布都沒拿掉的木乃伊！

「你、你想做什麼……」

我的眼淚撲簌簌地掉，但哭泣顯然讓他更加興奮，只見他的綠眼裡放出了精光！

你有見過人的眼睛會發出綠光的嗎？那是狼啊～～～

自從撞上突然出現的沙塵暴和那個什麼羅布泊，還有那猥瑣的圖騰神像，到現在躺在鐵板上等著被人開膛剖肚，我就知道一切都不正常！不正常到讓我這種即使看血腥限制級片也照樣吃紅燒肉吃得超開心的人都嚇哭了！真正躺在桌上被人活生生解剖，原來一點都不好笑！

「當然是解剖妳啦……」他興奮地把嘴角咧到最大，像是被人用刀劃開一般的幅度讓碧眼美少年

徹底失去了美感，只留下恐怖。

我哭得稀里嘩啦：「小弟啊……你有病得治啊……別玩這種恐怖遊戲好不好……乖……姊姊給你吃糖……」

「嗤嗤嗤嗤……」他捂嘴啞笑，再次看我：「誰要吃糖？我們這裡好久沒掉下活人來了，今天是我先找到妳，當然要好好研究妳！」

「你真的該去找你的主治醫生了……」我泣不成聲，噓了口氣，努力不讓哭聲影響自己說話：「那個……姊姊認識一個好醫生，能把你給治好的……」

「解剖妳就是為了治好我……」他的雙手激動地抓上我的臉，我扭頭努力躲開，雖然知道這無濟於事。

異常冰涼的手抓在我的臉上，像是要把我的皮一條條撕下，貼到他的臉上。

「大家都是人……我看你應該也解剖不少了，不介意的話還是把我放了吧……反正大家的器官都是一樣的……」我還在作垂死掙扎。

「不一樣……」他蹭上了我的臉：「我們是受到詛咒的人，我們不會死……」說著，他忽然抽下上方的一把彎刀豎砍了下來，我立刻嚇得尖叫：「啊————」這下死了死了死定了！

可是我的身上沒有感覺到絲毫疼痛。我心驚膽戰地看向他劈的方向……居然還有個人！那個人看起來像是中東人——咖啡色的膚色，而且面無表情，像是泥塑雕像。他被砍的地方正是手臂，那把彎刀像劈柴一樣砍在他身上。

「大哥，你不痛嗎……」

那人依然面無表情，連眼睛都不眨一下。

「嘩——」

忽然有東西從他被砍的地方流了出來，但流出來的根本不是血，而是沙子！

我被眼前詭異的現象徹底嚇傻了。

「我們就算被刺中心臟……也只是休克片刻……我們是不死之身，哈哈哈哈……」少年沙啞的笑聲響徹整個陰暗的刑房，我終於知道「絕望」兩個字怎麼寫了。

陰森少年再次俯下身，忽然伸出冰涼的舌頭舔上我的眼淚：「啊……好久沒有嘗到這麼熱的眼淚了……」

看他舔得那麼陶醉，我立刻沒節操地說：「只要你放了我，我每天哭給你吃！」我堅定地看著他。放心，我雖然沒有奶，眼淚還是有的。

他側了側臉，手指摸上我的眼淚，依然用那啞嗓說：「這個主意不錯，我可以考慮……」

「對對對。」我甩乾了眼淚：「你把我解剖了，我一下子就死了，多無趣啊！你看這裡這麼久都沒掉活人下來，一下子把我殺死了有什麼好玩的？」

他慢慢看向我，咧開的嘴慢慢恢復到正常的模樣——碧眼白膚，如中歐的小王子一般英俊，可是那蒼白得不正常的膚色，還有大大的黑眼圈，倒讓他更像是歐洲的吸血鬼。

「妳說得對……」他再次摸上我的臉：「妳死了……就涼了……」

「對對對。」我連連點頭。

「血……也會流盡……」他無神的眼睛順著我的頸部而下，冰涼的手指隨著他的視線緩緩下移，

撫過我的脖子，停在我的心口：「這裡也不會跳了……」

「是是是。」

「好久……沒嘗過血的味道了……」他呆呆地看著我的心臟：「好久……沒感覺到心跳了……好想……嘗嘗血的味道……」綠眸再次閃起光輝，他張開大嘴狂笑起來：「哈哈哈……我要把妳養著，每天喝妳的血，哈哈哈——」

為了活命，這餿主意我也忍了！畢竟俗話說「留得青山在，不愁沒柴燒」，先把命保住，即使身體再殘缺，只要意志堅定，總有辦法逃出去的。

綠髮的詭異少年舔了舔唇，碧綠的眼睛閃爍著暗暗的血光。他俯在我的頸邊，飢渴地低聲耳語：「現在……就讓我嘗嘗妳的血吧……」

我閉上眼睛，咬緊唇。兩害相權取其輕，被解剖、被吸血，後者起碼還能活著。我從小到大就是血多，給你吃一點不會有事。

牙齒咬上了我的脖子，我心裡開始祈禱：「瑪麗蘇女神啊，請賜給我不死不傷，美男不管怎樣都會愛上我的純潔光環吧——」

砰！牙齒劃過我的頸邊，耳邊忽然傳來重物落地的聲音。詭異少年沒有咬我，而且……似乎還摔倒了？

「喔～～小修把這女人嚇得不輕啊～～」

「嘖嘖，小修好變態啊！玩得這麼破破爛爛的，誰還要呢？」

奇怪但聲線相似的聲音在耳邊響起，我作了一個深呼吸，小心翼翼地再次睜開眼睛，一對雙胞胎倏然映入我的眼簾！

他們的容貌一模一樣——漂亮的雪髮銀瞳、五官立體，還有著小小的巴掌臉，唇紅齒白，如玉般精緻。唯一的區別是他們二人的美人痣，一個在左眼角下，一個在右眼角下。

他們的身上都穿著同樣以金線繡製的圓領胡服，白色的小氈帽上有著銀線絲繡，中原與胡族的風格恰到好處地結合在一起。兩人分別在氈帽的左右兩邊插上一根翎毛，和他們的美人痣對稱，這身裝扮讓人聯想到樓蘭美女。

這一對兄弟正笑咪咪地看著我，兩人雙手環胸，挨得很緊，不仔細看還以為是連體人。至於那個詭異的綠髮少年則已經不見蹤影。

「羽，她醒了。」左眼美人痣的美少年對右眼美人痣的美少年說。

右眼美人痣的美少年笑看左眼美人痣的美少年，接著俯身下來扣住我的下巴：「醜八怪，如果妳乖乖的，我們可以救妳出去，不讓修解剖妳。」

我毫不猶豫地點頭！

右眼美人痣的美少年放開我，左眼美人痣的美少年笑咪咪地說：「可是……這麼恐怖的東西，要用來做什麼才好呢？」他的雙眼忽然閃著異樣的光芒。

我的心立刻懸了起來，這到底是什麼地方，怎麼每個人的眼睛都會發光？

右眼美人痣的少年也勾唇壞笑起來，兩人一模一樣、有如鏡像般的壞笑神情讓我的心更加不安。總覺得他們的來意似乎同樣不善，我強烈地感受到「脫離虎口、又入狼窩」的不祥預感。

忽然，他們相視一笑，四掌對擊，樂不可支地異口同聲說：「當然是用來嚇唬玉音王囉！哈哈哈

哈哈……」

儘管行動尚未成功，但這對雪髮雙胞胎已經在我身旁幸災樂禍地哈哈大笑起來。

「玉音王一定會嚇壞的！」

「哈哈哈，他那麼主張完美，看到這樣血肉模糊的東西應該會直接嚇死吧？哈哈哈……」

我看著他們，瞬間石化。所以……他們不是要救我，而是打算利用我去嚇唬那個什麼玉音王？

「這到底是什麼世界？怎麼都是那麼變態的人……」我不由自主地低喃著。

俊美的雙胞胎少年忽然不再大笑，冰冷的刑房內瞬間陰沉下來。他們齊齊看向我，臉上掛著分外陰厲的表情。

「妳居然說我們變態？」左眼美人痣的美少年冷冷看我。

此時，右眼美人痣的美少年忽然勾住了他的下巴，溫柔地看著他：「小安，她說得沒錯，我們就是變態……」

「羽……」左眼美人痣的美少年也深情款款地看向他：「我們真的……已經淪為跟修一樣的變態了嗎……」

什麼啊！我在這裡半死不活，你們還在那裡搞禁忌之戀？這不是變態是什麼？

「所以……我們要做符合變態的事！」

雙胞胎兄弟驟然收緊眸光，渾身殺氣地看向我，那銳利的目光不像是在開玩笑。方才禁忌的美好畫面瞬間煙消雲散，只剩下恐怖的陰森氣息。

此時此刻，我反而不怕了！或者……是怕到麻木了也說不定？

總之，此刻很平靜，經歷過剛才開膛手綠髮少年的襲擊後，我的勇氣終於漸漸回升，我冷冷看著他們愈顯陰邪的容顏。向變態求救只會讓他們更變態！

只見他們飛快地除去我的手銬腳銬，右眼美人痣的美少年看向左眼美人痣的美少年：「這東西太髒了，我不想碰。」他皺起眉頭，嘖嘖搖頭。

我冷冷看著他——我記住你了！有美人痣了不起啊？早晚給你拔了！

左眼美人痣的美少年擰擰眉：「那我來吧。」接著便看他艱難地在我身上找了很久，最後似乎終於找到一處乾淨的地方，揪住我腰部的衣服把我拎了起來，甩在他的肩膀上。

我愣住了。看他們年紀輕輕，沒想到居然擁有神力？我再怎麼樣也不算輕，他居然單手像是拎著一塊破布般，那麼輕鬆地把我提起來直接甩在肩膀上。

在我倒掛在他的肩膀上時，看到了那個似乎叫作修的綠髮少年昏倒在地，不由得再次輕喃：「這裡……到底是什麼地方……」

「是樓蘭哦～～小醜八怪～～」右眼美人痣的美少年在一旁懶懶地對我說：「你們上面的人總是喜歡來這裡探險，我們就順便抓兩個下來玩玩囉～～哦，對了！應該要說『歡迎來到我們樓蘭國參觀』～～」

他露出分外迷人的微笑，還對我躬身行禮。

我聽了都要昏倒。

這裡居然是那個消失了幾千年的樓蘭古國？然後這個神祕的古國裡竟然養出了這麼一群無聊的變態！

這到底是什麼情況？

眼前景物飛逝，兩兄弟帶我飛快地走出了這個陰森的恐怖房間——似乎是一個地窖，因為我看到了向上的台階。

當我們走出某扇門後，我終於呼吸到了清新的空氣，應該是出來了。然而還沒等我看清楚周圍，雙胞胎兄弟已經迅速地往上躍……他們居然用輕功！

是真的輕功！不是吊鋼索！

他們靈巧地踩在石壁上，就這麼「蹭蹭蹭」躍入一扇繪滿彩紋的窗內。我一路上眼花繚亂，被晃得頭暈眼花，完全看不清來路。

然後，他們把我丟了下來。砰！我被直接扔在一張軟軟的大床上。

朦朧的視線中只看得到雙胞胎兄弟的壞笑：「小醜八怪，好好表現哦～～」

他們抓起我的手，不知道用什麼東西把我綁在床柱上。我還沒來得及看清楚房內環境，他們已經吹滅了所有的燭火，隱入黑暗，像是在等候什麼好戲。

我躺在柔軟的床上，完全無心去感受這張床有多麼舒服，徹底放棄了抵抗。與其被這些變態玩來玩去，不如就這樣死去還比較爽快。而且……我的呼吸似乎逐漸變得困難，寒冷也慢慢爬上身體……吸進鼻子裡的雖然是好聞的異域熏香，但我更希望這是可以讓人平靜死去的毒氣。

隱隱透入房間的月光讓我搞不清這座古城到底是在地底下，還是另一個時空？瑪麗蘇女神，您沒有把不死不傷的光環賜給我，難道是因為我是胖女孩而得不到您的垂青？

其實我不覺得自己很胖，這是豐腴好不好！

唉……世人自大地認為可以完全挖掘出樓蘭古國，並為發現樓蘭古城而自豪驕傲，卻不知道那根本就是這些變態的誘餌，吸引眾人猶如飛蛾撲火般掉下來供他們玩虐，這些變態是何其地無聊！

是啊，他們真的很無聊。綠髮少年說他們受到了詛咒，千年不死，萬年不化，活了那麼久，怎麼可能不無聊？

忽然間，我想起明洋和林茵也掉下來了。可是我不能問，如果他們還沒被抓住或是找到呢？我這一問豈不是害死了他們？

瑪麗蘇女神，請保佑他們還活著吧！就用我的死來警告他們不要跟這裡的任何人接觸，儘快找到回去的方法……

「呼……」

頭好暈，氧氣好像不太夠用。我突然想起了那隻被我壓死的精靈王子，既然這裡的事情如此匪夷所思，或許那個精靈王子也是真的。

對不起，小蒼蠅，我來贖罪了……

模模糊糊的腳步聲忽然傳進了我的耳中——有人進來了，他的腳步有些蹣跚，跌跌撞撞的，好聞的熏香裡多出了一絲葡萄酒的酒味。

「美人，讓妳久等了~現在就讓本王引領妳到仙境吧~~」

雌雄莫辨的聲音在黑暗的房間中響起。男人的聲音極其好聽，彷彿琴聲般清澈，又帶著幾分因酒醉而產生的哽啞，聲音透著如貓兒似的慵懶。

我這沒出息的傢伙，居然因為這好聽的男聲又迴光返照、精神百倍了！

嗚……我真是女人之恥，快死了還這麼好色。

「嗯，妳在哪裡呢？我的美人……啊，原來已經躺在床上了嗎？哼哼哼哼，本王來啦——」

他的這聲大喊將我從彌留邊緣給徹底拽了回來。只見殘存的半邊視野裡，一個人正高高躍起，朝我張牙舞爪地撲來！

「別過來！」

我本能地高呼起來。我已經不知道斷了幾根骨頭，這麼一個大男人撲下來，其他骨頭還能不斷得徹底嗎？

砰！他掉了下來，我清晰地聽到胸部某處傳來「啪」的聲音……我哭了，那根骨頭本來應該是骨裂，現在八成徹底斷了。

瑪麗蘇女神，還真是謝謝您，算是讓我死在美男子的飛撲下！

我痛得眼冒金星，差點再度昏死過去，整個人徹底失去力氣，發不出半絲聲音。猶如那被我壓死的精靈小王子，只差最後一口氣還沒吐出。

「嗯？」

他開始在我的身上嗅來嗅去。細細軟軟的東西垂入我的頸項，好像是他的長髮。

「怎麼會有這麼重的血腥味？」他吃驚地從我身上坐起，同時在月光中揚手：「快點燈！」

接著只聽到劈里啪啦的腳步聲，似乎有很多人走了進來。意識朦朧間，眼前的景象開始變得明亮，我恍惚地看到了一張雌雄莫辨的臉，埋沒在有些凌亂的棕紅色長捲髮中。

「啊啊啊啊！」他立刻從我的身上跳起，像是女人一般尖叫起來，連連後退。我看不見他的表情，但是可以感覺到他的驚嚇，他的上半身赤裸，但戴了很多佩飾，伴隨著那震耳欲聾的驚叫聲，那些項鍊似乎也跟著震顫起來。

「啊——啊——」

他往後急退，最後在床的邊緣一個踩空而掉落下去，被像是侍婢的女人們接住。

「怪物——怪物——啊——」

我受不了地用最後的力氣翻了個白眼。眼前這位貌似是個美男，結果卻是個娘娘腔。

「怎麼回事？」終於，我聽到了帶著正常威嚴的成熟男子聲音：「這是怎麼回事？玉音！」又有人大步走到我床邊，是個留著黑色短髮的男子。我模糊的視線已經看不清任何人的容貌，只看到他身上的黑色長袍。

「梵——」棕紅捲髮娘娘腔奔向黑髮男子，撲入他的懷中：「快、快把這個怪物弄走——嚇死我了——嚇死我了——」

他縮在名叫梵的男人懷裡哭泣。就在這時，雙胞胎兄弟的大笑再次傳來：「哈哈哈哈！你們看看玉音。哈哈哈！玉音～你確定你下面還能用嗎？哈哈哈——」

娘娘腔……叫玉音……

「是你們！」

玉音扭頭朝某個方向看去。不過我已經沒力氣看任何東西了，快讓我去吧！

「羽！安！你們這次太過分了！」黑髮男子憤然地說。

「哈哈哈——」

房間裡好亂，好吵。

「梵，我不管！你這次一定要殺了他們～」

好煩，好煩……

「好煩……」我氣息奄奄地提出最後的抗議：「好煩……」

「妳說什麼？」

雙胞胎出現在我的床邊，我的床邊瞬間圍滿了大概是美男子的男人們。

很好，我滿足了……

「梵，她說什麼？」娘娘腔也問。

黑髮男子俯下臉。我無力地低喃：「娘娘腔賣腐……還玩什麼女人……哼……還好……我終於要死了……而你們……這些……受詛咒的人……還要繼續……無聊……孤獨……痛苦地……活下去……哼……」

當最後的冷笑從我口中吐出時，黑髮男子像是受到強烈的震撼般僵直了身軀，我看著他倏然繃緊的側臉，緩緩閉上了眼睛。

忽然，他緊緊扣住我的肩膀，劇烈搖晃起來：「我不會允許妳死的！我絕不允許！闇梨香！我絕不允許妳就這樣安詳舒服地死去！來人！快來人——」

「梵！冷靜！她不是闇梨香！」

「梵，她只是跟闇梨香說了一樣的話！」

房裡響起了雙胞胎的聲音。哼……感覺……好亂……

「安羽、安歌！快把涅梵拉開！再這樣下去那女人就真的死了！」

嗯？原來娘娘腔也有這一面？威嚴起來帶著一種特殊的沉穩感。不過一切都跟我無關就是了……

我在越來越混亂、越來越模糊的人聲中，漸漸失去了意識……

瑪麗蘇女神，您好。

謝謝您賜給我五個美男，我被他們玩死了。而且那對雙胞胎長得一模一樣，只能算一個吧？您這是不是有湊數的嫌疑？

希望下輩子，您可以給我品質與數量一致的美男，謝謝。

補充：下輩子我想做男人，我比較喜歡當攻。無論是女人還是受，被開苞都是很！痛！的！

祈禱完畢，我繼續昏睡……

一直昏昏沉沉的我時睡時醒，眼前總有人影晃動，我卻看不清楚是誰。

氣息裡出現了熟悉的死屍氣味，這讓人印象深刻的氣味把我從垂死邊緣再次驚嚇拉回。

「是你把她搞成這樣的，你得負責把她治好！」我聽到了熟悉的聲音，不是拿我來整人的雙胞胎，也不是賣腐而且還是受的玉音王，而是最後登場的黑色短髮威嚴男子。

「你怎麼可以對我提出那麼苛刻的要求……」熟悉的低啞少年嗓音裡充滿憤怒，是修。「涅梵，你是王，我也是王！八部神王之間沒有尊卑！你這個天王沒有資格命令我夜叉王做事！」

八部……神王……

「修～～梵沒有命令你做事～～而是要你對這件事負責～～」

是玉音王，他也在啊？真想看看這幫男人的嘴臉，可惜我沒有力氣睜開剩餘那隻完好的眼睛。

「哼，修，你可別忘了，根據樓蘭法典，從上面掉下來的東西屬於樓蘭，各王若想得到，死物必須靠抽籤決定擁有者，活物……每人都輪過之後再進行抽籤。你似乎直接跳過了我們所有王？怎麼，你這個夜叉王不把我們其他七王放在眼裡嗎？」

真沒想到這個娘娘腔居然也是個王，真沒天理啊！

咦，等等……玉音王說的話是什麼意思？

死物……抽籤……

活物……每人一輪？天啊，還是讓我死了吧！他們都是男人！是男人！不是變態，誰知道他們這一輪是什麼意思？我可是女人啊啊啊！更別說他們現在各個都那麼變態，我大概還沒輪到讓下個王玩就已經被玩死了！

「修，你要是把我們的玩具玩死了，我們要怎麼玩？」

我終於聽到了雙胞胎的聲音，他們果然也在。

「其他王已經知道你做的好事了！他們正陸續趕來抽籤決定誰先玩這個活物，她可是我們所有人的大玩具哦，百年難見！結果你卻差點把她給弄死了！怎麼，你想代替她讓我們玩嗎？」

雙胞胎的聲音倏然變得陰沉，讓人感覺眼前的黑暗愈發無邊無際。

「你、你們……」修憤怒地嘶啞低吼：「你們別想仗著年紀大欺負我——」

呃……我還以為這個自稱夜叉王、名叫修的少年會說出多厲害的話來，結果卻像是小朋友跟老師告狀：老師老師，雙胞胎和那個娘娘腔欺負我～～

「小修，我們這裡可不常掉人下來，更別說是女人……」依然是雙胞胎其中一人的聲音，如果沒有看他們的臉，幾乎無法分辨到底是誰在說話：「我記得上次掉女人下來好像是四十多年前的事吧？當時那個無趣的女人在我們大家輪完之後就直接給了你，沒有抽籤，所以這次你也可以等我們大家玩過之後再拿去，反正你只是要她的心臟，早拿晚拿不都一樣？」

「不一樣……不一樣！那個女人在這個世界被同化了——同化了——」

修嘶啞的大吼讓我感到困惑，同化……是什麼意思？

「我解剖她還不是為了我們所有人！神王說只有上面的人心才能解除我們的詛咒，如果等她被同化，取心就晚了——所以……不如讓我現在就……」我再次聽到了熟悉的飢渴語氣。

真煩，要心就拿去嘛！扯那麼久我的心都涼了！

「啪！」我聽到了像是拍開手的聲音：「那二十年前呢？那個掉下來快死的男人可是直接給你了，你取了心之後解除我們的詛咒了嗎？」

什麼～～～～～男人掉下來後就直接被挖心了？雖然是「快死的」，但感覺依然很奇怪，似乎還是女人活得比較久一點。看來是那個叫涅梵的天王阻止了夜叉王。

四周忽然鴉雀無聲，沒有人再出聲，甚至是呼吸聲。

「修，你聽好了！」是天王，我有種預感，他是漢人。「把她治好，我們要一個完整的人！神王陳述的只是預言，但他並不清楚預言裡說的『心』指的到底是什麼。上次你實驗失敗，已經說明他們的活心對我們毫無作用。但他們如果活著，至少還能說說上面的事情，讓我們解解悶……」

他的聲音變得越來越低落，所有人也在這一刻變得沉默。

「凱西，照顧好這個女人。還有，看住夜叉王，別讓他挖了這女人的心。」

天王再次出聲，命令別人看顧我。

「是，凱西領命！」

我終於聽到了一個女孩的聲音，同時似乎能感受到暫時的雨過天晴。

「你這根本就是強人所難——」修依然低啞地嘶吼：「我們這裡全是死人，我早就忘了怎麼治活人——」

原來修不想救我是因為他沒辦法救啊。

「那正好，可以讓你重新記起來。玉音、安羽、安歌，我們走。」

「哈哈，沒想到八王聚會居然是為了一個女人……真的是越來越好玩了！希望本王玉音能先抽到她～」

八……八王！居然有八個王？

「咦——？玉音王，你還沒被那個醜八怪嚇夠嗎？竟然對她充滿期待？」

「誰叫我是善良的玉音王呢？小怪怪要是落到你們兄弟手裡，肯定又會被玩得破破爛爛的，還是讓我來解救她吧……」

「哼！玉音王你只是有潔癖，不喜歡玩別人玩過的玩具吧？」

話音越來越遠，我的命運也在他們完全不在意我死活的談笑聲中越來越顛簸。

八個王，八個男人！我成了他們的大玩具。如果像天王說的，只是說說上面的事情，那當然再好不過，然而從前面掉下來的男女處境研判，情況不會那麼簡單。

我開始陷入求死還是求生的人神交戰中。

我不想被八個男人輪番玩，誰都不想！好吧，除了瑪麗蘇女神孕育出來的一女多夫肉文女主角，但我不想啊啊啊！

嗚……我以前只是愛看熱鬧，純粹只是路過，請原諒我看書時的色心吧。

我已經見識到邪惡的雙胞胎兄弟、變態的夜叉王，還有那個玉音王，聽起來也明顯不是好貨。最後的天王雖然救下我，但似乎是把我當作一個叫闍梨香的女人的替身，從他的語氣裡明顯可以感覺到他不是愛那個女人，而是恨那個女人。

我不想變成闍梨香的替身被別人虐待。

闍梨香啊，妳到底做了什麼啊？欠他錢還是搶了人家心愛的小受啊？妳要還啊，妳造下的孽不能要我還啦！欠錢還好說，受我上哪裡去找啊？

真不想睜開眼睛。畢竟現在只是看到黑暗，醒來以後要面對的，才是比黑暗還要恐怖的命運……

又不知道昏睡了幾日。這幾日，我都在疼痛和發燒中度過。

然後……

我居然堅挺地活下來了！

我從沒想過自己的生命力原來這麼頑強，明明平時好吃懶做，睡的比動的多，恢復起來居然一天比一天快。

我經常聽到那個變態少年修的長吁短嘆，宛如在進行一件他一生中最不情願做的事情。雖然他說自己已經忘記怎麼治活人，可是他還是把我給治好了。

漸漸的，我有了精神，疼痛也逐漸減輕，那個叫凱西的侍婢開始餵我喝湯藥。湯藥倒是不苦，出奇地甘甜，有點像板藍根。

在修為我治療眼睛的期間，我雖然拚命裝死，但還是看到了自己睡在什麼地方，以及那個一直照顧我的女孩，凱西。

我睡在一間波斯風格的房間裡，圓形的床頂垂著金色紗帳，晶瑩剔透的白色水晶珠簾掛在紗帳的外層。圓圓的床、銀藍色的床單和圓圓的枕頭，異常柔軟的床墊不知墊了多少層絲絨，以及瀰漫在空氣中，可以減緩我痛楚的神祕香料。到處都充滿異域風情，彷彿我不是掉到地下古城，而是穿越回到兩千年前的波斯。

對了，還有照顧我的凱西。我看得很清楚，那是個異常漂亮的女孩，猶如傳說中的西方精靈，金髮碧眼，五官立體。似乎因為長居地下，她的皮膚非常白皙。

她身上穿著像是波斯婢女的鵝黃圓領短衣，短小的衣衫讓她看起來像個肚皮舞孃，中間露出了一截小蠻腰，肚臍上有著漂亮的寶石飾品，顯得性感又迷人；上衣下襬垂著與服裝同樣顏色的流蘇，似乎也經過了改良；寬袖的設計宛如魚鰭，下半身則是同樣顏色的魚尾裙，看起來飄逸又靈動活潑。

她的身上隨處可見漂亮精緻的飾品——閃亮亮的手珠、色彩斑斕的項鍊，還有罩在金髮上的鵝黃色頭紗，看來是位身分高貴的侍女。自從來到這裡，我看到了各式各樣的服裝，宛如進入了一個匯集

中西文化，並孕育出在地特色的神奇國度。

而凱西絕對是D的胸部讓我印象深刻，樓蘭美女果然名不虛傳啊……

儘管精神已經漸漸恢復，但我還是繼續裝死，緊閉雙眼。凱西整天待在我身邊，讓我完全不敢偷偷睜開眼睛，除了修來檢查我的右眼時。我的右眼是真的受傷了，他一直用一塊帶著濃重藥味的眼罩罩住，在他翻看我的另一隻眼睛時，我立刻翻白眼，隨後便聽到他開始嘆氣：

「唉……怎麼還在昏睡……沒道理啊……沒道理……」

「夜叉王，你會不會是故意不讓她醒的啊？」

凱西的語氣很俏皮，帶著一絲戲謔。雖然夜叉王修看起來似乎很恐怖，可是這段時間我發覺好像每個人都能欺負他。

我也不是完全不醒，比方說……遇到三急的時候……

一旦三急來臨，我會先佯裝難受地悶哼一會兒，這時凱西便會過來溫柔地關心我，問我想要什麼？我會裝作非常艱難地醒過來，有氣無力地說想小解。此時她會扶我起來解決，之後當她把我扶回床上，我頭一歪，繼續很專業地裝死。

說起來，吃藥擦身也都是由凱西負責的，真的很不好意思。可是為了裝死，也只能讓她為我擦身了。但她也擦得太專業認真了！下面就……不用了吧……

呵……呵……掉到這裡的我，被一個女人摸遍全身。

我又繼續裝死了七天，覺得實在裝不下去了，因為一直躺著，背真的很痛，再加上為了效果逼真，我連翻身都不翻。

而且，我也不能這樣死皮賴臉地讓凱西持續照顧我。

當我正在思考要如何合情合理地醒來，同時可以氣息孱弱地躺在床上養傷時，外面傳來了紛紜雜沓的腳步聲，眾人如風一般（因為他們帶起了一陣強烈的人風，撫過我的面頰）走到我的床邊。

「她還沒活過來嗎？」是涅梵異常低沉的聲音。

「回稟天王，是……是的。」凱西的聲音顯得相當恐懼。

房間裡的氣氛緊繃了起來，陰冷的殺氣撲面而至，讓我想醒來的勇氣漸漸消失，我又縮回了自己的龜殼……還是等明天再醒吧。

房間裡沉寂了許久，在場的人無不噤聲，懾服於這濃濃殺氣之下，沉重的氣氛像一塊巨石般慢慢壓到我的身上，讓我無法喘氣。

「音，凱西是你的人，你該知道怎麼做。」涅梵陰沉冷酷地說。

「不……不……」凱西的聲音顫抖了起來：「不……」

我聽到了有人跪爬上前的聲音：「王，饒命，饒命啊……」

「來人啊～」我聽到了玉音王慵懶但也同樣無情的聲音：「拖出去接受日刑～」

日、日刑？那是什麼刑？

「化作的沙扔進天沙河。」

「是！」

「不！不——王！饒命！王——」

凱西驚恐地哭喊起來，聲音也變得嘶啞，可見她真的非常害怕。

這裡的人號稱不老不死，難道真的有什麼刑法可以讓他們死去？

「再給凱西一次機會吧！王，求求您了！」

「哼！凱西，妳明明知道本王的性格，辦事不力的人是不完美的，把不完美的人留在本王身邊又有什麼用？」玉音王的語氣格外輕鄙冷漠：「天王他們將這個女人放在本王這裡醫治，本王也選出了最完美的婢女來照顧她，但她至今依然陷入昏睡，說明妳照顧不利。難道妳敢說是夜叉王醫術不濟嗎？」

日刑……日曬？莫非這群怪物像殭屍一樣，被太陽一曬就化？難怪說她化作的沙……我登時忐忑不安，強烈的罪惡感也油然而生。凱西無微不至地照顧我，我不能因為貪生怕死而害死她。

「奴婢……不敢……」凱西顫抖地，絕望地說。

「來人啊，拖出去！」

「慢著！」在千鈞一髮之際，我大喝一聲，睜開了左眼，映入眼簾的是上方精美的圓頂紗帳。

周圍再次陷入寂靜。我在這片寧靜中慢慢撐起痠痛的身體，低下臉：「我醒了。」

雖然我是女人，卻不是骨脆膚柔、單手支臉呈四十五度仰角，明媚而憂傷的白蓮花，我可是打不倒的鐵漢，腳踹大街流氓的女漢子！

自己的事自己扛，扛不住……再說吧……

我坐在床上低著頭，長及腰間的頭髮蓬鬆而凌亂地垂在面前，遮住了整張臉，上頭還有斑斑血跡。

我的傷勢並沒有完全康復，至少骨折的部分沒有，右手依然綁著帶有刺鼻香味的奇怪木板，右眼也還戴著眼罩。當我坐起來時，胸部的肋骨仍隱隱作痛，也綁著繃帶，不過內傷應該好得差不多了，因為七天前連呼吸都很痛。

我靜靜坐在柔軟華美的床上，聞著與前幾天不同的熏香香味，安靜地等待事情接下來的發展。

「咦～～」我聽到了雙胞胎的聲音，並從長而捲的頭髮縫隙間隱約看到了他們。他們今天穿著銀藍色的圓領胡服，上頭以高雅的深藍絲線繡著俊美河山圖。

說話的是右眼美人痣的美少年：「這次掉下來的女人不太一樣耶！以前的不是嚇得尖叫就是嚇傻了，這次這個倒是挺冷靜的，還知道要裝死……小安，這次的這個似乎很好玩呢！」

哼哼！等我收集完足夠的情報，絕對會反過來玩死你們！別小看我們這些阿宅，營養除了用來長肉，全補腦子了！

「羽，聽你這麼一說，我也越來越有興趣了，希望神能讓我們先抽中她……」

之前我曾聽娘娘腔喊過他們的名字，似乎是叫作安羽、安歌，看來右眼美人痣的美少年叫安羽，左眼美人痣的美少年叫安歌。

安歌伸手來撩我的長髮，我文風不動，靜靜讓他摸。

他像是拂過珠簾一般，拂過我那因為常年綁著馬尾，髮質又細，結果反而變成自然捲的長髮。髮絲從他的指尖緩緩滑落，伴隨著他覺得有趣的驚呼：「嘿！這醜八怪的觸感不錯啊，比上次掉下來的好多了。」

我眯起眼睛……你才是醜八怪！你們全家都是醜八怪！我要是生在唐代可是美女！

「哼！」

只聽涅梵一聲冷哼，一隻戴著寶石戒指的手忽然穿過我面前的長髮，扣住了我的下巴，毫不溫柔地抬起我的臉。長髮遮住了我大半的臉，只有那隻完好的左眼露了出來，一張剛毅俊朗的東方男子臉龐頓時映入我的眸中。

他的臉輪廓特別生硬，每一處線條都顯得蒼勁有力——飛逸的雙眉，乾淨俐落的眼線，炯炯有神的龍眸，直挺的鼻梁配上硬朗的唇線，讓他的五官在俐落之餘，也透露出一股王者的威嚴和冷峻。

直到此時我才發現他並非短髮，而是將所有黑髮上下折疊挽起，再用黑木髮簪固定在腦後，額前的幾縷黑髮也是整整齊齊，不顯凌亂。

他的身上是金色龍紋右衽黑袍，佐以豔麗的朱紅錦鍛滾邊，款式像是漢服，但應該是改良過的漢服，因為袖子窄細方便，看起來更加輕便及現代，不再像以前那樣厚重繁瑣、袍袖翩翩。從這點同時可以看出涅梵是個道道地地的漢人。

此時的他正冷酷無情地看著我，接著龍眸中的冷光瞥向一邊的床下：「把她洗乾淨，通知各王晚上準備抽籤！」

「是……」

冷冷地說完後，他甩開我的臉，拂袖而去，拂起的風揚起了我面前的長捲髮，讓我看到了跟在他身後，正充滿怨念看著我的修。現在的我總算可以把他們一個個看得清清楚楚！

我用那隻露出來的左眼狠狠瞪視他——想挖我的心沒那麼容易！

他的黑眼圈又黑了一分，綠眸看似死氣沉沉，裡頭蘊含的強烈欲求卻分外清晰明顯。

接著，雙胞胎兄弟肩搭肩晃到我的床前，對我咧嘴瞇眼壞笑：「小醜八怪，晚上見～～妳可要祈禱被我們抽中哦！我們會好好對待妳的～」

「嗯嗯，我們會一起好好地疼愛妳的哦～」

呸！是好好玩我吧！

兩人笑呵呵地走出房間，頭上漂亮的銀色翎毛在陽光中閃閃發光，讓人覺得他們猶如天上的天使，散發聖潔的光輝，然而他們卻深藏著一顆惡魔的心。

不過有點奇怪，明明是一座地下古城，卻有著日光和月光，這是什麼原理？而且為何他們沒有被日光曬化，不是說日刑會讓他們化作沙嗎？

我立刻看向床下，想去看應該還跪著的凱西，卻只覺得眼前有什麼東西閃瞎了我的眼，讓我無法完全睜開眼睛……好像是某人身上的首飾。

「凱西，起來吧～」

那滿身閃亮亮首飾的人說話了，原來是玉音王！

「是……」我隱約看見凱西站起身來。

「快把這東西收拾乾淨。還有，她用過的東西全部都拿去燒掉……嘖嘖嘖，髒死了～」玉音王的語氣裡帶著滿滿的嫌棄，但我並不驚訝，畢竟在這裡遇到的幾位基本上都這樣，有著特殊的潔癖。

「真是的，偏偏掉在我這裡，還是在舞會的時候，真麻煩……凱西，接下來妳可別再讓本王失望，妳知道本王的性格，就算再醜，妳也要想辦法把她弄得可以見人！」

哼，你才見不得人呢！我在長髮下白他一眼。

「是……」凱西連連稱是，似乎不敢抬頭。

那滿身閃亮首飾的存在終於一扭一扭地離開了我的視線範圍，房裡只剩下凱西。

「呼……」她鬆了一口氣。

回過神來的我抬起頭，一臉歉意地看著她：「對不起……我不該連累妳……」

凱西眨了眨璀璨得如同藍寶石般的清澈眼眸，反而拍手笑了：「姑娘能醒過來真是太好了。」

她的喜悅讓我更加慚愧：「妳……不怪我？」

凱西碧藍的眼睛裡反而露出了同情的神色。她緩緩坐上床沿，身上華麗的首飾發出清脆好聽的聲音。

「姑娘已經很厲害了，還能這麼冷靜地想辦法裝死拖延時間。如果是我，面對這些王，恐怕早就嚇死了，跟以前的人一樣……」她先是嘆息地搖搖頭，接著再次揚起燦爛的笑容：「我帶姑娘去沐浴吧！等姑娘梳洗乾淨，一定會讓群王吃驚的！」凱西明眸燦笑，像是等著看什麼好戲：「群王一定沒想到他們嘴裡左一個醜八怪、右一個髒東西的姑娘，其實長得好看著呢！」

「不不不，妳過獎了……」

雖然被這麼誇讚讓人暗自開心，但我還是有自知之明的。我跟凱西沒得比，只是長得沒什麼大問題，再加上江南女孩皮膚好，所謂「一白遮三醜」嘛。

凱西笑咪咪地看我：「才不是呢！我們這裡的漢族女孩很少，總之……姑娘的氣質跟我們這裡的漢族女孩不太一樣，讓人感覺……很舒服……」

她似乎一時詞窮，不知道該如何形容我。

我溫和地笑了。面對無微不至、盡心盡力照顧我的凱西，我還是心存十二萬分的感激的。

「對了，姑娘想吃些什麼，我讓人去準備？」凱西關心地問我。

我眨了眨眼，看向外面。這地方……能長東西嗎？

「姑娘不必擔心，我們這裡有的是糧食。」凱西一語猜出了我的心事。我驚奇地看著她，真是個蕙質蘭心的女孩啊！她笑著看我：「雞肉、鴨肉、牛肉、羊肉、豬肉、魚肉，甚至是妳可能沒吃過的蜥蜴肉、蟒蛇肉，我們全部都有！」

「咦？」我更加驚訝地看著她：「妳怎麼知道我愛吃肉？」

她笑呵呵地伸手捏了捏我胖嘟嘟的手臂：「一看就知道姑娘愛吃肉。」

「呵呵呵……」

我羞赧地笑了。但我其實不愛吃肥肉，最愛吃烤羊肉串。

「姑娘真的好堅強。」凱西站了起來，雙手握在身後，燦燦地看著我：「以前的人醒來後都嚇傻了，不敢說話，有的是直接瘋了，有的則是經過很久後才會跟我們說話，只有姑娘不但為了救我冒死醒來，還跟我有說有笑……這就是傳說中的心寬體胖嗎？」

「呵……」我傻傻地笑了。

凱西真是個活潑的女孩，其實是因為她熱情友善又滔滔不絕地和我說話，再加上她那燦爛純真的笑容，才驅散了我對這個世界的恐懼。

而且既來之則安之，害怕有什麼用？還不是被關在這裡，等著抽籤後被這群無聊的男人輪？

唉……這話說起來連自己都覺得彆扭。

不過，我堅信既然進得來，就一定出得去，所以我拋棄恐懼，為尋找歸路而努力，首先要把傷養

好。

凱西銀鈴般的聲音一直縈繞在我耳邊。她扶我進入一個小小的獨立浴池，白玉石的浴池裡水光粼粼，四周還有木製的漢女雕像，手托木盤，木盤中分別是各種顏色的琉璃瓶、花瓣、浴巾，還有我要上藥的藥物和繃帶。

她說這裡是婢女平日洗澡的地方，請我不要嫌棄。

還嫌棄？這已經很奢華了好不好！比我之前去過最貴的、附浴池的ＳＰＡ館都來得華麗。我忽然在想，上一個掉下來的女人應該不是什麼被同化，而是覺得這裡好，所以想永遠留在這裡吧？算一算，他們說上一個女人掉下來的時間是四十多年前，當時的時局相當動盪，她又跑到沙漠受苦，眼前的一切明顯比上面好千萬倍，可以說是仙境般的地方了，掉下來了當然不想再回去。

凱西從一個婢女雕像手上的托盤取出繽紛的花瓣，撒入清澈的池水中，又從另一個雕像手上的托盤取下一個紫色的琉璃瓶，灑出裡頭淡紫色的液體，清新好聞的花香頓時瀰漫在整個浴室裡。接著她回到我身邊，小心翼翼地褪去我的衣物，因為我穿著文藝風的套頭衫，她平日擦身只需撩起我的衣服，現在要洗澡卻不行了，畢竟我的右手臂還綁著繃帶。

「不介意我剪了吧？」

我點點頭。無所謂了，這件衣服上全是血跡，還擦破了不少地方，跟破衣服其實沒兩樣了。但是凱西細心地剪開了這件衣服的縫合線，這樣心靈手巧、蕙質蘭心的女孩只怕在我的世界裡找也找不到。

奴隸制度讓他們變得更加機警，更會察言觀色，也愈發心思巧妙。

她一邊剪一邊說：「剛剛加入的精油對妳骨折的恢復是有好處的，我們只要小心，沐浴也不會有事。」

「嗯，好……」

我也好想洗澡，雖然天天都讓凱西擦身，身體還是癢癢的。

「現在上面流行這樣的衣服嗎？」她提起剪開的灰黃色文藝衫：「顏色難看，材質也不好……這棉布的觸感很差，穿在身上舒服嗎？」

她反問我，我為上面的人默默地臉紅了：「這個嘛……因為是大量生產的，所以品質不太好。至於土黃色……是我個人的眼光問題，不代表上面的時尚……」

凱西奇怪地看著我：「姑娘為什麼要穿這麼素潔黯淡的顏色？」

「這個……叫文藝風。」我不知道該如何解釋：「算是一部分人的喜好吧？穿上這種款式的衣服，會有一種文藝青年的感覺……」我不知道凱西能不能聽懂，畢竟我們不是同一個世界的人，文化背景也完全不同。

「我明白了。」凱西眸光閃閃：「是讓人看起來有文化、有氣質嗎？」

「嗯……差不多吧。畢竟這衣服擦破了，也髒了，要是能成套搭配就會好看了。」我心虛地說。其實由於個人審美觀不盡相同，我身上的衣服如果和凱西身上的單獨相比，一眼看上去肯定是凱西的漂亮。可是凱西的衣服我們平時不會穿，只會做為演出時的舞裙。

凱西聽我說完後，拿著剪開的衣服仔細看了看，像是搞懂了什麼而笑了。她認真地把衣服折疊起來，放到一邊，接著又看著我的寶藍色牡丹繡花蕾絲胸罩，單手托腮，面露迷惑：「其實……我一直

想問姑娘這是什麼？這個看起來手工就好得多，不過還是沒有我們這裡繡的精細。款式也跟我們的衣服差不多，可是為什麼要裝鋼圈？」她一把握住了負責托起胸部的鋼圈：「這樣舒服嗎？」她微微蹙眉，疑惑地看著我，還用手不停地揉捏。

我的臉紅了：「這個……咳，是定型用的，還是你們西方人發明的……」

「是嗎？」她愈發疑惑地看著。

「如果好奇，妳就拿去戴著玩吧。」我大方地說。

「真的可以嗎？」凱西像是得到了什麼好玩的玩具。

我笑咪咪地點頭，輕聲說：「這會讓妳的胸部更挺、更大、更有型，待會妳可以鬆開來看看效果。」

她驚喜地看了我一會兒，真的把我的胸罩鬆開，看我的胸部；然後又幫我戴起，再看我的胸部，胸部被胸罩收緊、托起，溝壑明顯，分外有型，直接提升了一個罩杯，讓B變成C，C變成D！

凱西驚奇地看著這一切，漂亮的眼睛瞪到最大：「真的呢！好棒的設計！」然後她的臉慢慢紅了起來。她害羞地捂住臉：「我的王喜歡胸部大的女孩子……」

她一提起那幾個王，我就覺得掃興：「不僅是你們的王，天下所有男人除了基友，都喜歡胸部大的女人。」

「基友？」她像是聽到了一個奇怪的詞語，困惑地看著我：「那是什麼意思？」

我聳聳肩：「就是男人喜歡男人啊。我們中國古代叫斷袖龍陽，至於你們古代叫什麼我就不知道了……」

「男……色？」凱西有點彆扭地看我，我笑看她：「難道妳的那位玉音王和那位天王不是天生一對嗎？」

凱西瞪大眼睛愣了半天，忽然哈哈大笑起來，笑得前仰後合，全身雪白的皮膚透出了紅暈。我奇怪地看著她的膚色，既然沒有血，又怎麼會紅呢？

她一邊幫我褪去剩餘的裙子，一邊笑得上氣不接下氣地說：「姑娘這話如果被我們的王聽到，是會被砍頭的。」她擦了擦笑出來的眼淚，小心翼翼地扶我走入浴池。

池水開始慢慢沒上我的胸口，產生的輕微壓力讓我的胸口感覺到一絲窒悶。不過溫熱的水很快讓我忽略了這種不適，舒服得只想將全身浸泡在裡面。

凱西讓我靠在浴池邊，浴池裡有凸起的玉石可以坐下，在我坐下後，她也開始脫起衣服。她褪去全部的衣服，露出少女曼妙的胴體，飽滿而具有彈性的雪乳彈跳而出，看得我有點不好意思。似乎是因為胸部太大，她還微微用手臂墊起胸部，才慢慢進入水中，站到我的身旁開始為我除去肋骨上的繃帶。我偷偷瞟了一眼——這絕對是D啊！要是用胸罩一托，肯定能變成E。

「王其實是一個很殘忍的人……」她在我身邊慢慢說了起來：「聽說當年那些把他當作女人的男人，全被他殺死扔進了沙河。如果哪個男人多看他兩眼，也會激怒王，把他們拖出去接受日刑……」

「……日刑到底是什麼？對了，你們不是號稱不死嗎？」雖然不知道凱西會不會告訴我，我還是試著問問看。

凱西看起來倒是不怎麼為難，她一邊除去我的繃帶一邊說：「長生不死是神賜給群王的福澤，我們普通百姓並沒有。其實我們跟姑娘妳是一樣的，會老會死，有血有肉，但那可怕的詛咒讓我們流出

來的不是血，而是沙，一旦被日光照射，便會徹底灰飛煙滅……」

我吃驚地看著她，她的神情卻顯得相當平淡，像是已經順從了這個詛咒、這種命運。

散發濃濃藥味的繃帶從我胸部以下的地方被輕輕拆開，被包裹得太久的肌膚碰到水時有一絲敏感，伴隨著輕微的灼痛感。接著，凱西輕輕抬起我骨折的右手臂，開始解開手臂上的繃帶。她一圈一圈解下，我繼續問：「這麼說血液在你們的身體裡還是血液，但是流出來就會變成沙子？」

「是的。」凱西也是直言不諱，對我言無不盡，沒有半點掩藏：「而且我們也有痛覺。」

「你們不能曬太陽……為什麼我還是看到了日光？」

「那是精靈們的力量。那些日光是經過金沙和天河過濾過的，精靈們操控著金沙和天河，經過它們的日光對我們沒有傷害，但可以使植物生長。」

精靈……原來真的有精靈！我之前掉下來的遭遇不是幻覺，而是真的壓死了一個精靈男子！我心裡的罪惡感越來越重，但這裡的人不老不死，他又是精靈，應該……不會那麼容易就被……壓死吧？

凱西輕輕地以雙手捧住我還沒痊癒的手臂，放在浴池邊一塊不軟不硬的精緻小墊子上，小墊子的顏色是華麗的金色，上面繡著極具波斯風情的花樣，四個角垂下金色的流蘇，其中兩邊靠近浴池的流蘇落入水中，在水中飄盪起來，像是美女的金髮。

做完這一切後，凱西抬臉笑看我，明眸燦笑：「姑娘還想知道什麼？」

我愣了愣，眨眨眼：「咦？我沒想到妳會什麼都告訴我，我以為……」一般的奴婢不是什麼都不敢說嗎？

當我說完這句話，凱西的眸中忽然流露出同情和惋惜的神色，那副表情像是在表示「妳……快死了……」這種集合同情、憐憫、嘆息、難過的目光看得我全身寒毛豎起。

「今晚群王們會抽籤決定擁有姑娘的順序，很難有人活到最後，所以……姑娘想知道什麼……凱西全部都會告訴妳……」

她一副我真的活不過今晚的模樣，讓我的臉徹底全黑。

喂喂喂，我的命硬著呢！搞不好我沒死，那幾個王先被我剋死了呢？

「那……就跟我說說樓蘭八王吧。」

知己知彼，百戰百勝，總之先把那幾個混蛋的底細摸清楚！

凱西忽然瞪大眼睛，神情有些奇怪。她向我走近，我往後一退，她於是將身體貼了上來……不不不，確切來說，是她的胸部先到了！

天啊……好軟……

「姑娘叫什麼？」情況變成了凱西詢問我，她的眼睛緊緊盯著我的嘴唇。

我老實地回答：「那瀾。」

「哎呀！真的不一樣呢！」她驚呼退開。我疑惑地看著她，她再次用疑惑的目光看我：「姑娘好奇怪，凱西剛才一直在觀察姑娘的嘴型，發現姑娘說的應該是現代的漢語，可是聽在我們耳中，卻是我們的樓蘭語，姑娘有沒有發覺我的嘴型不是你們的漢語呢？」

聽她這麼說，我除了對凱西的心思縝密和觀察入微感到驚訝外，也開始認真注意她的嘴型：「那妳……」得想個嘴型明顯的問題：「喜不喜歡吃蘋果？」

「喜歡。」當我聽到這兩個字時，愕然發現她的嘴型完全不是我們所說的國語「喜歡」。

「哈哈！是不是不一樣？」凱西拍著手退開，笑容有些自得：「我就一直覺得奇怪，以前掉下來的不管是漢人還是美國人、英國人、法國人、日本人，或是其他國家的人，他們一開始都聽不懂我們的話，只有一些考古學家才勉強能聽懂。姑娘卻像是在這裡土生土長的樓蘭人，跟我們交談起來絲毫沒有障礙，這真是太奇怪了。」她在水中托起了腮：「姑娘掉到這裡的時候，有沒有發生過奇怪的事情？」

「……」我沉默了一會兒，才說：「呃……我……掉下來的時候好像把……精靈王子給……壓死了……」

聽到我的話，凱西碧藍的眼睛越瞪越大，越來越驚訝。

「當時……他的最後一口氣吐到了我嘴裡，然後……我就聽懂了你們的話……」我說完低下臉：「我真的不是故意壓死他的……」

對於這件事，我只能說很抱歉。

眼淚也算是掉了兩滴出來，我難過地看著已經僵硬得像是全身的沙血變成了水泥、一動不動完全石化的凱西：「那個……他家在哪裡？我去給他上炷香之類的……」

我小心地看著她，完了，把她嚇傻了，不知道我是不是第一個反過來把他們樓蘭人嚇傻的人？

「凱西？凱西？」我輕輕戳了戳她的肩膀。她緩緩回神，吃驚地看著我：「姑娘確定是精靈王子殿下？」

我開始回憶：「我聽到英語的『王子』，後來吸了他的氣後，又聽到兩個精靈女孩叫他王子殿下。他……應該沒死吧？」既然這個世界如此依賴精靈一族，那麼如果精靈王子死了，鐵定是大事，凱西不會不知道。

凱西搖搖頭：「暫時沒聽說，不過確實有傳聞說王子受了重傷。」

「那就是還沒死？」我拍了拍胸口，總算鬆了口氣。

但是凱西的臉上露出更加擔憂的神色：「但是精靈王子受重傷不是小事，姑娘吸的那口氣也絕非普通的氣，應該是王子殿下的精靈元氣。姑娘這次只怕是遇上大事了。」

遇上大事？我不是故意壓到精靈王子的，而且他好像……正在偷歡吧？居然還在樹林這種地方？他可真有情趣啊……

「姑娘，我現在真的開始為妳擔心了……雖然群王因為無聊，會捉弄姑娘來取樂，但不會傷及姑娘性命，可是……精靈他們……」

凱西擔心地抱住我完好的左手手臂，靠在我的肩膀上，飽滿的胸部貼上我的手臂，帶著女人特有的柔軟。

我笑著看她，滿頭的亂髮在水中飄盪：「不用擔心！對了，妳還沒跟我說說八王呢，還有他們的抽籤規則。」

臉上掛著水珠的凱西依然滿臉擔憂地開始解說：「樓蘭由八位王統治，這八王分別是天王涅梵、龍王靈川、夜叉王修、乾達婆王玉音、阿修羅王伏色魔耶、迦樓羅王安羽、緊那羅王安歌和摩侯羅伽王鄯善……」

這八王的稱號……怎麼聽起來好像是佛教裡的天龍八部眾？

「每位王有每位王的性格……」凱西的聲音淡淡的，像是在訴說一個古老的傳說，悠悠飄散在這

滿是花香的小小浴室中。她的目光也在水汽中逐漸眺遠，宛如望穿了屋頂，看向遙遠的時空：「天王性格暴躁，但公私賞罰分明；龍王不愛說話，沉默寡言，對諸事冷漠看待；夜叉王修妳也看到了，他是群王中年紀最小的，醫術雖然高明，但為了破除魔咒反而入了魔障，原先開朗善良的他，變成了現在這副模樣……」

凱西的話裡隱含著嘆息，彷彿懷念著那個曾經開朗活潑的少年。

「玉音王是我的王，他若要對你好便會極好，如果嫌惡你則翻臉不認人，不念舊情，立刻把你拋棄……」凱西垂下臉，露出了哀傷的神情：「我已經不知道服侍過多少王妃了……王對我也很好，給我最好的首飾、最美的衣裳，享受和王一樣的食物……」她目光迷離地看向水池邊她脫下的衣物，神情黯淡：「可是一旦我做錯事……他也會毫不留情地殺了我……」

這點我已經知道了。我想起玉音王那無情的聲音，心裡為凱西感到不值和發寒。

「阿修羅王最狠絕。安羽王和安歌王最頑皮，他們特別喜歡捉弄人，每個王都被他們捉弄過，八王之中最善良的是鄯善王，他的祖先來自身毒，也就是你們現在說的印度。他信奉佛教，佛教現在也成了我們的宗教，所以八王之名是從天龍八部來的。」

「果然是天龍八部……關於上面的歷史發展，你們都是從那些掉下來的人那裡得來的？」

凱西點點頭：「一開始掉下來的多是商人、牧民、朝聖者和士兵，這些人能提供的資訊並不多，只有自己國家的歷史。直到近幾十年經常掉下來考古學家和歷史學家，我們才從他們那裡詳細了解你們上面的兩千多年歷史。」

我再次點點頭，可見掉下來並不一定會死。

「除了八王之外，還有神王尉遲法和精靈王露西伊法，如果姑娘真的壓到了精靈王子……王子的名字叫伊森。八王屬於人王，樓蘭是由神王、人王和精靈王一起統治的，他們三者之間的關係非常微妙。精靈王控制這裡的自然，幫助我們過濾日光；神王擁有制約精靈一族的力量，以防他們統治人類；至於我們人類則供養神王，也有殺死神王的能力。因此神王、人王和精靈王三者互相牽制，互相協助……」

好微妙的三角關係。我認真聽著，儘量用這顆不怎麼運轉的腦子記住這八個王。

「現在來說說抽籤吧！姑娘今晚可要好好表現哦！」凱西忽然認真起來，鄭重提醒我。

我奇怪地看著她：「為什麼？」

為什麼要好好表現？聽起來像是邀寵一樣。

凱西緊張起來，雙手握拳：「如果姑娘不好好表現，無法引起八王的興趣，八王便不會參與抽籤，只讓夜叉王和鄯善王兩人決定姑娘是生是死！」

「什麼！」

「就是這樣……」凱西連連點頭，金髮在浴室裡閃耀著耀眼光芒：「鄯善王最善良，要是被他抽到，他一定會好好照顧姑娘，但是夜叉王……妳也明白的。不過如果姑娘表現優異，則會直接排除夜叉王，由七王來抽籤得到姑娘，他們每人會擁有姑娘一個月，若輪流下來大家都覺得姑娘有趣，就會再重新循環，夜叉王便會永久落空，他就殺不了姑娘了！」

天啊，這情報太重要了！

每個人一個月，一輪下來就是七個月。我的傷再過一個月就痊癒了，剩餘的六個月再怎樣都能找

到如何回去的方法吧？我現在需要的正是時間。

嗯！我下定決心，為了活下去，今晚拚了！

「那……姑娘會唱歌嗎？」

我的眼前頓時一片漆黑……

凱西大概是讀懂了我的表情，擔心而謹慎地繼續詢問：「跳舞呢？」

繼續……發黑……

「那可怎麼辦？」

是啊……怎麼辦？好吧，我會打電動，可是這裡沒遊戲機啊！

正發愁間，浴室的門忽然被人「刷」一聲地拉開了。我尚未反應過來，凱西已經發出「啊」的一聲，像是本能護主般抱住我的身體，把我赤裸的身體用她的身體遮了起來。

當我正納悶這間浴室應該只會有女人進來，凱西的反應有些過度時，一對熟悉的黑眼圈已經映入我的眼簾。我瞬間全身僵硬——進來的居然是無時無刻想解剖我的夜叉王修！

只見修的黑眼圈明顯又更黑了。他以一種幾近怨毒的目光盯著我，碧綠的眼睛裡彷彿燃燒著幽幽的鬼火，整個人宛如充滿恨意的怨靈，陰魂不散，這也讓我反射性地起了雞皮疙瘩。

雖然我心中的怨恨早已蓋過了對他的恐懼，可是一開始差點被開膛的回憶還是在心底留下了無法抹滅的陰影，以至於我一看見他，內心已經本能地打起冷顫。

他身穿一襲黑色綢衣，款式近似於老年人在公園裡打拳時所穿的拳服，黑色的綢衣佐以銀線滾邊，讓整件綢衫不顯老氣，穿在他身上反而帶出了少年的英氣。他跨步進來，斜背著一個黑布包，黑布包的一面用血紅的絲線繡上了夜叉血盆大口的恐怖模樣；腳上穿的則是黑色布鞋與白襪……我怎麼感覺他像是來收屍的？

「夜叉王，您不可以進來！」

凱西著急地跺腳，踩出了層層水花。

修只是瞥了遮住我的凱西一眼，逕自走到浴池邊：「我對活的女人沒興趣……」低啞的聲音像是被人切傷了氣管，緩慢的語氣讓他的話更顯得陰森恐怖。

這句話同時也讓整個浴室的溫度瞬間降至冰點。

他蹲到浴池邊，放下背包，接著從背包裡取出另一個黑色的布包，一邊低啞地說：「我來履行我的責任，替她檢查醫治。」

「那也不能現在做啊！」凱西焦急地說：「您、您出去！等我為姑娘穿衣服再……」

修又冷淡地瞥了她一眼，沉著臉一字一句地說：「穿什麼？針灸通血脈……」

他將手中的布包放到地上，慢慢攤開，緩慢的動作讓我不由得想起「圖窮則匕首見」這句話！身上的雞皮疙瘩已經在不知不覺間一一豎起，我緊張地看著他打開那個布包。

他慢慢地打開布包，上面是一排看起來還滿正常的銀針。然而當他完全攤開布包時，一把明晃晃、和《劍俠奇緣3》裡的庖丁小刀長得差不多的片刀瞬間映入眼簾……那、那難道也是針灸用的？

你別告訴我是因為針不夠細，得用那把刀像削鉛筆一樣削一削吧！

我忍不住渾身哆嗦，緊緊抓住了凱西肉感的手臂：「讓、讓他出去！」

凱西伸手從我身後拿出了一塊大大的浴巾，匆匆包在我的身上，接著隨手拿起旁邊她的衣服遮住

胸部，焦急地看著修：「夜叉王！就算您要針灸，也得讓我拿東西為姑娘蔽體！姑娘是屬於群王的！您不能看她！」

修冷冷斜睨她一眼：「麻煩……女人不是都一樣嗎……」說罷，他轉身盤腿坐在浴池邊，雙手放到胸前，嘴裡還在嘟囔著：「胸前兩個東西分明影響重心，死了剝皮我還要墊棉花進去……」

我的雞皮一陣蓋過一陣，這浴越洗越冷了。

整張臉氣得通紅的凱西一邊俐落地替我擦身，一邊從婢女雕像的托盤中取出紅色的薄紗，在我的胸口裹了一層又一層。

「別聽夜叉王胡說，他連殺雞的勇氣都沒有，只會嘴上嚇唬人。」凱西小聲嘟囔，瞪了一眼背對我們盤坐的修。

「呵呵呵呵……」修發出了低啞的笑聲：「我沒殺過雞，但我殺過人……」

我立刻點頭：「他真的殺過，我曾看過他砍人。」凱西再次瞪了他一眼：「那種是半沙人，已經介於人與沙之間，沒有感覺，像殭屍一樣。」

凱西迅速地替我裹完胸，扶我慢慢走到浴池邊，我完全濕透的長髮黏附在身上，很剛好地遮蓋了身體其餘赤裸的部分。她又連忙替我套上同是紅色的短裙，自己再匆匆地套上浴袍，沒好氣地看向修：「夜叉王，好了。」

修轉過身，綠色的眸子在看到我時微微瞇起，垂落在臉邊的繃帶隨著他慢慢歪頭，緩緩滑下他的臉側。他的嘴忽然咧開，帶著黑眼圈的眼睛漸漸圓睜，我再次看到他那詭異的笑容，不由得往凱西身後靠了靠。修徐徐起身朝我走來：「紅色啊……我喜歡！」

他興奮了起來，我慌忙抓住凱西：「凱西，我們換衣服吧！」

凱西護住我，懷著歉意表示：「對不起，每次都是穿紅色的，這次沒想到夜叉王要來醫治妳……夜叉王，我要叫群王過來了！」

修走向我的腳步頓時停下，臉上乖張的笑容也逐漸收起。他目露無聊：「真沒勁……躺下，幫妳針灸……」說完，他轉身回去拿他的針灸袋。

我拍了拍胸口躺下，緊緊抓住凱西的手，凱西也認真地回看我：「放心，我不會走的。」

修盤腿坐到我身邊，插滿銀針的布捲也放在浴池邊，但最後的那把片刀還是讓我忐忑不安，深感惶恐。

修抬起青黑的眼皮看著凱西：「妳出去。」

凱西一臉大義凜然：「王吩咐我要時時刻刻看緊你，以防你挖了姑娘的心！」

修瞇起眼看著她，臉上怒意更深。他眨了眨眼：「那妳坐遠點……太近我無法集中精神……」

凱西咬咬唇，猶豫了片刻後稍微坐遠了一點。我將左手手臂伸長了一些，依舊和她牢牢握在一起。

修取出了銀針，伸手按了按我胸部下的肋骨，那雙手和上次一樣冰冷，感覺像是你剛洗完澡，忽然有人在你的腹部放上冰塊。他的手指按下，熟悉的刺痛感立刻傳來，他看著我，像是我疼痛的表情刺激到了他，他再次慢慢展開笑容：「是不是很痛……」

我咬牙瞪他，這個鬼畜的傢伙！

「哈哈哈……痛就對了……因為妳還沒好……哈哈哈……真想拗斷妳的骨頭……」他的雙手興奮

地扭動起來，瞪大黑眼圈的眼睛興奮地看著我的斷骨處：「當斷裂的白骨刺穿妳雪白的肌膚……鮮紅的血流淌出來……會像最鮮豔的玫瑰，綻放在我的眼前……哦……血……凱西……妳難道不想看看血是什麼樣的嗎？」

他抬臉看向凱西，凱西被他興奮的表情嚇到，臉色開始泛白：「夜、夜叉王，如果您繼續這樣，我、我真的要叫群王過來了……」

「哈哈哈……」修冰涼刺骨的手摸上了我受傷的手臂，手指像蜘蛛腿一樣爬過我因泡過澡而白裡透紅的手臂：「妳不知道……因為妳生於地下樓蘭，長於地下樓蘭，妳到死都不知道真正的人血是什麼樣的……」

我心慌起來，強烈的不安告訴我，必須要鼓起勇氣來反抗這個鬼畜的夜叉王。

夜叉王修越來越興奮地看著我的脖子，雙手扭動爬過我的手臂、我赤裸的肩膀，最後停留在我的脖子上。他用雙手箍住了我的脖子，興奮地咧開他有點泛青的嘴，露出了他森白整齊的白牙，帶著黑眼圈的雙眼撐到了最大！

「多麼纖細的脖子啊……就像精美的瓷瓶一樣，讓人想要捏碎……」

「夜叉王！」凱西急忙上前。此時，銳光忽然從修森綠的眼中劃過，他瞬間收起笑容，當凱西靠近時，他猛然揮出右臂，黑色的袖子在空氣中留下一抹黑色的暗光，凱西被他的手掃到，瞬間橫飛出去，撞在浴池的門上。

砰！耳邊傳來的巨響讓我徹底僵硬……我、我還打得過他嗎……

凱西意識朦朧地倒在門邊，接著朝門爬去。

「礙事。」修冷酷漠然地睨了凱西一眼，隨後回頭再度朝我興奮看來：「現代人……現在沒人打擾我們了……」

我驚悚地瞪大了眼睛——果然不能靠別人，只能自救！可是，我的恐懼感現在明顯占據上風，那點勇氣不知跑去哪裡了。該死！我明明快死了，勇氣你死哪兒去了？

終於，在我的吶喊中，我的左手顫抖地抬了起來，朝他推去：「別碰我！你這個變態！」我用盡全身的力量大喊，這一喊起了壯膽的作用，讓我的左手不再顫抖，用力地推上了他的胸膛。

然而少年看似纖弱的胸膛推上去文風不動，他完全沒有受到我的影響，只是癡癡地看我的脖子：「現在……讓我來嘗嘗妳的味道吧……這是多麼新鮮的血……甘甜……」他扣住我的脖子，緩緩俯下身來，陶醉地說：「滾燙……鮮豔……源源不斷……」

他身上刺鼻的藥味撲面而來，繫在頭上的繃帶也在這一刻掉落在我赤裸的皮膚上，讓人覺得癢癢的。我害怕地掙扎，他卻以巨大的力量完全扣住了我的脖子，我開始覺得呼吸困難。

忽然，尖牙咬上了我的脖子，我頓時痛呼出聲：「啊！」他真的咬了！他是個貨真價實的活人，不像《暮光之城》裡的吸血鬼吸血時，女人看起來還挺享受的，我真的很痛！他還沒完全咬破皮，我已經痛得抓狂了。

聽到我的呼叫後，他停下動作，咬著我的脖子，陰森森地笑了起來：「這聲音真動聽啊，再叫得大聲一點……哈哈哈……」

「王——」此時凱西忽然「刷」的一聲拉開門，大喊：「快叫王——」

「真是礙事……」修不高興地說著，接著話音一轉：「不過他們就算來也晚了，哈哈哈哈……」

「你這個變態！」

我咬牙切齒，努力地扭動脖子掙扎，從他的牙齒下逃開。

「還想逃？」

他又扣住了我的脖子，不讓我動，此時他的脖子映入了我的眼簾。混蛋！你這個變態！我那瀾寧可摔死、淹死、撞死，也不打算死在你這個變態手裡！你咬我是嗎？好，我也咬死你！

所有的恨意瞬間化作源源不斷的力量，我想也不想地一口咬了下去！這一咬更狠更用力，直接咬入他蒼白冰涼的皮膚，我的舌頭上立刻舔到了沙子！

「啊！」他急忙退離我身前，睜大眼睛摸向自己的脖子。我連忙趁著這個空檔爬起來，全身緊張得有些顫抖，心跳也因為面臨瀕死危機而加速。

我一邊吐出嘴裡的沙子，一邊本能地尋找可以反抗的任何東西，此時寒光忽然劃過我的眼前，我看到了那把片刀！我顫抖著手，反射性地拉過那個銀針布袋，抽出那把小小的片刀。然而因為慌張和害怕，我的手始終抖個不停，一時無法順利取出它，心裡越是著急越是拔不出來，彷彿它被鎖住了一般。

「妳咬我……妳咬我……」修發出了興奮得顫抖的聲音，少年微帶沙啞的嗓音本來應該是悅耳的，在他的口中卻變成了自地獄傳來的惡魔嘶嚎：「太好了……太好了——哈哈哈——我要妳——我要妳——」他忽然朝我撲來，此時我終於成功拔出了片刀，本能地把它放到身前，害怕地大喊：「別過來——」

當我轉過身來時，他已經撲到了我面前。噗！只聽見像是飛刀插入稻草堆的聲音，我登時全身僵硬，大腦一片空白。

情況完全出乎意料之外，一切都脫離了我的掌控。我沒想到修沒看到我的片刀，也沒想到片刀會插入他的身體。只見某種細細沙沙的東西順著指間流淌而下，戰慄瞬間侵襲全身，讓我的雙手顫抖不止。

「我不是故意的……我不是故意的……」

我只是出於自衛本能，想嚇唬他而已！

修緩緩後退，帶著黑眼圈的碧綠眼睛睜到最大，眼神卻看起來興奮無比。他先是緩緩低下頭，看著胸口上的片刀，激動地咧開嘴笑了起來；接著又抬起臉，手直挺挺地朝我指來：「我要定妳了……妳是屬於我的……哈哈哈……」他大笑著往後倒去。

砰！他跌落浴池，濺起了巨大的水花，落在我的臉上、頭上，然後慢慢順著臉頰滑落而下。

我呆坐在浴池邊，長髮再次遮滿整張臉。我透過髮間的縫隙看著漸漸沉入水底的修，一縷細細的沙正從他的心口緩緩浮上水面，這點和普通的沙有所不同，如同一抹金色的血液，在我面前化開。

我猛然回神，驚訝地發現淚水模糊了眼睛。我著急而顫抖地揮去雙手上的沙子，那些沙宛如血珠般沾滿了我的指尖。淚水從眼角滑落……為什麼我要經歷這樣的事情？

模糊的視線裡，我看見了靠在門邊的凱西那張徹底呆滯的臉。

「凱西……」

「發生了什麼事？」涅梵低沉的嗓音忽然傳來，我抬頭看著他。他注意到我後便蹙起眉頭，龍眸的視線開始聚攏，與我唯一完好的眼睛視線相碰。

「凱西！凱西！」

安羽和安歌扶起了凱西，擔心地呼喚她。真難得能從這群人身上看到正常人該有的表情。

「嗯——？修呢？」

玉音王走了進來，環視整個浴室，然後看向我。我終於看清了他的臉！

這是一個多麼雌雄莫辨的美男子！美豔到讓我一時忘記了驚嚇和害怕。

柔美的線條讓玉音王的五官在男女的界線間徘徊；大大的雙眼皮眼睛裡是一對迷人的金瞳，鳳尾般的眼線拉長了他的眼尾，讓他笑起來時分外地妖媚撩人；秀氣的鼻子下是上翹下薄的嘴唇，帶著一分橘色的嘴唇性感如女星Angelababy，在柔和的燈光下閃著誘人的水光；一頭棕紅的大波浪捲長髮讓他比女人更妖嬈。他的身上穿著一件微微透明的淡金色斜領單肩絲衣，胸前的茱萸在首飾間若隱若現；單邊赤裸的臂膀上套著金色的臂環，環上鑲著一排鮮紅欲滴的紅寶石，滿身的首飾讓他在太陽下格外耀眼。

「修沒對妳動手？」

玉音王忽然瞇起眼看向我，妖嬈的目光滿是懷疑，顯然他們認為夜叉王傷害我才是正常的。

我一時說不出話來，想起自己剛剛殺了一個人！我居然殺了人……

我呆滯地指向浴池，涅梵、玉音、安歌與安羽順著我的手望過去，接著完全怔在原地。

我蜷縮在角落，抱緊自己的身體，看著清澈水面下的黑色身體，肋骨因為身體驟然收緊而感到疼痛，我卻已經無暇顧及這些。

我殺了……人……

「快把他撈上來！」

涅梵大喝一聲，安羽和安歌立刻撲通跳下水，小小的浴室裡一下子擠滿了男人。他們把修撈了上來，平放到浴池邊。修一動不動，雙眸緊閉，此時此刻的他看起來無比安詳，像是沉睡中的王子版睡美人，頭上的繃帶垂掛在一邊，讓他看起來有些楚楚可憐。

安歌和安羽看到修胸口插著的片刀，立刻朝我望來，一模一樣的臉上露出相同的驚訝神情：「是妳做的嗎？」

我咬住冰涼的下唇，點點頭。

他們先是驚詫地愣住了，隨後忽然看向彼此，笑了。兩張同樣的臉猶如鏡像一般。

「你說是不是很好玩？」安羽笑著看向安歌。

安歌也瞇眸而笑，美人痣在那張精巧的臉上愈發顯眼：「確實好玩。」說罷，他們低下臉，安羽用手指彈了彈那把直挺挺插在修胸口的片刀，發出清脆的「叮」聲響。

「你拔？」安羽看安歌。

安歌搖搖頭：「我才不要，讓他多睡一會兒吧！他醒來一定會很生氣的！一想到修那副氣鬱的表情，就覺得好開心啊，哈哈！」

安羽聽見安歌的這番話，也哈哈大笑起來，眼前雙胞胎同時大笑的景象，彷彿一個人正面對鏡子傻笑著。

我愣愣地看著他們……這、這群人真是變態！

對了！我恍然想起來——他們死不了！

所以生死在他們眼中可以視為玩笑？沒想到他們竟然這麼漠視生命，我真心地為他們感到可悲。

「你們別鬧了！我們還需要他爬起來替那女人治傷呢。」涅梵滿臉陰沉地說。環顧浴室一圈後，他看向玉音：「你來收場，這裡是你的地盤。」

玉音王斜睨他一眼：「你明明知道我最受不了這種事情……來人啊，把夜叉王抬下去！凱西，扶那東西回去……真是晦氣，把我這裡弄得髒死了！」玉音王一甩手，率先走了出去。

隨後，兩個侍衛進來抬走了夜叉王，安歌、安羽跟在一旁，時不時用手指彈著插在夜叉王胸口的片刀，似乎覺得相當有趣。

有人大步朝我而來，漢式的黑袍隨他的步履掀動。涅梵冷冷地站到我面前，此刻的我卻已經心靜如水，無畏於未來的一切。

「是不是要砍下我的頭？」我輕笑：「能不能先讓我穿好衣服吃飽飯？給我做為一個人最後的尊嚴？」

「哼！」他在我上方冷冷笑著，接著慢慢彎下腰，手指穿過我的長髮，再次扣住了我的下巴，我在凌亂的長髮間看到了他眼中的冷酷：「我不會讓妳那麼痛快地死去！我要讓妳和我們一樣孤獨寂寞地活下去！」

狠狠地說完後，他甩開我的臉，再次拂袖而去。我憤怒地看著他陰沉的黑色背影，大喊：「你有病就要接受治療！我不是什麼闍梨香！你們全部都有病！」

涅梵的腳步在我的怒罵聲中微微一頓。他單手緊握，負在身後：「哼！妳不會明白現在的我有多麼後悔殺了闍梨香！」

我怔怔地看著他。闍梨香……那個他口口聲聲說著絕不會讓她安詳死去的女人，居然是被他……親手殺死的……

他深吸一口氣，在揚起臉時緩緩吐出：「呼……妳放心，我們不會傷害妳，也不需要妳的心，只是想請妳這個真正的人陪陪我們這些有病的人……讓我們在妳的身上感覺到……自己曾經……也是個人……」

說完後，他大步離去，衣襬隨著他快速的腳步而飛揚。這個雷厲風行的男子總是因為一個女人而失控，變得喜怒無常；這個影響著他的女人，叫闍梨香……

我再次躺回床上。凱西開始替我梳妝打扮。被整理得整整齊的黑髮披散在身上，我穿著宛如新娘般的紅裙，頭上罩著和凱西一樣的頭紗，但也是紅色的。細細的紅色瑪瑙鏈掛在我的頭頂固定頭紗，成了饒富西域風情的頭飾。凱西將精美的金繡紅色錦緞綁在我的手臂上，還為我戴上了精心設計過的眼罩，眼罩以繡著美麗花紋的絲緞製成，讓我這個傷者傷得高貴大氣，奢華美麗。

將我裝扮完之後，凱西便一直坐在床邊長吁短嘆，陪我等待晚上的抽籤。窗外灑入金沙一般的陽光，像是從修胸口流出的金沙之血。

「闍梨香……到底是誰？」

我看著那朦朧得像是在童話仙境中才會出現的暮光，幽幽問道。

凱西垂下臉。這一次，她什麼都沒說，我也不再追問。這是個不能問的問題。

她看著外面的陽光，忽然起身笑看我：「姑娘，我帶妳去看看這座城市吧！或許明天……妳就要離開了。」她的臉上流露出一絲不捨，畢竟我們或許會緣盡今晚。

她拉起我，我拾起改良過的漢式絲綢紅裙，隨她一起前行。我們經過空無一人的走廊，走上螺旋形的台階，像是要前往長髮公主的高塔般盤旋而上。最後，我們終於走到了盡頭，前方出現了一扇小門，她打開小門，爬了出去，並轉身朝我伸手，燦燦而笑：「姑娘，來見見玉都最美的景色！」

凱西背對金色的陽光，像是從天而降的天使，我朝她伸出手，並在陽光中感覺到許久未曾感受到的溫暖。她拉著我走出小門，當我們站上塔頂時，無比壯觀綺麗的景色映入我的眼簾，讓我如墜《天方夜譚》的奇幻世界。

一縷又一縷的金色陽光從天而瀉，像是一條條觸手可及的金色瀑布，垂落天際。但那些金色瀑布的源頭是天上一片片的金色浮雲……等等，那應該不是雲，難道是我墜落時經過的大片金沙嗎？

那些金沙現在化成一片又一片金色的流雲飄浮在空中，過濾了從上而落的陽光，也將陽光染上了夢幻的顏色，金沙上方的藍天，或許就是那神祕的羅布泊水域。我像是進入了一個顛倒的世界，又像是進入了水下的古國。

遠遠近近、充滿土耳其風情的白色圓頂建築盡收眼底，有的掛著美麗斑斕的毯子，在微風中輕輕飛揚。一座又一座圓柱形的高塔高聳入雲，彷彿伸往上方的通道，透露著人們有多麼想離開樓蘭——這座讓他們變得不人不妖的城市。街市、酒館、商店……到處都是絡繹不絕的人潮，偶爾可以見到馬匹、牛、羊與駱駝穿梭在人流之間。繁華的景象終於讓我感覺到了人氣。

「我心情不好的時候就會來這裡。」凱西扶我慢慢坐在天台上，輕輕拍了拍我的後背：「我去拿吃的過來。」

她離開了這裡，留我一個人在小小的圓形天台上。

我將雙腿掛在天台邊緣。儘管因為身處在高塔上而聽不到下面熱鬧的人聲，不過那些小如螞蟻、來來去去的人，讓我的心漸漸平靜。

「不用怕，我們不會傷害妳……」

溫和的聲音自對面傳來，我的視線被吸引過去，先是看到了兩條和我一樣懸掛在外的雙腿，穿著像是白色麻布製成的裙褲，打著赤腳，戴著暗金色的腳環；接著看到了只佩帶著首飾的赤裸上身，兩縷細細的捲髮垂在肩膀上，一對大大的暗金色耳環懸掛在那兩縷捲髮邊。

我的面前出現了一個看起來有點像中印混血的男子，深深的雙眼皮讓他的眼睛看起來更大，一雙杏眼裡鑲著一對溫和寧靜的褐色瞳仁。他正用一種悲天憫人的目光看著我，和玉音王不同類型的短捲髮在腦後梳成一把，分外高挺的鼻梁讓他的雙眼像西方人般凹陷而下，微抿的薄唇血色紅潤，像是塗上了口紅。用綠松石、南豆和其他不知名的材料串成的項鍊一圈又一圈地垂在他的胸前，雙臂上則掛著銀色的臂環，手腕上也套著佛珠和手鐲。男子的打扮像是壁畫上西天的朝聖者。

他和我一樣坐在對面一座圓塔的屋頂上，身披金色的陽光，褐色的捲髮在陽光中透出了一絲金色。

「雖然每位王的脾氣都不同，但是他們暫時絕對不會傷妳性命……」他同情而悲憐地看著我。

「暫時……」我垂下了目光：「你說什麼都沒用的，畢竟要被玩的又不是你……」

他陷入了沉默，一陣微風拂過我們之間，對面忽然傳來了清脆的「叮鈴」聲。我朝他看去，原來在他腕上那一圈又一圈的佛珠上，還掛著一串小小的鈴鐺。

「那瀾姑娘，妳看起來很善良，會有好運的。」他對我這麼說。我再次抬起頭來看他，他長得其

實也很面善，一眼便知是個好人。

他對我露出了微笑，笑容如蓮花綻放般清澈高貴：「我的名字叫鄯善，希望可以幫到姑娘。」

原來他就是鄯善王。

我看向他：「鄯善王怎麼會知道我的名字？」

他的笑容依然溫和慈祥：「凱西告訴我們了。」

我垂下臉，俯視高塔下方：「那你……能幫我離開嗎？」

他沉默了。當我再度抬起頭來看向他時，他已經低下了臉，看起來像是欠了我一條命般愧疚。

「不能嗎？」

鄯善抬起臉，滿懷歉意地看著我：「對不起，那瀾姑娘，這裡只能進……」他搖了搖頭：「不能出……」

「真的沒有離開的方法？」

他再次抱歉地搖搖頭。

我相信他說的話，毫無理由地相信了。或許是因為凱西說他是最善良的王，又或許是因為他看起來像是菩薩。

我擰了擰眉：「那你能在別的王擁有我時協助我嗎？」

鄯善睜了睜褐色的大眼，更深的歉意隨著眸光閃動滿溢而出。金色的陽光不知何時已變得黯淡，銀白的月光一束又一束地灑落，傾瀉在他的身上，為他鍍上了月光的銀輝。

他像是月光中的神靈，哀傷而歉疚地看著我。

「既然你什麼都不能幫我，就不要隨便對人做出承諾……」我垂下目光。其實他沒有義務幫我，但他一開始的那句話還是讓我產生了一絲希望。

「對不起……」

輕輕的道歉隨風而來。鄯善站了起來，清脆的鈴鐺聲也隨之傳出。

「哼……你不用對我說對不起，你本來就沒有幫我的義務……」

我再度看向他，卻發現他忽然飛躍而起。「叮鈴——」鈴聲在月光中響起，他躍過了我們之間的深淵，翩翩落到我的身邊，右腳前、左腳後地單膝落地，捲髮飛揚在月光中，寬大的白色裙褲在風中鼓起。

我怔怔地看著他，他的到來帶來了一陣好聞的檀香。

當鄯善臉邊的兩縷捲髮緩緩垂落、耳環不再劇烈搖擺後，他轉身遞給我一把匕首，並依然用同情哀憐的目光看著我：「我無法保證其他王不會傷害妳，所以送給妳這把防身用的匕首。」

我愣愣看著他手中的匕首——象牙白的刀鞘上雕刻著神象的花紋，款式簡潔俐落，卻不失奢華感。我接過匕首，抽出了刀刃，雪亮的刀身頓時發出「噹啷」的悲鳴，在月光中閃現懾人的寒光。

「我們不老不死，所以妳不必擔心會傷害我們……」他執起我的右手，放上他的胸口，褐色的瞳仁閃著認真的眸光：「如果我們傷害了妳，妳就用這把匕首，像是對付修一樣地刺入我們的心口，這只會讓我們休克，陷入沉睡。妳放心，在沒有正式輪完一輪之前，任何一個王都不能單獨處決妳。」

我呆呆地盯著他。憐惜地看了我一會兒後，他放開我的手，撫上我的長髮：「妳是一個聰明的姑娘，妳一定能堅持到最後的裁決。」

我低下臉，握緊了他送給我的匕首。側邊打開的小門裡傳來了孜然的香味。

「收好清剛，它削鐵如泥，別傷到自己。」

輕輕的叮囑化作一股暖流溫暖了我的心。他赤裸的雙腳從我面前跳離，只在月光中留下了一串清脆的鈴聲。

鄯善王，謝謝你，我會努力堅持到最後，讓你來解救我的。

我收好匕首，此時凱西也端來了豐盛的晚餐。事到如今，我只能徹底接受現實……不過我可以換個角度想，不是他們輪我，而是我在輪他們。

對，就是我在輪他們！他們每個人都得輪流陪我玩一個月，而我將透過抽籤決定第一個陪我玩的美男是誰。

鄯善王也很清楚地告訴我，在輪完所有王之前，其他的王不能私自處決我，也就是說他們不能傷害我，必須將我完好無損地移交給下一個王，這對我來說是個好消息。

想到這裡，我忽然胃口大開——吃飽喝足準備玩美男去囉！

凱西見我心情忽然轉好，終於露出了放心的神情，還以為是她的祕方起了作用。

當我正津津有味地吃著晚餐時，下面忽然傳來了充滿異域風情的音樂聲，婉轉而悠揚的樂音像是大漠裡的揚琴聲，伴隨著鈴聲和鼓聲，熱鬧地交織在一起。

我好奇地向下看去，只見火把在下方構成了一條長龍，蜿蜒而去，隱約可見百姓們正載歌載舞，非常熱鬧。

「這是怎麼了？」我好奇地問凱西。

凱西笑著說：「是玉都人在慶祝其他王的到來。我們玉都人很喜歡跳舞，我們的王跳得可好了！」說著說著，凱西也像是坐不住般起身跳起舞來，晃蕩的胸脯，扭動的肩膀，美麗的姑娘在月光下翩翩起舞。

她忽然也拉起了我。於是胳膊上綁著繃帶、臉上蒙著一塊眼罩的我，就這樣跟隨著她的舞姿，慢慢配合節奏擺動身體，享受音樂帶來的歡樂。月光灑落在這處天台上，放眼望去，只見很多人也爬上高台，在月光下跳起舞來。凱西快速地轉起圈來，我絲毫感受不到神祕詛咒在他們身上留下的恐慌，只看到樓蘭玉都人樂觀奔放、灑脫面對命運的開朗性格。

在他們歡樂的舞蹈中，我豁然了。真希望眼前凱西的舞永遠不要停，就這樣裙襬飛揚地一直旋轉下去……

玉都城，這座充滿波斯風情的都城，它的皇宮也滿是波斯風格的裝飾品及掛畫。精美的走廊鋪著華麗的地毯，兩側的白色廊柱讓人宛如進入了一座西方神殿。

打扮得煥然一新的我，彷彿一尊美麗的雕像，被人擺放在一張貼金的白玉椅上。整張座椅似乎是由一整塊白玉雕製而成的，何等奢華！

此刻的我並不覺得自己是被人觀瞻的玩物，而是女王，是這裡的女王！

你看，抬著這張白玉椅的是四個打著赤膊、穿著白綢燈籠褲、皮膚油光爍亮的異域猛男，似乎是擔心鞋子會踩壞奢華的地毯，他們於是赤腳而行。我的身前身後更有十二個衣著款式與凱西相同，但服裝清一色全都是瑰紅色的女婢跟隨。前面四個女婢手提花籃，為我用鮮花開路；兩旁和身後的女婢則邊走邊跳舞，襯托出我的高貴氣質。

猛男、豔婢一應俱全！

我是女王！今晚，我準備翻牌子，看誰能先得到本女王的寵幸。只是牌子不是由我來翻，而是由那幾個男人抽籤，看誰運氣好，可以先侍奉本女王。

我身上的紅色絲綢裙襬在白玉椅抬起時垂落而下，並隨著他們的行進輕輕飛揚。儘管手臂綁著繃帶，還是個獨眼女王，但我交疊雙腿，身體後倚，昂首挺胸，坐得威武霸氣。路上的婢女感受到了我的霸氣，各個神情愣怔地看著我。

華美的走廊盡頭傳來了新疆風格的樂音，一道大大的拱門映入眼簾。拱門上端凸起，狀似一團火焰，還繪有美麗鮮豔的孔雀眼花紋。

穿過拱門，眼前豁然開朗，同時出現了一座巨大的宮殿。寬敞的宮殿富麗堂皇，白玉石地磚和雕花石柱使整座皇宮在燈光中顯得金碧輝煌；精美的地毯延伸至遙遠的前方，曼妙的女子正在殿堂中央跳著性感的肚皮舞；兩側則用上了金漆的精美鏤空雕花屏風隔出了八個隔間，每個隔間的金色紗簾都是垂下的，後方隱隱可見矮桌及酒壺，有人正席地坐在矮桌旁，兩個身材窈窕的女人隨侍在旁。

這些人就是樓蘭八王吧！

音樂漸漸停止，中間的舞姬退至兩邊，身影慢慢消失在這個奢華的殿堂內。

隨著她們的退去，前方出現了同樣用金紗遮起的王位，裡面的人正慵懶地橫躺著，前後有四個女人正在服侍他，捶腿的捶腿，揉肩的揉肩，遞酒的遞酒，扇風的扇風。金紗外兩側還有兩個婢女，只見裡面的人影揮揮手，兩邊的婢女便各拿出一隻翠玉手掌，上前用它們緩緩拉起了金紗。

這就叫矯情！好好的有手不用，非要用玉手。

隨著紗簾拉開，我的玉椅也緩緩地落地。凱西低著頭，規規矩矩地走向前方，紗簾後方正是乾達婆王玉音。他正慵懶地側躺在一張雪白的羊絨毯上，上面堆滿了精緻的抱枕和軟墊，四個美貌不亞於凱西的婢女正在服侍他。

他揚起了手……這風騷的人手裡也是一根金手指，真是騷包！

隨著他這一指，猛男美人便一一退去，只剩下我依然坐在白玉椅上。

「大膽～～」玉音懶洋洋地說，清澈的嗓音加上帶著轉音的語調，讓他的聲音猶如情人撒嬌一般：「見到群王怎麼不跪？」

我懶懶地看了他一眼：「少廢話，快抽籤。」

「嗯——？」他坐了起來，雙眼皮的鳳眼慢慢瞇起，凱西和那些婢女頓時都跪了下去，屏息收聲。

「現在的女人怎麼那麼沒有規矩？」左邊第二間的隔間裡傳來嚴厲的聲音。

我仰天大笑三聲：「哈！哈！哈！」笑完後低下臉，冷冷地看著玉音王。「現在都什麼年代了，還要女人跪男人？上面的女人都做王了，這裡居然還要我對你們下跪？真是可笑！」

「女人做王？」玉音王不知為何忽然敏感起來。他一下子坐了起來，單腿曲起，神情瞬間嚴肅緊繃，看向兩邊。整個大殿的氣氛也變得有些怪異，像是我說了什麼禁忌的話，讓跪在兩邊的婢女——包括凱西——都瑟瑟發抖起來。

「怎麼？你們到底抽不抽？」我豪邁地坐在白玉椅上，藐視前方的玉音王：「難道是不抽了嗎？聽說按照規矩，如果沒人抽籤，就會由夜叉王和鄀善王決定我的死活。既然夜叉王沒來，是不是該視作棄權，我今晚可以直接跟鄀善王離開？」我剛才已經很仔細看過了，少了一個，只有七個。之前安歌跟安羽也說過別讓夜叉王今晚來搗亂。太好了，我可以以此為由，直接跟善王私奔……不不不，是逃離。

鄀善王，我要抱大腿！你直接把我領走吧——讓我們做好朋友吧——

聽到了我的話後，玉音王慢慢躺回那些女人的身上，柔軟的身軀成了他最舒服的靠墊，也讓整個大殿染上了幾分西域宮廷的淫靡氣氛。

「哼，真是沒有規矩！拖出去砍了！」

又是那個嚴厲而陌生的男聲，他冷酷無情地直接命人把我拖出去砍了。

至今為止，我只有龍王靈川和阿修羅王伏色魔耶沒有見過。凱西說過靈川王沉默寡言，不愛說話，而阿修羅王生性暴躁，看來這個不耐煩的男人應該就是阿修羅王。

我轉向阿修羅王的聲音來源，用剩下來的一隻眼睛望進那層金紗：「據我所知，我的命好像不是只由一位王說了算吧？」

金紗後方頓時沉寂無聲，他身旁的兩個婢女早已趴伏在地，不敢出聲。

「嗯？」玉音王慵懶的沉吟從前方傳來，我轉身看他，發現他正睇睨看我：「我也覺得砍了比較好。」

我一愣，他笑咪咪地對我拋了一個媚眼：「小賤人，別以為反其道而行會讓我們更加留意妳。嘖嘖！妳錯了，我們向來不喜歡不聽話的女人。來人啊，拖下去砍了！真是看著就心煩。」

我怔立在大殿中央……他、他們居然來真的！

只見數名侍衛立刻上前，真的架起我的胳膊把我往外拖。面對著玉音王的我一路倒退，趔趔趄趄。

不不不，所有的穿越劇女主角都有不死光環，就算她們再怎麼頂撞皇族，也只會越被皇族疼愛，為什麼到了我身上……

好吧，那是小說來著，我這裡才是殘酷的現實啊啊啊！

「ＯＫ！ＯＫ！」我衝著玉音王著急大喊：「我乖了、我乖了！我閉嘴，什麼都不說！全聽你們的！」

我服輸了。在現實面前，人們總是不得不低頭，為了活著，我決定先把節操放一邊。俗話說「大丈夫能屈能伸」，更何況我是個小女人，一定會做得更棒的。

玉音依然懶懶地看著我，侍衛們繼續把我往外拖。見玉音王和其他七王都不開口，我真的急了，身上都嚇出了冷汗，心跳猛烈加速。看來我在這裡就算沒被砍死，早晚也會被嚇死。

我立刻朝他大喊：「玉音王！您是我這輩子見過最俊美的王，我以為您像神明一樣仁慈，擁有廣闊的胸懷……求您了，別再跟我開這種玩笑好不好？」

不知為何，侍衛把我拖到門前就停下了腳步。我朝玉音王猛眨眼睛……好吧，如果是兩隻眼睛一起眨應該很可愛，現在的情況怎麼樣我就不清楚了……至少也有以前的二分之一功力吧？

「噗！哈哈哈——」玉音王將右手放到唇邊，仰天大笑。纖細柔美的身軀加上他那妖媚的臉龐，讓他笑起來有如蛇妖扭動一般。

「哈哈哈——你們聽見了沒？你們聽見了沒？哈哈哈——」玉音王在女人肉墊上笑得花枝亂顫，好不容易才平復下來：「我發現……我有那麼一點捨不得殺妳了。仔細一看……妳梳洗乾淨後也還算長得不錯。」

「是是是。」我連連點頭，像太監一樣唯唯諾諾：「我……不對不對，是奴婢！奴婢雖然不及您身邊的美人，但也算是耐看耐玩的。您放心，奴婢包退、包換、包修理，玩出任何問題奴婢都會自行解決，絕不給群王製造麻煩……」

「嗯……」玉音王單手支臉，遠遠看著我，待在隔間裡的其他王則一言不發，連說要幫我的鄯善王也始終沒有開過口。

我淚目……這就是政治的無情啊！就算鄯善王是王，也要少數服從多數啊！

唉，好吧，我認命了！一切還是要靠自己。

「嘖！妳掉在我的玉都，便由我來主持這場抽籤大會。哼……我還嫌麻煩呢！不過既然妳說我是最美的王……那妳再說個讓我更捨不得殺妳的理由吧！」玉音王扔出了這段話，馬屁果然還是管用的！

我懸起的心再次慢慢回落。雖然在這裡體驗到有如坐雲霄飛車般的驚嚇，但至少他開了口，我也算是有了機會。他這段話的意思應該是問我有什麼有趣的絕活可以陪他們玩吧？

該死該死該死！我現在總算嘗到沒有好好掌握一門才藝的苦了！哪怕床技也是一門技術……呃，我深深覺得自己真的為了活下去而失去底線了；不過反過來想是我上他們，還不錯呢！可惡，我真是廢物中的廢物！

我時而托腮，時而低頭擰眉嘆氣，苦於沒有絕技。侍衛放開了我。我呆站在門口，久久沒有答案。

「妳會唱歌嗎？」忽然，像是安歌的聲音從右側第一間裡傳來。他們這對雙胞胎兄弟的聲音乍聽之下似乎一模一樣，但還是有些區別的——安歌的嗓音較為乾淨，安羽則帶著一絲沙啞。

我抓抓捲曲的長髮，苦惱地看向安歌的隔間。忽然想到求職祕笈裡提到：不會的一定要說會！

我立刻說：「我會我會！」

遠處的凱西立刻偷偷抬起臉來看著我，我對她眨眨眼，看向安歌的隔間。

「是嗎？那唱首歌來聽聽吧。」

「好好好。」我將左手放在心口上（因為右手殘廢中），高昂地唱了起來：「起來——不願做努力的人們！」祖國啊，您可一定要保佑我平安啊！

這是唯一一首溶入我血液的歌曲。好吧……其實這是我唯一一首能全部背出的歌……

當我異常地嚴肅認真，鏗鏘有力地唱完國歌後，全場鴉雀無聲。咻～～一陣風拂過了下巴像是脫臼的玉音王，捲過彷彿瞬間結凍的大殿，掀起了層層紗簾，露出了一張又一張僵硬抽筋的臉。在我還來不及看清龍王和阿修羅王的真面目時，紗簾已經垂落，再次把這些俊美的王藏了起來。

「咳！」安歌王的隔間裡傳來了一聲乾澀的咳嗽：「我記得這首歌，這是你們的國歌，以前從上面掉下來的許多人每天早上起來都會唱這首歌……」

我立刻昂首挺胸，激昂地說：「因為我們是炎黃子孫！是龍的傳人！我們無論到哪裡、在何處，都記得自己的身分，都熱愛自己的祖國！我們都有一顆火熱的中國心！」

「噗！」不知道是誰噴了。我看向聲音的來源，金紗似乎因為這一噴而微微掀起，露出了正在擦拭嘴角的涅梵，他像是把酒噴出來了。我無語地看著他：「天王，你是漢人吧？再怎麼說我都是你的子孫，給點面子好不好——」

在紗簾緩緩垂落前，我瞧見了他繃緊抽眉的臉，那副神情我認得，以前每當我講了冷笑話，那群哥們兒都會露出這種表情，如果有別人問起來，他們一個個都會說：我們不認識她，她不是我們這夥的。

看！這就是交友不慎的下場……尤其是男生，特別容易翻臉不認人……

整座宮殿裡因為我唱了國歌而變得異常安靜。玉音王好不容易漸漸合攏彷彿脫臼的下巴，卻半天也說不出話來。我有些緊張地看向周圍，眼下情況的緊張程度實在不亞於畢業面試。

每個隔間都超乎尋常地安靜。沉寂片刻後，只聽見阿修羅王不耐煩地說：「還是把她砍了吧。」他的語氣像是把我砍了最省事，留著只會給他們添麻煩，讓他們頭疼不已。

伏色魔耶……不對，是色魔！我記住你了！

「嗯……你們的意思呢？」玉音王懶懶掃視眾人。

「我來問。」從安歌王隔壁的隔間傳來了安羽帶著一絲戲謔的聲音：「那妳會跳舞嗎？」

「會！我會！」

「哦？」玉音王顯然比之前更加感興趣，瞬間坐起身來，睜大眼睛看我：「跳一段讓本王看看。」

「哦……」我上前兩步，伴隨著響起的樂音，開始跳起以前學校教過的肚皮舞。

可是我漸漸發現情況不太對勁。只見玉音王的臉色越來越陰沉，嫵媚的水眸中劃過了濃濃的殺氣，讓他不再像妖嬈的美人，而是可怕的美杜莎。他倏地揚起手，音樂立刻停止，緊接著他抓起面前的一只玉杯，憤怒地直接朝我扔來：「妳居然把肚皮舞跳得那麼難看！」

啪！玉杯在下面跪地的凱西和婢女面前摔個粉碎，婢女們登時惶恐伏地，就連先前抓著我的侍衛也趕緊下拜，驚惶地大喊：「王息怒──」

玉音王用手中的金手指不停地指著我：「給我拖出去砍了！砍了！砍了──」完全不同的激動喊

聲讓我意識到他不是在開玩笑！

這是怎麼了？剛才明明還好好的，只因為我跳了幾步舞就讓他勃然大怒？

「真是找死～～」安歌嘲諷地說著：「玉音王可是這裡的舞神，妳居然在他的面前把舞跳得那麼難看，根本就是在褻瀆他，這不是找死嗎？」

什麼？玉音王是舞神？

我朝玉音王看去，他的臉色不是普通地陰沉，好像我真的破壞了他心目中最神聖的存在！

「等等，我還會講故事！」被侍衛拖到門口的我，死死地抓住描金的門框不放：「我會講很多很多故事，不如讓我來說說《天方夜譚》吧！」

「哈哈哈哈！她居然想跟我們講《天方夜譚》？哈哈哈——」安羽在隔間裡哈哈大笑：「大家都聽見了嗎？她居然想講《天方夜譚》！她不知道我們這裡有《天方夜譚》的手抄本嗎？真是可笑，根本一無是處嘛！原本看她懂得反抗殺了夜叉王還覺得有點意思，現在看她那副怕死的模樣真是無趣，砍了砍了。」

「我早就說要砍了她，幹嘛讓她在這裡聒噪煩人？」阿修羅王趁機再踹我一腳。

我又急又氣，明明已經卑躬屈膝了，這幫人卻毫不尊重我……對了，他們的確不會尊重人，這裡一看就知道是奴隸還是封建制度之類的，像我們這種人的生命在他們眼中根本不值一提。

我終於忍無可忍地生起氣來，對著他們大喊：「夠了！砍砍砍，你們就知道砍人！我是怕死，因為我只有一條命，一刀砍下去就真的沒了！但你們不老不死，身上砍幾刀都沒事！到那時就算你們把我的腦袋和身體縫起來，想讓我陪你們玩，我也動不了！我就只是一個人偶，一個擺設品！但我現在還活著，雖然歌唱得很爛，舞也跳得不好，至少還能說話，能跟你們說說上面有些什麼變化……」

「真無聊～～」百無聊賴的聲音從隔間裡傳來。只見在金紗後方的人影揮了揮手，紗簾便被婢女掀起，露出了穿著淡紫色胡服、有著一頭雪亮白髮的安歌，那雙銀瞳裡滿是無聊和厭倦。他打了個呵欠：「之前掉下來的人已經跟我們說了很多上面的事，什麼飛機啊、大炮啊、電子產品啊……不過才過了十年，還能有什麼新變化？」

「十年？這麼說上次掉了人下來是在十年前？」

安歌翻著白眼，似乎在算日子：「差不多，當時正好是西元２０００年。」

「西元２０００年？大哥，現在是２０１３年了！」我鄭重地大聲說：「您知道上面的發展有多麼迅速嗎？現在已經不是什麼三年一小變、五年一大變了，而是瞬息萬變！」在我鏗鏘有力的話音中，安歌身旁的安羽也叫婢女拉起了紗簾，接著旁邊幾間隔間的紗簾也紛紛掀起，此時我看見了鄯善王微笑的臉，他溫柔而正直的目光像是在為我打氣，告訴我繼續下去，上面世界的變化遠比唱歌跳舞更能讓群王產生興趣。

現在，右邊的紗簾已經全數掀起，只剩左邊的隔間。我繼續說著：「西元２０００年的電視機是這麼厚的，但現在電視機已經變得這麼薄……」我一邊說一邊比劃：「西元２０００年的手機是普通的螢幕，現在卻出現了觸控式螢幕，而且防水！」我下意識地摸摸腰部：「我的手機應該還在衣服裡，等等拿出來給你們玩，只要用手指就可以下達各種指令哦！」

「觸控式螢幕？用手指？」左邊第一間隔間的紗簾終於掀起，裡頭正是和我同為漢人的涅梵。

我對涅梵點點頭：「是的，觸控式螢幕。現在上面的科技每秒都在變化。西元２０００年我們華

夏民族還沒辦法上太空，但現在已經上去好幾次了！西元２０００年的小說流行一男多女，但現在的小說主打一女多男，女人做王，後宮全是美男，供女王左擁右抱！」

「什麼？荒唐！」怒語傳來，阿修羅所在的隔間紗簾登時掀起，我終於見到了那個動不動就要砍我的伏色魔耶王！

紅髮碧眼的他顯然帶著東歐人的血統，一頭鮮麗的紅色短髮前短後長，微微沒過脖子；金色的耳環露在紅髮外，碧綠的瞳仁在紅髮的映襯下也帶著一絲血色；高挺的鼻梁讓他像歐洲王子一樣高貴俊美，臉上那不可一世的表情卻讓他看起來十分地驍勇好戰。歐洲人的體格與涅梵這樣的漢人明顯不同，他顯得更加魁梧，儘管涅梵看起來有一百八十公分左右，但伏色魔耶比涅梵整整大上了一圈，更比喜歡小鳥依人黏在涅梵身邊的玉音王壯碩許多，要是玉音王站在他的身邊，只會像一個服侍他的妃子。

伏色魔耶王的上半身穿著有些緊身的白色絲綢花邊襯衣，貼身的衣料凸顯出他健碩的胸膛，每一條肌理都看得清清楚楚；一件金線花繡的短背心穿在襯衣之外，讓他更像一位歐洲的王子，威武地端坐在那裡。他的眼神分外深邃，眸光也格外凜冽，如同凶神惡煞，無人敢對視他那雙凶光閃閃的眼睛。

宮殿裡出現了各式各樣的服飾，讓人宛如置身於古代的八國大會。漢族、波斯、印度、遊牧民族、歐洲……整個樓蘭古國儼然成為了一個小型的聯合國！

「現在上面的女人怎麼那麼不知廉恥？居然想坐擁美男後宮！」

「您不能那麼說！」我無畏地看著他：「即使在你們的年代，也有女王，也有女兒國。再說那只是一種幻想，上面七十億人口，能有幾個男人長得像各位這麼俊美無雙的？」

當這番話一出口，各王彼此眸光交錯，眼神交流間明顯露出了一絲喜色。

嘖！果然還是馬屁最國際化最管用，只有馬屁才能拯救我的性命！

我故意大嘆一口氣：「正因為大部分的男人長得都不如人意，女人才會產生妄想。既然你們對上面已經有所瞭解，應該知道現在上面的國家大多禁止一夫多妻，所以就像男人渴望被女人簇擁一樣，女人也會這麼想；正因為不可以，才會藉由小說來滿足自己。現在的小說也是五花八門，什麼玄幻啦、奇幻啦、都會啦、科幻啦、網遊啦……以前掉下來的人基本上應該都是考古學家吧？他們講的故事怎麼可能會比我說的來得精彩？他們只會跟你們講解歷史，但我會跟你們說說神魔妖怪、說說凡人是怎麼修仙成功的，或是一個平民怎麼當上宇宙之王，再妻妾成群……」他們專心地聽著我的話，終於沒再提砍我的事。我必須趁勝追擊：「還有還有，西元２０００年的電影還沒有３Ｄ化，但現在就連家庭劇院都可以看３Ｄ電影了！你們看，我可以告訴你們很多更新奇、更好玩的東西……對了對了，我相機裡有照片，我自己也會畫圖。以前那些人頂多只能向你們口頭描述，但我可以直接畫出來給你們看！真的，我畫畫還是可以的！」我自信地看著他們。

八王的目光交會了一陣子，只有玉音王臉上的怒氣未消，非常不滿地盯著我：「本王還是想砍了她！」

不是吧，老大？只不過是跳舞跳得難看，你就這麼想砍我？對了，玉音王是完美主義者，眼裡容不下一點沙子。而我不是沙子，根本就是沙堆，只有那麼一粒金子藏在裡頭……

「玉音。」涅梵轉身看向玉音：「夠了，她還是有點用處的。既然你對她的舞那麼不滿，可以只

砍了她的腿。」

什麼！

玉音王微微瞇起了眼睛，像是在沉思。

全身淌著冷汗的我急中生智，立刻搶著說：「在西元２０００年時，漢服只是演員拍片所穿的戲服……」我的話音再次吸引了各王的注意，涅梵也轉回臉，冷淡地看著我。我繼續說道：「可是現在，漢服文化崛起了，因為大家普遍認為漢服才是我們華夏民族的服飾。天王，現在上面的人都認為只有大漢王朝，才是我們最值得驕傲的歷史！」其他皇帝請原諒我！誰叫樓蘭消失的時候是漢朝，涅梵應該是漢代的後裔吧？

涅梵的眸光閃爍，有些激動地站起身來：「妳是說現代人崇尚我大漢文化？」

「是啊，我們穿漢服、宣揚漢服文化、講解漢服起源，還拍攝了許多關於漢朝的宣傳片。天王，我是漢人，無論我們的年代相隔多久，我跟您身體裡流的同樣是漢族的血，我是您的子民、是您的後裔，您是我的王啊！」

我用唯一的一隻眼睛懇切而真誠地仰視他。天啊，看在我那麼沒節操地拍馬屁的份上，放我一條活路吧！如果砍斷我的腿，我寧可被直接砍死。

涅梵晶亮的眸中閃著點點光芒，那宛如被他深埋許久的仁慈和柔情。他像是回憶起過往，又像是陷入了矛盾。許久後，他轉頭對著玉音王說：「抽籤吧，你們也把她嚇夠了。」

咦？原來之前他們真的只是在嚇我？我的瑪麗蘇女神啊！

我撫上已經完全汗濕的額頭，這真的是要被玩死的節奏……

「對她有興趣的可以參加抽籤。阿修羅王，你要參加嗎？」涅梵在自己的隔間前問著。

「當然！我還是想砍死她！」

「你不能！」我著急地抬頭看向伏色魔耶，他一臉憤怒地看著我。「我聽說了，在其他王輪到之前……」

「哼。」他冷笑了一聲，碧綠的眼睛和火焰般的紅髮讓他像是地獄來的魔鬼：「因為妳傷害了我弟弟！我怎麼可能不殺妳？到時候就算不殺死妳，我也要砍掉妳的手！」

我僵立在原地。弟、弟弟？難道是夜叉王修？難怪都是綠眼睛。

「阿修羅王～～別那麼肉麻好不好～～」安羽和安歌單手支臉，看著滿臉殺氣的阿修羅王：「什麼弟弟？你跟修的關係明明曖昧不清，還叫什麼哥哥弟弟？我們這裡不反對男色，你們完全可以在一起哦～～」

什麼？難道阿修羅王喜歡夜叉王？天啊，這是何等地重口味！

啪！阿修羅王登時憤怒地拍案而起，殺氣升騰：「你們想找死嗎？竟然敢汙蔑小修！我看你們才是一對！」

安歌和安羽一起勾唇壞笑。眼角的美人痣和那頭雪髮在燈光下讓這對雙胞胎顯得明豔動人，關係含混不明。

這……又是什麼情況？玩配對嗎？

殘暴的伏色魔耶＆乖張變態的修之間的ＳＭ重口味之戀？

安羽＆安歌兄弟之間的禁忌之戀？

涅梵&玉音帝王攻與女王受的傲嬌之戀？

鄯善和……

算了，鄯善王是好人，我還是不去亂想他了。

所以……這是對女人失去興趣的不死殭屍集體搞男男戀？我瞬間感到莫名地安全。

「都別說了。」涅梵目光深沉地掃視伏色魔耶和安羽、安歌，接著轉向最後的龍王：「川，你參不參加？」

伏色魔耶滿臉憤懣地坐下，安羽和安歌則繼續壞笑。涅梵的視線落在最後一間隔間處，那裡的紗簾始終沒有掀起來。宮殿中一片寂靜，沒有任何聲音，大家似乎都在等待最後一位王——龍王的答案。

半晌，隔間裡才傳來了低低的一聲：「嗯。」聲音清幽如同山間小鹿的輕鳴，語氣寡淡又如一杯白開水，說不出地平常，卻升起了濃濃的神祕感，讓人對這位深居簾後的龍王好奇不已。

涅梵點點頭，依舊看著隔間：「你不掀簾嗎？」

「嗯。」依然只有簡簡單單的一個字，沒有其他的回答方式。

我看向那金色的紗簾。此刻龍王所在的隔間其實離我最近，微微透明的紗簾映出了一道白色的人影，端坐在隔間裡，始終安靜不語。他的頭上似乎也跟我一樣罩著薄紗，紗巾之下還有一層與頭紗相連的面紗，打扮帶了點伊斯蘭風情。

因為看不清他的容貌，我心裡不由得有點忐忑，畢竟這裡說過話的、見過面的，基本上都知道他們的性格，唯有這個人的底細完全不明。

我收回目光，再次看向前方。

涅梵轉身看玉音：「開始吧。老規矩，在沒有輪完所有的王之前不能碰她，也不能傷害她。」

玉音王有些不甘心地轉開臉：「你想讓她活著吧？因為你把她當成闍梨香～」

涅梵頓時變了臉色。我好不容易讓他和顏悅色，卻在這一瞬間被闍梨香這個名字徹底破壞。

「闍梨香？」

「闍梨……女王……」

一時間，各王之間出現了小小的騷動。

伏色魔耶的驚呼和鄯善王的低喃都證明了一件事——闍梨香跟這裡的所有人都有著神祕的聯繫。

慢著，闍梨香是女王？哎喲我的瑪麗蘇女神啊，事情大條了！

「哼。」玉音王因為我毀了舞蹈，一直沒有好臉色：「你想讓她同化、想讓她成為真正的樓蘭人，背負著詛咒，痛苦寂寞地活下去吧？涅梵，你還是跟以前一樣殘忍，你不覺得這比殺了她更殘酷嗎？」

他們在說什麼？同化到底是什麼？

總之無論如何，玉音王的這番話讓涅梵無言以對。他忽然憤而拂袖：「少廢話！抽籤！」說罷，他大步回到自己的隔間裡，腳步帶風，掀起了兩邊掛起的金色紗簾。

玉音王眸光轉動，嘲弄地笑了笑，接著揮揮手，一個婢女便托來了一個精美的陶罐，陶罐口很小，只能放進一隻手。婢女直接把罐子送到我面前，前方傳來玉音王的聲音：「由妳自己來決定妳的命運，妳可以決定誰先抽，誰後抽。」

我聽著玉音王的這番話，有些沉重地接過那個陶罐。陶罐並不重，我只憑一隻手便可以抓起它，裡面一片黝黑，感覺藏著很多劇毒的眼鏡蛇，只等你伸手進去餵食牠們血液。

「那裡面有七顆金卵，打開會有數字，誰拿到一，便是妳的第一個主人。」玉音王解釋完畢後，對我勾唇一笑：「妳現在……可以選擇了……」

我緊張了起來，心跳也開始不自覺地加快。

「好好選擇哦！第一個選誰是很重要的，這會加深群王對妳的好感度哦！」

什麼啊，你以為這是十八禁少女戀愛遊戲嗎？會根據好感度上升決定最後跟誰H嗎？可惜這不是少女戀愛遊戲，所以我真的要好好選擇才行。第一個選擇的對象，意味著我心中此刻最尊敬他，然而其他王也很好面子，無論我第一個選誰，絕對都會得罪其他六王（鄯善王不算，他很善良）。如此一來當我輪到其他王時，必定沒有好果子吃。但我如果不選，同時給出去，這些傲嬌的王則會認為我沒有節操，不知忠誠，很可能把其他六王全得罪了（不包括鄯善王，因為他很善良）。

這真的是一個非常困難的抉擇。

此刻，群王紛紛朝我看來。儘管對他們來說不過是一個玩物選擇主人的過程，卻也讓他們的目光銳利起來，某種暗流已經開始在這宮殿裡流竄。

在這危急之際，我忽然又想到了一招——頒獎名單上不是常會註明著一句話：「以上排名按筆畫順序排列，不分先後。」

有了！

我拿起陶罐，冷靜地看向眾王：「我們漢人相信緣分，佛法中也很講究所謂的『緣』，說只渡有緣人。所以今天我會按緣分來抽籤……」

各王彼此看了看，安羽、安歌面露調侃的微笑。安羽說道：「妳還懂佛法？」

我頷首：「略懂。」

其他王再次目光交錯，接著再次一一看向我。

「按緣分來抽籤是要怎麼抽？」安歌的目光帶著一絲戲謔。

我平靜地回答：「按我見到八王的順序……」

話音一落，安歌和安羽立刻相互擊掌：「哈，那我們在前面！」

其他幾位王也紛紛看向其他王，似在猜測下一個是誰，並沒有露出不悅之色，連暴躁的伏色魔耶也顯現出一絲絲興趣。看來他們已經接受了這樣的抽籤方式。

我走向安羽、安歌：「按緣分，我第一個遇到的是夜叉王，不過他這次不參與抽籤，所以理應是讓救我的安歌王與安羽王第一個抽。」我把「救」字說得格外響亮，他們露出了滿意之色。

安歌向右側坐：「算妳乖。」

安羽向左側坐：「懂事我們才喜歡。拿過來，我們一起抽。」

我恭敬地遞上陶罐，安歌、安羽起身離席，聚攏在我面前，兩個人相視一笑，一起把手伸向我。

忽然，雙胞胎兄弟頓住了手，看向彼此，一模一樣的臉像是在照鏡子。安歌問安羽：「我們誰先抽？」

安羽看安歌：「是啊，罐子只能放進一隻手，我們誰先抽？」

他們忽然一起看向我，嘴角同時揚起了壞笑，齊聲說：「妳來決定！」

我愣在他們面前，這又是一個難題！

他們雙手環胸，目露不悅：「妳可要選好了。」

「嗯！選了安歌，本王不會高興。」安羽指著安歌，安歌也沉下臉指著安羽：「選了安羽，本王也不會高興。」

「但是安歌要是不高興，本王也會不高興。」安羽說著，拉住了安歌的手，安歌也挑挑眉：「不錯，如果安羽不高興，本王更不高興，所以……」

他們再次齊齊看向我：「妳無論選了誰，我們都會很不高興！」

天啊……放過我吧！我天生對繞口令很不在行，他們這話我完全給繞糊塗了。

好吧，想難倒我是吧？想一起抽是吧？

我原地坐下，安歌、安羽彼此對視了一眼，好奇地跟著我一起蹲下來看我，其他王也紛紛朝我這裡望來，附近的玉音王則坐直了身體，微微挑起眉。

我取下頭紗鋪平，準備把陶罐裡的金卵全部倒出來。

「不許倒出來！」安歌、安羽忽然齊聲說。我氣結地看向他們，他們壞心眼地望著我：「不准倒出來。」

真是服了他們！

儘管我心中有萬分不滿，也鬥不過他們。

我舉起左手的小指：「是不是只要不倒出來，其他任何方法都可以？不然我做了結果你們又不准，豈不是耍賴？」

安羽、安歌看向彼此，一起點點頭。安歌對我說道：「只要妳不把金卵倒出來，本王准妳用任何其他辦法。」

我看向安羽，安羽也點點頭：「本王也准了。」

「好，打勾勾！」我向他們伸出手。他們看了一眼彼此，笑了，用戴著寶石戒指的小指跟我打勾勾。

我鬱悶地抽回小指，把陶罐倒放在頭紗上。不過當人少了一隻手，就發揮了腿的潛能。我早已顧不得什麼形象問題，用雙腿夾住陶罐，從身後抽出了「清剛」。

「清剛？」安羽、安歌驚呼了一聲，同時看向了鄯善王，鄯善王目露慈悲地看著我們。雙胞胎兄弟擰擰眉，沒說話，只是頷首一禮。眼前的景象真是罕見，看來鄯善王是他們唯一尊重的王。

我隱約看到了其他王也看向鄯善王，鄯善王對他們一一雙手合十、頷首行禮，如同朝聖者般聖潔。

其他王同樣沒有說話，紛紛收回目光繼續朝我看來。

我用牙齒咬住刀鞘，拔出了「清剛」。清剛，你可得加點油啊，讓我見識見識什麼叫削鐵如泥！

下一刻，我對準了陶罐的菊……不對不對，是屁股，橫向削了過去，一刀劃去，真的像是削過泥巴般輕鬆，左邊進，右邊出。我在驚嘆「清剛」真的是把寶刀之餘，也想著鄯善王確定要讓我捅這些王？這麼厲害的刀會不會把他們全部給捅死啊？

不過凱西說過，只有神器才能殺死這群殭屍，不知道神器又是什麼？

我放下清剛，用左手推開陶罐的底部，成為陶罐新的開口，巨大的屁股足夠塞進兩隻手。

我笑看眼裡帶著一絲調笑意味的安羽及安歌：「好了，現在你們可以一起選了。」

安歌、安羽相視一笑，齊齊看我。安歌忽地伸手捏我的左臉，安羽伸手捏我的右臉，嘴角斜斜地說：「算妳有點小聰明，放過妳了。」

然後他們各自取走了一顆金卵。金卵不大，只有蠶繭那麼大，他們在手中拋了拋，相視一笑，回到了原位，並沒有打開，像是在等大家一起揭曉答案。

我偷偷鬆了口氣——千萬別給這對雙胞胎抽中啊！不然會被他們繞死、玩死、折騰死。

我重新把陶罐底蓋回陶罐的屁股，抽出頭紗蓋在上頭，靠腿固定陶罐，並用頭紗纏緊罐身，然後把手插進陶罐底下，托住金卵把整個陶罐翻過來，耳邊傳來了金卵掉落陶罐「叮叮」的清脆聲響。

我再次提起陶罐起身，敬重地走向玉音王，站在他的餐桌前，恭敬低頭：「我第二位遇到的是玉音王，感謝玉音王派最好的侍婢來照顧我，把我打扮得這麼漂亮，多謝玉音王。」

玉音王的臉色隨著我的話稍稍有所緩和。我知道這馬屁拍得還不夠，於是更加恭敬地說：「我一直認為這是上天的安排，祂安排不完美的我掉落在玉音王您面前，讓完美的您來把我塑造得更完美。這是一項非常嚴苛的考驗，我已經準備好接受玉音王您各種嚴厲的調教了，您準備好了嗎？」

我偷偷抬起頭來看向他，發現他的眼神激動了起來，閃亮的眸光讓他的眼睛顯得格外璀璨，我甚至看到了裡面的勃勃雄心。

「這果然是上天的旨意。本王從未見過像妳如此粗糙、無禮的女人……」玉音王開始嫌惡地對我指指點點。

「……」無禮我也就認了，畢竟我們生在人人平等的世代，對這種落後的奴隸封建君主制來說，我們的行為自然顯得無禮放肆。可是粗糙是什麼意思？我再怎麼說也算是細皮嫩肉……

對了……我是時下所謂的「糙妹子」……人家沒說錯啊……

我從來不摺被子，頭髮也總是隨隨便便梳兩下。因為宅在家裡工作，一天到晚都穿著拖鞋及汗衫，夏天則是背心短褲，反正別人也看不到……這不是糙妹子是什麼……

「本王實在忍受不了妳身上的那些缺點，而且還把舞跳得比豬還難看！」玉音王繼續數落我。真是過分，竟然說我的舞跳得比豬還難看，你倒是讓豬跳支舞讓我看看！

「調教妳是一項最為嚴苛的考驗，不過……」玉音王發洩完，臉上又帶出了嫵媚的笑容：「本王喜歡挑戰，難度越大，本王越是有動力。妳放心，本王一定會把妳調教成妖嬈嫵媚、乖巧懂禮的寵姬！」

儘管心裡對「寵姬」兩個字非常不滿，但我還是故作開心地答謝道：「謝玉音王。」

「嗯～～本王絕對會好好地調教妳的！」他說出這句話時，雙眸眯起，聲音也比平時低沉許多。他認真了，我安全了……只要不用鞭子之類的，我都可以忍過去……

玉音王信誓旦旦，然後單手支著臉，另一隻手伸入陶罐，取出了一顆在燈光下閃閃發光的漂亮金卵。

我暗自鬆了口氣，希望第一位不要是他，不然鐵定苦不堪言。

接著，我慢慢來到了感覺有些親切，卻明顯不喜歡我的漢王——涅梵面前。

「我見到的第四位王是您，天王……」

涅梵以那雙黑眼冷漠而陰沉地盯著我，面無表情，像是在等著看我能拍他什麼馬屁。

我低臉恭敬地說：「雖然您很討厭我，我也不知道自己有哪裡讓您覺得像闍梨香，但是您在我心中的地位是崇高的，因為您是漢人，我也是，我第一眼看見您就備感親切，如同遇見了祖先。所以無論您怎樣處罰我，我都無怨無悔。您是我的祖先，我是您的晚輩……」

「別再說了！」他憤懣地沉聲打斷了我：「本王沒那麼老！」

說罷，他直接伸手取走了金卵，冷臉轉身，不再看我。

闍梨香是女王，但涅梵說他殺了她，現在涅梵成了王，難道……他弒君？或是他們一起弒君？我偷偷掃視群王，只見他們危坐不言，整個大殿忽然顯得陰森詭譎，宛如就在這裡——就在這座大殿裡，他們齊齊叛亂，殺了前女王闍梨香，闍梨香的幽魂卻始終徘徊不去，只為看著他們如何背負長生的詛咒，孤獨寂寞地活下去。

冷不防打了個寒顫的我匆匆收回目光，走過阿修羅王的桌前。當他伸出手來時，我直接飄過，他的手就這樣僵在了空氣中，只沾染了我身上的香氣。

我走過殿堂，站到了溫柔善良的鄯善王面前，他慢慢起身，所有王中只有他站起身迎接我，雙手合十在我面前一禮，我也彎腰向他行禮。在我們向彼此鞠躬時，他溫柔而憐憫的目光落在我的身上，我感激地仰視比我高大的他：「之後，我遇見了鄯善王，是鄯善王告訴我不用懼怕群王……其實大家沒有惡意……」唔，我可是提前說了，你們都很善良，沒有惡意，如果再做些奇奇怪怪的事，就是你們自己不要臉啦！

鄯善王垂臉淡淡一笑。我把陶罐托到他的面前。鄯善王泛著笑意的目光帶著一絲對我的放心，他將手伸入陶罐，輕輕對我說：「希望能抽到妳，讓妳這一個月至少可以安安靜靜地把傷養好……」

心中感動之情難以言喻的我，托著陶罐凝視著他，他也憐惜地注視我良久，褐色的瞳仁讓他的眸光愈發溫柔，讓人難以抽離。

他伸出了手，掛滿珠鍊的手撫向我因為長期不保養而蓬鬆的長髮。我就像《勇敢傳說》裡的公主一樣，頭髮蓬而捲。

「咳！咳！」兩聲幾乎一模一樣不悅的咳嗽聲從旁邊傳來，阻止了鄯善像是哥哥撫摸妹妹長髮般的舉動。

「鄯善王，這個玩具是我們大家的，你如果想摸，是不是該問問大家的意見？」安羽懶洋洋的話裡帶著明顯的不悅。

鄯善王淡笑著抽回了手，雙手合十面對眾人：「請各位善待她。她是個可愛的姑娘，會帶來很多我們曾經擁有、但已經丟失的東西。」

鄯善王為我說的話讓我心中更加感激，感動之情化作淚水在眼眶中打轉……

「我們曾經擁有的東西？」安羽莫名地看向安歌，安歌疑惑地挑眉：「已經丟失的？是什麼？」

鄯善王不再多言，目露哀嘆地轉過來看著我，重新揚起溫暖的微笑：「我知道妳可以的，加油。」

「謝謝鄯善王……」我再次向他鞠躬，鄯善王微微伸手扶我起身。

「真是有夠噁心的！」身後響起了伏色魔耶受不了的聲音：「鄯善，你那副悲天憫人的模樣是要做給誰看？當年你明明也殺了不少人，當時雙手沾滿血沙的你，怎麼不像現在這樣放他們一條活路？」

伏色魔耶的冷諷讓鄯善王愧疚地低下臉去，他不由得攥緊了手中的金卵，緩緩坐下，淡淡地說：

「確實……我沒有妳想像中那麼善良……」

鄯善王……

「哼！鄯善你就是偽善，少在那裡扮菩薩裝聖潔了！你的手上明明也沾著闍梨香女王的血！」

我驚訝地怔立在鄯善王的桌前，他雙眉緊擰，垂下了頭……這些人果然是靠著弒君才登上王位的嗎？我還是不要去懂比較好，我的目的只是苟活下去，然後找到離開這裡的方法。

鄯善王在我面前陷入了完全的沉默，其他王的臉色也再次陰沉起來。安羽、安歌先是白了一眼伏色魔耶，接著轉回臉看向彼此；玉音王靠在肉墊上，轉著酒杯像是在發呆，視線卻瞟向了沉眉閉眸的涅梵。

我在這些錯綜複雜的目光中，走向了一直對我懷恨在心的阿修羅王伏色魔耶。他冷冽的目光裡充滿了殺氣，碧綠的視線像是野狼般凶狠地落在我的臉上。

「雖然我很不希望讓你抽籤，可是根據我們之間的緣分，確實該輪到你。」我無畏地表示。

他眯緊了綠瞳，把手放入陶罐：「我一定會砍了妳！」

我笑著說：「那我該謝謝你，願意這麼快結束我的痛苦。」

他拿出了金卵，目光更加冷酷：「是嗎？那不如把妳扔到軍營做軍妓！」

我咬了咬牙：「那我再謝謝你，就當是免費讓我嫖男妓！記住，每天的人選不可以重複！」

伏色魔耶因為我的這番話而瞠目結舌，氣結無語地坐在位置上。

「阿修羅王，這女人都說上面的女人喜歡一女多男了，你還把她扔到軍營裡，豈不是便宜了她？」玉音王調侃的話音在大殿裡迴盪。

伏色魔耶像是受不了似的轉開臉，煩躁地用拳頭搥了搥桌子：「還是砍了她比較好，這女人真讓人火大！」

我白了他一眼，接著別過頭，來到直到最後都沒有掀起簾子的龍王靈川隔間前。

即使我們的距離這麼近，龍王靈川依然沒有拉起紗簾的打算。我用剩下的一隻眼睛看向裡面——他果然有用面紗遮臉！雖然朦朧的金紗讓我看不清他的長相，但看到了他垂地的長髮……那是一頭多麼長的長髮啊！以至於他頭上的白色頭巾也直垂身下。他似乎穿著一件白色長袍，長髮也是白色的，但與安羽、安歌的雪髮有所不同，似乎因為受到金紗影響而產生了色差。那些長髮鋪蓋在他的華袍上，閃爍著朦朧的亮光。

靈川王並沒有命人掀起紗簾，只有一個婢女走了出來。在她微微掀開紗簾的瞬間，我終於看到了他露在頭巾外的長髮顏色，原來是銀色的！絲絲縷縷的銀髮在燈光下反射著柔和的光輝。然而我還沒完全看清他的裝扮，紗簾已經再次垂下，當我回神時，手中的陶罐已經被拿到隔間裡了。我愣了愣，靈川王把陶罐直接拿走了……也是，裡面只剩一顆金卵了。

我再次走回宮殿中央，玉音王看看眾人：「大家都已經拿到金卵了吧？老規矩，一起打開。靈川，你拿好金卵了嗎？」

玉音王帶著幾分慵懶地看向靈川王，似乎連主持抽籤這種事，他都嫌消耗他老人家的精神。

「嗯……」傳來的依然是淡漠的回應，讓人不免有些好奇靈川王除了「嗯」這個字外，到底還會不會說些別的話？

我忽然發覺自己有些無聊，明明是決定命運的時刻，自己卻還有閒心對靈川王感到好奇。

瑪麗蘇女王啊，除了阿修羅王色魔，其他人我還是可以的。不過首選當然是鄯善王，求您讓他把我抱走！

「那大家開始吧……」玉音王懶懶地說了一句，顯得格外漫不經心。

我開始緊張了起來，心臟「撲通撲通」直跳。

我看向每位王——安羽、安歌兩人湊在一起，同時打開金卵，然後探頭察看彼此的籤。只見兩人雙眸一睜，露出像是拿到一副壞牌的表情；玉音王垂著眼皮，懶洋洋地扭動金卵，看了看裡面的紙條，打了一個哈欠，眸光卻轉到了涅梵身上；涅梵取出一張紅色的紙條，看著它皺了皺眉，接著把它放在桌上，環視眾人：「誰是第一個？」

他雖然起了個話頭，卻無人應答，彷彿在場根本沒有人抽到一號；又像是有人故弄玄虛，氣氛猶如玩梭哈般緊張，誰也不知道對方手裡的字條是幾號。

「對不起，那瀾姑娘。」右側傳來了鄯善王滿懷歉意的聲音。我看向他，他對我雙手合十：「我們只能五個月後再見了。」

五個月？鄯善王的意思是……？

他拿起手中的字條，面向眾人：「我是六號。」

紅色的字條上以金筆寫著阿拉伯數字6！看來這個世界的文化似乎也隨著時代逐漸進步。

「哼，算妳運氣好！」另一邊也傳來伏色魔耶的聲音，只見他把籤條甩在桌上：「可以讓妳再多活四個月！」

他的字條上寫著5。沒想到他的順位居然在鄀善王之前，真的是要出地獄才能看到天堂……

「我是三號。」玉音王懶懶說著，看向涅梵：「梵，你抽到幾號？」

涅梵皺緊眉：「四號。我不喜歡這個數字，玉音，我跟你換。」

玉音掩唇噗嗤一笑：「你還是那麼迷信。隨你吧，我無所謂。」

涅梵點點頭。

玉音繼續笑著說：「真是巧啊，就連抽到的順序也是按緣分而來呢。」說完，他又瞥向安羽、安歌：「看來有人故弄玄虛，不要再裝了，一跟二一定是你們吧？」

安羽、安歌相視一笑，齊聲道：「猜錯囉！我是最後一個。」安羽拿出字條，上面寫著一個7。

眾人瞬間因為猜錯而目露驚訝。此時安歌忽然揚唇起身，朝我舉步而來，安羽則依舊坐在位置上，單手支臉壞笑著。我看著安歌一步步走近，雪髮隨著他的步伐搖曳，在燈光下蒙上了一層淡淡的金紗。

他走到我面前，伸手一把扯住我的長髮，拽到他的面前。周圍群王目光交錯，頓時收起各種神情，藏起諸般心思。

安歌拿出字條，對我一笑：「小醜八怪，妳的第一個主人是我。嗯……我要來想想該怎麼玩弄妳。」

不會吧，我的運氣真的這麼衰？只見他手中的字條上赫然寫著一個「1」字。

「小安，你說錯了，是我們哦！」坐在位置上的安羽笑咪咪地提醒著。此時我忽然察覺安歌的視線有些動搖，原來他們這對雙胞胎也有神情不同的時候啊？

「哪一次不是我們一起呢？」安羽依然開心地笑著說：「我們一起玩，會讓小醜醜更開心哦！」

什麼？先聲明，我不接受3P的！

安歌看了看安羽笑得彎彎的眼睛，也瞇起眼回以一笑，眼角的美人痣在笑容中愈發妖豔。「小羽說得對，我們一起！」他接著咬牙切齒地回頭對我吐出這句話，睜開的銀瞳中蘊含著陰狠不悅的目光。

喂喂喂！是你兄弟提出要三個人一起的，你瞪我做什麼？我又沒要求跟你們兄弟兩個一起玩。兩個一模一樣的男人在身邊有什麼好玩的？

「請安歌王對那瀾姑娘溫柔一些。」鄯善王在旁邊著急起身，溫和提醒。

莫名不悅的安歌在聽到鄯善王為我求情時，面色愈發陰沉，本來他只是輕輕地拽住我的長髮，此刻卻用力一扯，把我直接拉到他的身前，髮根傳來陣陣疼痛感，骨折的右手撞上他的胸膛，更是疼得不得了。我同時聞到了異域的香料氣味。

忽然，我的左手臂被一把扣緊，整個人像是個破布娃娃般被安歌輕鬆扯開，強拉到他的身旁，不悅的聲音隨之傳來：「鄯善王，她現在是本王的，本王愛怎麼玩就怎麼玩。你如果心疼她……哼！」安歌忽然一聲冷笑，雙眸半瞇，射出了分外銳利的目光：「不如拿你的國來換啊。」

大殿的氣氛登時緊繃到極點。鄯善王在安歌王看似玩笑的話中擰起了眉峰，慈眉善目的面容瞬間變得深沉而凝重，安歌看似玩笑的表情卻露出了挑釁與野心。我暗暗吃驚地看著眾王的神色，轉瞬間，所有王的神情都發生了徹底的轉變，最明顯的莫過於暴躁的伏色魔耶，此刻的他無比安靜，低下頭把玩著桌上的玉杯，顯得心不在焉；一直都表現得懶洋洋的玉音王卻面露冷笑，眸光銳利地看向這裡——不是針對鄯善王，而是安歌王。而安羽依然坐在原位，笑臉托腮，一副等著看好戲的神態。

我瞬間成了一個旁觀者，方才只是成了某個局中某樣物品的替代品，一件在座七王都想要的物品。

我一直以為這些老不死的傢伙們只是因為活得太久、太膩，無聊到變得神經兮兮，越來越變態，但原來他們還是有欲望的。

我不由得看向涅梵，他面不改色地看向最後的龍王：「川，所以你是二號？」他的話終於打破了大殿裡出現的片刻僵局。

鄯善王靜默不言地緩緩坐回原位，大家的目光也朝靈川王的隔間看去。許久後，裡頭淡淡地傳出了一聲：「嗯……」

我就知道……

玉音王原本抽到了三號，但涅梵因為對「四」字敏感，於是跟玉音換了號；「四」在漢人眼中是個不吉利的數字，因為跟「死」諧音。所以這群男人輪我……不不不，是我輪他們的順序，依序是安歌王、靈川王、涅梵王、玉音王、伏色魔耶王、鄯善王，以及雙胞胎的另一人——安羽王。

沒想到我的命運在雙胞胎這裡繞了一個圈，始於雙胞胎，終於雙胞胎，這也算是一種戲劇化的巧合吧？

「小醜醜，妳說妳跟我們兄弟是不是很有緣？」安歌王伸手扯起我的耳朵，像是在捏貓狗的耳朵一般。我難受得齜牙咧嘴，然而礙於右手還沒痊癒，不能劇烈掙扎，只能任由他提著我的耳朵。他揚揚嘴角，出現了有別於安羽的壞笑：「從本王這裡開始，在小羽那裡結束，我們兄弟可以陪妳好好玩上兩個月，妳開不開心啊？」

我狠狠白了他一眼，他立刻露出小孩子生氣的表情，雙手捏著我的耳朵晃著：「小醜醜，妳跟我們一起有那麼不開心嗎？」他拔高了聲音，略偏少年的聲線透著一絲冷意。

我知道得罪他們兄弟沒好果子吃，立刻說：「開心開心。」

「真的開心嗎？」安歌繼續晃著我：「難道還是想跟鄯善一起？」他故意用一種吃醋的語氣說。

「我真的很開心！」我大聲回答。

他不再晃著我的耳朵，沉著臉，在眾王的目光中一把扣住了我的左手腕：「跟本王回去！」說完，他拉起我就走。

安羽雙手托腮，笑看著安歌，像是歡迎他凱旋歸來。他揚了揚手，婢女便走到用來區分安羽和安歌隔間的屏風前，推了推它，那扇屏風隨即收了起來，原來是可以折疊的。

兩個隔間成了一個，婢女們把桌子們也併在一起。安歌像是拽著破布娃娃般把我往座席上一扔，巨大的力量讓我一個趔趄，摔落在矮桌後軟軟的坐墊上，安羽的手忽然伸了過來，順勢環住了我的肩膀，往他身前攬去。

安歌提起衣服的下襬坐下，伸出手又拉住我的耳朵，硬生生把我扯了回去。安羽面露不滿，單手支臉看向安歌：「小安，你什麼時候那麼小氣了？哪個女人不是我們一起玩的？」

什、什麼？都是一起的嗎？

「咕咚。」我僵硬地嚥了口口水……看來我得加快逃跑的計畫了，我想他們也不喜歡玩一個殘廢吧？

「小羽，這次不一樣，你知道規矩的。」安歌一邊說著，一邊扣住我的手腕，環視大殿上的群王：「這女人是上面掉下來的，還沒有輪到你，你就不可以碰她……」安歌揚起了嘴角，流光般的銀瞳裡閃爍著星芒：「說不定……這裡真的有人很中意她呢！」他瞥向了左側的鄯善王。

鄯善王輕輕一嘆，悲天憫人的臉上是一副憂國憂民和……擔心我被玩死的神情……說實話，鄯善王老是一副「妳快死了」的表情讓我也很鬱悶。

「哦……你們真的很喜歡她嗎？」安羽笑著說，同時扯著我的另一隻耳朵：「不介意讓我嘗一口吧……」說著，他緩緩向我靠近，在我還沒明白他要做什麼時，他竟然直接舔上了我的耳朵，我頓時全身惡寒。

坐在我正對面的涅梵神色平靜，彷彿我只是一個普通的歌姬，被安羽、安歌兩個王一起褻玩一般。我實在不知道自己為何會對他抱著一絲希望，事實證明，即使同為漢人、心中再怎麼懷有親切感都無濟於事。我不是他的人，他當然視若無睹。

玉音王笑咪咪地掩唇：「討厭，小安羽還是那麼『性』急，年輕人的精力真是旺盛～」

「真受不了！」伏色魔耶王緊握雙拳，一臉不殺我不快的神情：「這種事回你們的房間去做！要做就快！我絕對會砍了她，到時你們要是還沒做可別怪我！」

「呵呵呵！哈哈哈……」安歌在一旁大笑起來，同樣伸手扣住了我的下巴，朝我邪邪看來：「魔耶提醒了我們，或許這次可以改一下規矩……」說著，他作勢朝我另一邊的耳朵舔來。

安歌在我左側，安羽在我右側，我那僅存的一點節操終於在此時提醒我不能同時被兩個男人褻玩！

我用左手直接抄起桌上的果盤，轉臉避開安歌，同時直接把果盤拍在安羽的臉上！「啪」一聲巨響，整個大殿瞬間鴉雀無聲。然而安羽並沒有被我拍開，這些受到詛咒的人有著神奇的力量，只見果盤上出現了明顯的凹痕，這變態的臉卻絲毫無損，彷彿只是被人摑了一個巴掌。

他側著臉，舔唇笑了笑，銀瞳裡驟然閃現出殺氣與寒光，眼角的美人痣也跟著抽了抽。他猛然伸手揪住了我的脖子，陰狠地笑看著我：「很好，我現在有一點想殺妳了！」巨大的力量讓我一瞬間瀕臨窒息，頸骨像是一眨眼就會被他掐斷。

「小羽！」安歌立刻扣住了他的手腕，雙胞胎兄弟在此刻不再同步，安歌的神情裡多了一絲沉穩：「這女人現在就是求死，別上當！」

安羽瞇了瞇銀瞳，眼角的美人痣輕輕動了動。這張臉如此年輕俊俏，那副陰狠帶笑的邪佞神情卻猶如眼鏡蛇吐著舌信，讓人感到惡寒。我痛苦地皺緊眉頭，喉嚨被他掐得陣陣發疼。

「說得有道理。」安羽緩緩放開我，我忍不住咳嗽了起來。正對面的涅梵站起身：「如果沒什麼事，本王先回去了。」他臉上深沉的神情似乎隱含著一絲興致。

「嗯……大家都散了吧。」玉音王懶懶地斜靠在人肉靠墊上，婢女再次拉起了紗簾，將他給遮了起來。

「沒見血真掃興！」伏色魔耶擰著拳頭站起身。當涅梵走過身前時，他深凹的碧眸慢慢瞇起，藏起了裡面的鋒芒，視線卻像是老鷹捕捉到獵物的蹤跡般，緊盯著涅梵的身影，宛如視涅梵為他最渴求的敵手。

看來這些王是面和心不和？我終於覺得宮廷鬥爭小說挺實用！可惜我不愛看宮廷鬥爭劇，只喜歡看一些歡樂、沒深度的後宮劇，那些小說裡可學不到半點宮廷生存法則，因為女主角有不死女神光環，各色美男毫無理由地圍繞在她身邊，像狗一樣地追隨她，再像瘋子般愛上她，滿足了我們宅女不便為人知的某種心理。

至於宮廷鬥爭劇裡的女主角則是這個虐完那個虐，成天步步為營，每天醒來後的第一件事就是想著要怎麼鬥，然後跟別的賤人鬥上一整天，晚上臨睡前再總結回顧複習這一天的鬥爭成績，明天繼續鬥，直到最後把自己也鬥成賤人為止。

可惡……書到用時方知少啊！女孩們，妳們要好好讀書，才能淡定穿越啊！

此刻，在我懊悔看書太少、沒變成宮廷聖鬥神女時，涅梵已經走到龍王的隔間簾前，停下腳步，伸手掀起紗簾。金色的紗簾輕輕掀起，他看向裡頭深深藏起的人影：「川，要不要一起走走？」

在涅梵詢問靈川的同時，我的身體被安羽、安歌架起。

「小醜醜，我們也要回房囉！」安歌捏捏我的左臉。

「啊！討厭，『小醜醜』這詞被小安用了！」再度恢復常態的安羽撒起嬌來：「那我就叫妳小怪怪～～」他捏上我的左臉。

我轉臉想甩開，卻哪裡甩得開他們同時而來的騷擾？

就在這時，龍王的隔間裡傳來靈川淡淡的聲音：「嗯……」

涅梵依然掀簾站在一旁。只見一個身著白衫的纖細男子緩緩從裡面走出，他高䠷修長，身高與涅梵不相上下，但看起來格外纖瘦。白色的頭巾直垂腳踝，覆蓋住裡頭長長的銀髮。他在步出隔間時稍稍停留在涅梵身前，一黑一白的兩個男子彷佛相互依偎著。他稍稍轉臉朝我看來。頭巾連著白色但並不透明的面巾，兩道細細的銀鍊將面巾連結在頭巾的兩端，唯一露出的是一雙線條柔美狹長、銀中帶灰的眼睛。銀灰的瞳仁只淡淡地看了我一眼便微微垂落，像是在看一個無關的人，又像是在看一個街邊的乞丐，雖然淡漠，但還是露出了一抹與鄯善相似的同情，只是他的同情是冰冷的，就像世人看著乞丐的眼神，漸漸麻木，宛如他抽籤也只是爲了延長我這個乞丐的壽命而已。

他轉身走在涅梵的身前，涅梵走在他的身側，兩人一起離開了這個大殿。

一旁傳來輕微的鈴聲，鄯善王站起身擔憂地看向我，安歌、安羽刻意朝他雙手合十：「阿彌陀佛，鄯善王，你只能五個月後再見她囉。哈哈哈哈……」說罷，他們拽起了我，從鄯善王面前大笑走過。

我抬眸看向了鄯善王，彼此的目光在空氣中相連許久，直到安羽那張陰沉的臉阻斷了我和鄯善的對望，他陰冷的銀瞳裡寒光閃閃：「再看？再看挖了妳的眼睛！」

我低下頭，在安歌、安羽的「挾持」中從鄯善王面前緩緩離去，赤裸的腳踏在冰冷的地磚上，心裡透著的寒意更加深了幾分。這座奢華的宮殿讓人感覺如此寒冷，這份寒冷是從這些王身上而來的。唯一讓人感受到一絲溫暖的鄯善王，也是如此無可奈何，力量微弱的他，只能漸漸被這些王身上的寒冷壓制。

走出宮殿時，我的面前是一條帶著波斯風情的漫長走廊。儘管我曾在午夜時分夢迴波斯古國，也正存錢計畫找機會前往伊朗，追尋波斯王子的足跡；然而今天當夢想成真時，卻發現這是一個讓人想儘快醒來的惡夢。

「這裡真冷……」我不禁輕喃著。

安歌和安羽看向我，挑眉而笑：「怎麼會冷？這裡可是四季如春。」

我低下了臉，用更輕的聲音低喃：「因為你們沒有心……」

他們的腳步倏然一頓，不知是因為聽見了這句話？還是沒有聽見？我繼續緩緩向前，他們的手緩緩從我手臂上滑落。我看著自己腳趾頭上豔紅的指甲，暗自哀嘆這個美麗的國度失去了生命，只能在沙漠下漸漸枯死……

侍婢在前面為我帶路。當我們經過一個房門敞開的房間前，聽到了伏色魔耶王的聲音：「小修！小修！」

安羽、安歌停下腳步，我也跟著停了下來，發現他們站在門邊一邊壞笑，一邊探頭望著房內。奢華的房間裡，修靜靜躺在蓋著銀色被褥的床上，伏色魔耶站在床邊，一頭鮮豔的紅髮像是熊熊燃燒的火焰。他手足無措地拂過修一動不動的身體，憤怒而心痛地握住他心口的片刀：「他們居然還沒幫你拔下來？太過分了！」

安歌、安羽始終勾唇笑著，相視一眼，笑意中卻多了一分寒氣，那無情的笑容不由得讓我心寒，他們的心裡肯定沒有「內疚」這兩個字！

雖然修的行為舉止相當變態，但是看到他現在這個樣子，我還是挺內疚的（雖然更多的是覺得他活該）。儘管當時出於自衛，顧不了那麼多，但現在事情過去，我對殺了他這件事感到抱歉，心情也複雜到極點，畢竟我沒殺過人，心情當然會比較混亂，而且對象還是個活死人，心情更是一團糟。

心情之所以會變得如此複雜，只有一個原因——因為我是個好人！

伏色魔耶小心翼翼地扶起毫無聲息的修，側坐在他的身後，讓他靠在自己的胸膛上。

雖然夜叉王修在我眼中是個十足的精神病變態，但在伏色魔耶眼中顯然是手心裡的寶。他握住了修心口的片刀，眸光收緊，一口氣將它拔出，修像是受到衝擊般身體向前弓起片刻，然後鬆軟地緩緩倒了下去，躺在伏色魔耶的臂彎裡，依然不省人事。

「放心，修……」伏色魔耶心疼地抱緊修的身體，愛憐地吻上他的額頭：「我一定會替你報仇！」他狠狠地這麼說著，同時憤恨地朝我瞪來，目光直直射在我的臉上，像是一把利劍，瞬間劈開了我的臉。

好疼！

「哼，還說沒姦情？」安歌好笑地架起我的右胳膊。

「阿修羅王，你涉獵的範圍可真是廣啊，哈哈哈！」安羽架起我的左胳膊，兩人一左一右，一邊哈哈取笑阿修羅王伏色魔耶，一邊架著我離開。我在鋪有紅地毯的走廊上走了很久，依然能清晰感覺到後腦杓被人狠狠盯視。

窗外月色朦朧，我坐在床沿上，呆呆望著從天際流淌而下、宛如銀沙般的月光，心裡十分平靜。明天會怎樣？將來會怎樣？我暫時不想去想，只想享受此刻在月光下短暫的寧靜。

那兩隻垃圾沐浴去了。儘管我被這群男人嚇出一身冷汗，他們卻在戲弄我之後各個拍拍屁股走人，散步的散步，回房的回房。

我抬手拾起一片月光，那月光彷彿細沙般從我的指尖流過，這是我所見過最美的月光。帶著西域風情的這裡，有著童話般的天空和早已不存在於世間的精靈，是精靈的神奇力量讓這個地下國度有如神話中描述的世界。

一縷流光劃過天際，像是流星，又像是有什麼飛過上空，拖動了天上的金沙，這些金沙在月光中逐漸變成了銀色；那抹流光繼續在天空中飛馳，並沒有消失，而是像鳥兒一樣翱翔片刻，往下面而去。

我感到無比驚奇，難道那是比較大的螢火蟲嗎？這裡這麼神奇，想必物種也跟上面有所不同吧。

我的目光緩緩往下移，除了看到波斯風格的花園之外，也看到了一白一黑兩個佇立在庭院中的人影——是涅梵和靈川。

我看向四周，玉音呢？玉音，你男人在這裡跟別的男人有姦情，你還不來捉姦？

涅梵與靈川同站一處，像是在賞月。他們微微揚起臉，一起仰望空中那輪有些模糊的明月，彷彿

水中觀月一般，那輪明月還會在風起時微微晃動。兩個男子靜靜站在月光中，一身漢服的涅梵和一身白衣白頭巾、像是伊斯蘭聖者的靈川站在一起，絲毫沒有不協調的感覺，反而產生了一種和諧安詳的美感，或許是兩人的俊美臉龐讓人忽略了他們服飾上的格格不入；抑或是因為他們同樣安靜，以至於自然地融入這座在月光下靜謐無比的庭院，以及庭院裡那些不知名的美麗白色花朵中。總之，他們融入了這片景色，構成了一幅讓人無法忘卻的畫面。

忽然，他們像是察覺到了什麼，齊齊轉頭朝我望來。我身穿一襲紅裙，坐在月光下的窗櫺旁，俯臉同樣靜靜看著他們。他們的目光平靜得像是在觀察某個路人，淡漠得彷彿在檢視某個婢女，毫無半絲波瀾。我望向他們的眼神也平靜如水，淡漠如晨霧。

我知道接下去的路不是幾句馬屁就可以糊弄過去的，這些心思迴異的男人有著各式各樣的性格，他們或把我當作某個女人的影子，或把我當作一個可憐的過客，或視我為仇敵，或視我為白老鼠，甚至是解悶的玩具……但我想他們的生活將多多少少因我而改變。最後，我會從他們的眼中徹底消失，彷彿我從未造訪過這裡，只留下他們在我身上灑上的不知名清香。

他們凝視了我片刻，隨後紛紛垂下臉看向別處。當涅梵再度朝我看來時，我轉頭躍下，離開了這扇窗旁。我會從他們的視線裡消失的，即使一時找不出離開這裡的方法，也要離開這些人的魔爪。

我躺在床上，一次又一次地計畫要如何逃離。如果第一個輪到的是鄯善王該有多好？我可以安心養傷，然後和鄯善王商量讓我捅他一刀，以便離開這裡。

然而現在……

我反覆想著各種脫逃的方法，輾轉反側，無法入眠。

輕輕的，我聽到有人推開門，於是戒備了起來，翻身滾落床鋪，爬到床底下。誰知道是不是那個變態的修醒來後又要來解剖我？

明亮的月光照出了兩雙銀藍花邊的馬靴，我透過床下的縫隙看到這兩雙一模一樣的靴子，立刻明白來者是誰。

「嗯？小怪怪怎麼不見了？」是安羽，他叫我小怪怪。

「哼……我想小醜醜是想跟我們玩躲貓貓吧？」是安歌，他叫我小醜醜。

「小怪怪可真性急啊，這麼快就開始跟我們玩了。小安，你說她會躲在哪裡？」

「我不知道……來找找吧？」安歌走到了床的另一側，和安羽面對面隔床而站。

「雖然小怪怪年紀大了點，但本王就是喜歡年紀大的。」

「哈哈……小羽說得對，熟女才知滋味，小女孩有什麼好玩的？大姊姊，出來跟弟弟們玩囉！」

他們兩個在床邊晃來晃去，像是在找我。

我捂住嘴……這兩個有戀姊情結的傢伙！

「小安～～找不到大姊姊耶～～」

「小羽，你真的找不到嗎？不如我們一起來……」

「好，一！二！三！」床的兩邊忽然同時出現兩顆人頭，臉上的壞笑在月光中顯得更加詭異。

我驚悚地看著他們，這種兩個人頭忽然「掉」下來的情境實在狠狠嚇了我一跳，絕倫的午夜驚魂啊！

「哦～～原來大姊姊躲在這裡～～」安羽伸手抓向我的手，我慌忙躲開，頭髮卻忽然被人從另一

邊揪住：「小醜醜，這樣可不合規矩，找到了就要出來哦～～」安歌扯著我的長髮，我痛得討饒：「出來了！出來了！」

他鬆開手，和安羽站直了身體。當我爬出床的瞬間，左手臂忽然被人扯起，下一刻便被一股巨大的力量扔到柔軟的床上。

砰！我被重重摔在床上，完全來不及爬起。一左一右兩個人影高高躍起，朝我這裡撲來。

「大姊姊，我們一起睡！」雙胞胎一起扔掉了頭上的氈帽，雪髮在月光中飛揚。臉上掛著狡黠笑意的兩人朝我同時撲來，我驚得往後急退。

砰！他們分別落在我的兩側，落下時單手支臉，身形優美。右眼角有顆美人痣的安羽和左眼角有顆美人痣的安歌，銀瞳閃爍地側臥在我的兩旁，即使床再大，此刻也不免讓人覺得有些擁擠。

「要去哪裡啊，大姊姊？」雙胞胎伸手扣住我的肩膀，把我牢牢固定在他們之間。我曾經見識過他們的神力，那是可以輕鬆把我捏成粉碎的可怕力量。他們看起來明明不過是十七、八歲的少年，體型在八王中也算是纖弱的，只比夜叉王好一些，卻有著如此驚人的巨力。

我僵硬地笑了笑：「我哪裡都不去。」一邊想偷偷伸手拿起腰間的清剛，但安羽扣在我左肩的手忽然滑落，撫過我的手臂，把我的左手扣在床上。右邊的安歌突然伸手摸向我的腰間，指尖滑過我的腰側，帶起了一陣難以忍受的搔癢。

「妳是不是在找這個啊？」安歌像是在炫耀戰利品般揮舞著手中的清剛，側臥在我身邊的臉慢慢向我靠近；我想往另一邊躲，可是另一邊有安羽啊！

他慢慢湊到我的耳邊，低低的話語隨著一絲溫熱的氣息吐入我的耳中：「……妳不是說妳會畫畫？不如讓我用清剛在妳的臉上也畫上一幅山水圖如何？」他一邊說著，一邊用清剛的刀鞘在我的臉上來回比畫，我的冷汗再次涔涔冒出，我可不像他們會自體治癒，不想被畫成抽象畫啊啊啊！

這兩個惡魔！一旦等我能逃走，我絕對饒不了他們，一人賜一根鉚釘，扒光了釘在十字架上！

「小安，你一定要畫對稱哦～」另一邊的安羽也湊到我耳邊，輕輕地把氣息吹在我的臉上：「其實……看到她只有一條手斷真的很不順眼，好想把她這隻手……」他扣住我左手的手忽然收緊：「也廢了。」

他倏然捏緊我的手腕，我嚇得閉起眼睛，緊緊咬住了唇。但他並沒有繼續用力，房間裡陷入了寂靜，隨即只聽見他們邪惡狂妄的大笑聲：「哈哈哈……哈哈哈……」

「看她嚇成這樣真好玩～」安歌捏了捏我的右臉，安羽也捏上我的臉：「小怪怪，妳要陪我們好好玩哦！不然就真的把妳的另一隻手也給廢了。」

我滿頭冷汗地睜開眼睛，武器都被收繳了我還能怎樣？此時我真希望自己能突然擁有超能力，把這群男人全數制裁！

沒過多久，兩隻惡魔就這樣捏著我的臉，在我的兩側慢慢睡著了。他們的手環在我的肚子上，一左一右地在我的小腹上繫起，結成了一條手臂腰帶。我一動不動地躺在他們中間，聽著他們連頻率都一樣的呼吸聲。如果接下來的三十天晚上都這樣，我想自己要不是瘋掉，就是直接跳樓。

我因為害怕而不敢睡，卻又因為受驚而疲憊不堪，努力支撐的眼皮最終還是閉上了，似醒非醒，似睡非睡，眼前是混亂的夢境——我看到八王全變成了狗！

涅梵成了黑色的藏獒、玉音成了長捲毛貴賓、安歌和安羽是一模一樣的雪橇犬，以及凶惡的禿尾

巴杜賓犬伏色魔耶，牠們全朝著我吠，還有一隻小小的綠毛吉娃娃，就數牠叫得最凶！我將一根骨頭扔了出去，牠們全都跑去叼骨頭去了。

別問我怎麼會突然有骨頭，我也不知道。然後這幾隻賤狗吐著舌頭，全朝我搖尾巴，說：「女王，我還要～～」

我得意地拿出無數根骨頭（別問我怎麼又突然有了無數根骨頭，總之就是有），雙手夾住骨頭，像扔飛鏢一樣瀟灑地甩了出去，就在這時，一隻金毛狗忽然竄起，朝我撲來，伸出舌頭一個勁地猛舔我的嘴。他舔啊舔、舔啊舔，還把舌頭伸到我嘴裡去了！我嘗到了口水的味道，帶著一種香草的甘甜，但還是因為跟狗接吻而噁心得驚醒……眼前赫然出現了金毛和金眼！

「啊！」我驚叫一聲，嘴裡同時好像有東西出去了，真的有舌頭！

回神的那一剎那，我感到噁心不已：「嘔！」

「別亂動！讓本殿下好好吸。」耳邊響起了悅耳的中性男聲，有人雙手捧住我的臉，噘起的嘴又貼了過來。我終於看清金毛不是狗，而是個人！而且……好像還有點眼熟。

只見他金色的長髮在鬢邊梳了兩條小辮子，小小的錐子臉、尖尖的下巴，像是國際超模安德列．佩伊奇。一對尖尖的耳朵從金色髮辮後微微探出，上面還有小如星光般、晶瑩剔透的精緻耳環。當我終於將他看清楚時，他已經貼上我的嘴，努力吸氣，不太像強吻的動作讓我一時忘記了反抗，他更像是在做人工呼吸，神情異常認真，弓身跪在我的上方，用盡全力吸取我肺裡的空氣。

「吸——」他吸到擰緊雙眉，金瞳緊閉，彷彿用盡了吃奶的力氣，但依然毫無效果。

他離開我的唇，側著小臉，金瞳裡滿是疑惑：「奇怪，怎麼吸不出來？再試試看好了。」他咂咂嘴，又貼了上來，異常柔軟的唇充滿肉感和彈性，那是比我還要柔軟的唇。我呆了一會兒，在他的唇下終於認出了他：「是你……」是那個被我壓死的精靈王子！

他沒死真是太好了……

「妳認出我了？」他離開我的唇，臉色卻不像我看到他還活著那麼高興。他瞇起金瞳，鼓起了臉：「那還不快點把本殿下的精靈之元還來？」

什、什麼？什麼精靈之元？

我懵懵然看他，他努努嘴，精巧的小臉雖然滿是怒意，但相當可愛。

「算了，我看妳也不明白，我自己取好了。」說完，他捧住我的臉，又親了下來，在碰到我的嘴唇時卻頓了頓，皺皺眉：「妳的嘴唇真粗糙，而且嘴裡的味道……嗯……」

我抽了抽眉，被他親到現在居然還敢嫌棄我？

「我有種你會被打的預感。」

他迷惑地眨眨眼：「誰敢打本殿下？」

「我！」我揚起手，毫不猶豫地揮了上去！

啪！我的手拍在精靈王子臉上，感覺像是拍在一片軟綿綿的沙子上。砰！精靈王子瞬間消失在我的身上，與此同時，我身上的重量也徹底消失。我立刻坐起來，發現身邊的雙胞胎兄弟完全沒反應，剛才的動靜明明那麼大，他們卻都沒醒，可見一定是那精靈王子動了手腳。

「嗯？人呢？」我真的找不到精靈王子了，那麼大一個人，說不見就不見了。

「啊！王子殿下！」就在這時，耳邊忽然響起了像是小女孩的驚呼聲，我立刻看過去，看到了兩

個小小的精靈女孩正朝我的床腳下飛去。

這是什麼情況？

我好奇地探出身體，一手撐在安歌的肚子上看出去，只見一道金光忽然從床腳下竄出，直朝我而來。我下意識地後退，看到金光停滯在我面前的月光中——竟然是小小的精靈王子！此刻的他只有男人的一個手掌那麼大，淡金色的紗衣後是一對晶瑩剔透的金色翅膀，赤裸的腳下盤繞著細細的金沙，那些金沙隨著他的飛翔留下了金色的痕跡。

「妳居然敢打本殿下！」他憤怒地揚起手，手中出現了一根小小的月牙色權杖，權杖上端懸浮著一顆水晶石，在月光中開始轉動，像是在聚集能量。

不！是！吧！我居然一巴掌把他打回原形，還打到床腳下去了？這是什麼精靈王子啊？那麼不經打！

「王子殿下，讓我們來教訓這個可惡的女人！」兩個精靈女孩也飛到精靈王子的身後，她們身穿黑髮銀甲，翅膀是銀色的，身材性感，胸部在銀甲裡若隱若現。

她們一左一右飛出，左邊的精靈女孩大眼小嘴尖下巴，一頭黑髮盤在腦後，身背弓箭，英姿颯爽，像是女衛士；右邊的女孩長相可愛，長髮在兩鬢盤了兩個像是十八世紀宮廷貴族的髮髻，也是手持長劍，朝我攻來。

我說，這群蚊子到底是想要幹嘛啊！

還沒等我搞清楚狀況，那兩個女孩已經像美少女戰士一樣喊出了攻擊口號：

「月神之箭——」

「星光斬——」

天啊！這都什麼時代了，還玩得這麼幼稚？

只見兩束銀光像漫畫裡描繪的一樣，齊齊朝我的臉射來，當我以為自己肯定要被魔法炮轟時，那兩束銀光卻在我面前幾公分的地方瞬間消失了。於是，房間裡出現了極為尷尬的場面：兩個精靈女孩傻了眼，呆呆站在月光中，她們雖然搞出了那麼大的動靜，結果根本沒用；精靈王子站在她們身後，疑惑的神情裡漸漸浮現出一抹認真。女孩兒們無法置信地眨眨眼，我摸摸自己的臉，什麼事也沒發生，此時我忽然有一種誤入小人國，發現她們的攻擊對我完全無效的感覺。

「妳們……是不是……力量太小了？」我小心翼翼地指出我和她們體型上的懸殊，誰也不會把一隻蚊子的攻擊當一回事。

兩個女孩立刻生氣起來：「妳居然小看我們！月神（星光）……」她們再次蓄力，精靈王子卻上前攔住了她們。當她們疑惑地看著他時，他忽然甩出手裡的權杖，一束比之前更加粗大的金色光束瞬間朝我而來。

我呆呆地看了一會兒，揚起手，在金光快到面前時把它揮開，就像揮開蚊子那麼輕鬆，絲毫沒感覺到任何疼痛，那束金光也在我的揮舞間消失得無影無蹤。

「這是怎麼回事？」女孩兒們不可思議地看著我：「殿下，為什麼我們的攻擊無效？」

場面再次變得尷尬不已，他們像是神一樣降臨，用似乎是強大魔法的神奇光束攻擊我，可是對我毫無作用。我不是故意要讓他們尷尬的，或許我應該假裝被擊倒，至少給那位王子留一點面子？

對了，我記得凱西說過，精靈王子好像叫伊森，此刻的他正雙手環胸，一手摸著自己尖尖的小下

巴：「如果我猜得不錯，可能……」

「呼！」窗外突然吹入了一陣冷風，我一時受涼，忍不住就……

「哈——噓——」

然後，就聽見了兩聲尖叫聲：「啊～～～～～」

都說你們是蚊子了……我尷尬地看著被我一個噴嚏噴遠的兩個女孩，只有精靈王子似乎動用了魔力，穩住自己的身形。

「對不起啊……沒忍住，不過你們實在太弱小了，就別來搗亂了……」我好心地勸著他們，真怕哪天不小心把那麼小的他們給壓死了。

「妳真是太無禮了！」精靈王子伊森惱怒地漲紅了臉：「妳怎麼可以對本殿下打噴嚏？」

「殿下您沒事吧？」兩個女孩又飛回來，匆匆給她們的王子擦臉。

我無語地看他：「誰叫你正好在射程內……回去吧，從哪裡來就回哪裡去。別鬧了，乖，我很忙，還要對付那幾個王，沒空幫你們找什麼精靈之元，你們這樣圍著我飛來飛去，我真怕一不小心又傷著你們了……」

「妳會傷到我們？哼！」持劍女孩兒輕鄙地笑看著我：「妳以為妳是誰？剛才只是我們一時失手！涅埃爾，我們再上！」持劍的女孩對拿著弓箭的女孩說。

弓箭女孩點點頭，作勢要再次襲來，伊森卻忽然揚起手臂：「沒用的，她一定不是樓蘭人！」

「什麼？」女孩們驚呆了，驚訝地朝我看來。

精靈王子伊森緩緩飛落到我的面前，腳下金沙緩緩盤旋。他漂亮的小臉上依然帶著未消的怒氣：

「喂！女人，本殿下是精靈王子伊森。」他開始自我介紹起來：「她們是本殿下的貼身侍婢，涅埃爾和璐璐。」他分別指了指拿著弓箭的女孩和持劍的女孩。

涅埃爾和璐璐同時冷哼一聲，甩臉不看我，收起武器，挺胸站立。

伊森不悅地看著我：「聽著，上次妳掉下來時吸了我一口氣，妳記不記得？」

我點點頭：「那件事我真的很抱歉。」

「那口氣就是本殿下的精靈之元！」他生氣地緊握小小的權杖，大聲喊著。我愣愣地看著他，那是什麼東西？

他無奈地嘆了口氣，抬手拉了拉金色的髮辮，看向我：「把妳的手伸出來。」

我對他始終懷著一份愧意，上次差點壓死他，剛才又一巴掌把他拍回原形，所以就乖乖聽他的話，伸出了手。他緩緩飛落在我的掌心，收起身後金色的翅膀，盤腿坐下。手心裡忽然坐了一個小人，總覺得分外奇特，尤其他很精緻，精緻得像是個雕工細膩的小瓷人，又像是日本玩偶大師製作的小人偶，讓人心生憐愛。而且他很輕，輕如一片金色的羽毛。

他環手擰眉，說了起來：「那是本殿下的魔力精華，一旦失去了它，本殿下就無法長時間保持你們人類的體型，魔力也會受到很大的影響，所以請把它還給我，那東西對妳並沒有什麼用途，但對我很重要！」他朝我看來，金瞳裡帶著幾分妥協：「我知道妳因為它而得以跟這個世界的人溝通……這樣吧，妳把精靈之元還給本殿下，本殿下就賜妳一點精靈之力，讓妳依然能夠溝通無阻。」

好有趣，一個小人半夜三更坐在我手心裡說話！好可愛！

我情不自禁地用受傷的右手僵硬地戳上他小小的臉，他登時全身僵硬，瞪大雙眼，瞬間定格。

「好有趣！好可愛！」我又忍不住去摸他背後金色的翅膀。

「放肆！不許妳用髒手碰我們聖潔的殿下！」涅埃爾和璐璐衝了過來，我抬臉看著她們：「聖潔？我記得我掉下來的時候，妳們的殿下好像正在……嘿嘿……」我挑了挑眉，涅埃爾和璐璐可愛的小臉頓時炸紅：「如果聖潔，怎麼會在樹林那種地方做？妳們的王子殿下可真有情趣……」

「別亂摸我！」一隻微不足道的小手拍打在我的手上，我低頭看去，只見小伊森正滿臉通紅地用他手裡的小權杖打我的手。不用魔力，反而讓我感覺有一點疼。

我好笑地看著他，他用雙手整理了一下髮型，紅著臉生氣地瞪我：「別以為我們的魔力傷不到妳，妳就可以為所欲為！本殿下是聖潔的！是潔身自好的！當初只是一時好奇！」伊森睜了睜金瞳，尷尬地咬了咬下唇，甩開臉：「反正也沒做成，還丟了精靈之元。精靈不能與人類歡好，如果被父王知道，本殿下會丟了全族精靈的臉，所以只能這樣偷偷摸摸的來找妳吸回，卻沒想到怎麼樣也拿不回來……」他越說越委屈，越說越氣悶，那副神情像是快哭了，看著讓人有些心憐。

我慢慢抬起手，把他抬到面前，涅埃爾和璐璐緊張地飛了過來，像是擔心我把她們的王子一口吞了。

「我不會要你的精靈之元的。」我微笑地說，他立刻抬起臉，金瞳閃閃、金翅震顫：「真的？」

「嗯。」我點點頭：「不過如果你吸不回去，我就不知道該怎麼幫你了。你要不要再試試別的方法？」

他看了我一會兒，側臉擰眉想了許久：「看來要留在妳身邊了。」

「咦？」

伊森轉回小臉，滿臉鬱悶，金色的翅膀在身後慢慢揚起。他從我的手心緩緩飛起，舉起權杖居高臨下地指向我：「本殿下得找出原因，然後取回精靈之元，在這段期間，妳可要好好地服侍本殿下！」

什麼？七個王我都伺候不過來了，還要再多加你一個？我的善心可是有限的！

他趾高氣揚飛在我的上方，一臉凌駕萬物尊神的神態。嘖，一隻蚊子也想當自己是天神？不知道現在是誰在求誰！

我懶得理他，起身跨過安羽的身體下了床，睡在一旁的躺椅上，順便把被子也收歸己用，反正他們這群活死人死不了。

伊森隨我飛來，飛到我的耳邊，用他的小權杖打我的臉：「我說外來客，妳聽見了沒？」

「吵死了，我要睡覺！」我揮揮手。他又飛到我面前，用權杖戳我右眼上的眼罩：「妳不能無視本殿下！妳這個不懂禮數的外來客！」

真煩！我於是直接一巴掌拍下去。

啪！

「哎呀！」

「啊！王子殿下！王子殿下！」

這些精靈真的很像蒼蠅……看來……以後……有得煩了……

第二天，玉都的百姓隆重地歡送群王離開，他們在廣場上跳著、高呼著，夾道歡送。他們拋撒鮮花和美麗的絲綢，彩帶飄揚，和花瓣隨風一起捲入高高的天際，花朵的清香瀰漫在清新的空氣裡。

諸王華麗的車隊排成一列，在鮮花與綢帶中緩緩駛過。最前面的是雙胞胎和我，安羽、安歌騎在兩匹也像是雙胞胎、一模一樣的黑馬上，馬的毛色分外油亮，在陽光中甚至泛出一絲血紅色。他們向兩邊百姓揮舞雙手，露出迷人而溫和的微笑，侍衛騎馬跟隨兩旁。

真會裝！我從心裡鄙視他們。早上他們醒來看不到我時可是一點也不溫柔，一見我就扯我頭髮，看得凱西對我同情不已。

我坐在他們身後奢華的馬車裡，這是一輛圓頂的白色馬車，四周以雕花的木窗圍了起來，白色的紗簾從頂端垂落，寬敞的車座上堆滿了精美的軟墊，大小足足可以躺上三、四人，整輛車由四匹馬和兩頭牛拉著，開路的大青牛分外威武，身穿金甲，頭戴金盔，威風凜凜！

我們的後面是涅梵漢式的車輦，四四方方的玄黑色車體以金漆描邊，四匹身穿銀甲的駿馬拉車，大氣而沉穩，兩旁鎧甲披身的將士更是氣勢磅礡！

在涅梵的車後是神聖的白色駝隊，雪白的駱駝緩步走在車隊中，平靜而安詳。銀色的頭飾點綴著白駱駝的頭部與身體，頭戴頭巾和面紗的男子端坐坐騎上，腰間配有彎刀，眼神銳利如沙漠之鷹。神情平靜的龍王靈川受到他們的簇擁，整支駝隊在歡呼聲中響起了低沉而悠揚的駝鈴聲，在喧鬧中營造出一絲特殊的平靜。

在駝隊之後是阿修羅王的馬車，車型如南瓜，也是西方中世紀常見的馬車形狀。樓蘭消失時，西方還沒有這樣的馬車，看來兩千多年來從上面掉下來的人也零零散散地帶來了上面的歷史、新的知識以及新奇的事物。除了電力科技在這裡無法實現外，其他在這裡可說是應有盡有。電力科技之所以跟不上，最大的原因是沒有掉下幾個科學家。像我們這種普通人就算了解蒸汽機或是水力發電，也不會製造，更不清楚裡面的原理。不過樓蘭人還是知道上面的世界有電燈、飛機、大炮等高科技。

當然，淳樸的樓蘭百姓認為飛機是一種在天上飛的機械大鳥，據說樓蘭人藉由精靈的力量，也擁有了自己的飛行器，不過我醒來的時間短暫，尚未看見。

整支隊伍的最後是壯觀的白象隊伍，那是鄯善王的坐騎，漂亮的白象被洗刷得乾乾淨淨，一塵不染。用銀線繡著複雜對稱花紋的毯子披在白象身上，一串串以紅線串起的鈴鐺掛在毯子上垂了下來，隨著大象的步履發出清脆的「叮鈴」一聲，聲音有如僧侶手中的禪杖。銀鍊編成的帽子罩在白象頭頂，雪白的象牙上用金漆繪上了美麗的花紋。大象的眉心也貼上了一塊大大的綠松石，莊嚴而神聖，讓鄯善王的坐騎如神象降臨，令人心生敬畏與神往。

雖然這裡沒有賓士或ＢＭＷ，但我倒覺得騎白駱駝和大白象也很拉風，尤其白駱駝和白象在上面可以說是相當罕見。

此刻，車廂裡除了我，還有躺在軟墊上正被人服侍著的伊森。他們精靈很奇怪，可以選擇不被人類看見，然而當這裡的人看不見他們時，我卻依然看得見，伊森說是因為我吸取了他的精靈之元。雖

然有點不明所以，不過我把所謂的「精靈之元」認定為妖精的元神，這樣一來就容易理解多了。

寬敞華麗的車廂裡擺著一張矮桌，上面有很多水果，璐璐站在一個蘋果前（那蘋果幾乎到她的腰部），然後抽出佩劍在桌上「咻咻咻」揮舞起來，不一會兒，蘋果被切掉一個缺口，切下來的部分已經碎成了珍珠大小的顆粒。矮桌上還有花瓶與鮮花，涅埃爾摘了一片玫瑰花瓣，盛著那些細小的顆粒送到伊森面前，服侍她們尊貴的王子殿下享用早餐。

我忽然有了個念頭，拿精靈當寵物養倒是挺不錯的，至少很省錢。

此時，我隱約感受到一道目光，往前望去，發現安歌正轉頭隔著面前的紗簾看著我。他察覺到我在看他，便又把頭轉了回去，沒有什麼表情。

「這對兄弟其實面和心不和。」身下傳來伊森的聲音，我俯視著他：「你怎麼知道？」

他拾起鬢邊的金色髮辮，往肩後一甩，露出幾分得意的神情，斜靠在我的腿側：「人王八王，哪個我不瞭解？以後妳就知道了。」他賣起了關子，沒有詳細解釋安羽、安歌到底哪裡不和。

「總之，安歌並不喜歡跟安羽分享自己的東西……」伊森一邊吃著早餐，一邊再次說了起來：「妳看他總是回頭看你，說明他已經把妳當作他的所有物。別看這幾個王好像滿不在乎，其實上面掉下來的都是稀世珍寶，尤其是妳這種活蹦亂跳的活人，除非長得實在抱歉，通常各王都想占為已有，好逢年過節拿出來炫耀一下。正因為大家都想要，才有了這個抽籤制。」

聽了伊森的話，我豁然開朗，有他跟在身邊似乎沒什麼壞處，反而像是拿到了一本通關攻略，幫助我在這場遊戲中過關斬將，或許還能開個金手指和作弊器。

我看了看前方，安歌、安羽的臉此時正向著前面；再看了看後面，涅梵馬車的車門緊閉；最後我看向伊森：「既然你想拿回你的精靈之元，不如幫我逃走吧？」

「這怎麼行？」伊森在我的腿上蹭了起來，像是後背癢癢的：「我們精靈不能干預人王的事情，這是樓蘭法則規定的。而且就算我救了妳，也不能把妳帶回精靈族，妳的塊頭那麼大，藏也藏不住。但是不回精靈族，妳怎麼也逃不過八王的眼線。」

「那你把我變小啊！」

他扭頭白了我一眼：「妳忘了，我們的魔力對妳無效！」

我語塞了半天，魔法對我無效這件事還真是有利有弊。

我煩躁地抓了抓蓬鬆的頭髮：「唉！為什麼會無效呢？」

「是啊，殿下，為什麼魔法會對她無效？」璐璐和涅埃爾也好奇地圍了過來：「即使是外來客，之前不是也都有效嗎？老國王不是好幾次把他們變小了，請去精靈族做客？」

涅埃爾和璐璐的話讓我大吃一驚：「什麼？原來是有效的？」

待在我腿側的伊森轉過身，神情認真而嚴肅：「傳說墜入天沙河的人如果心地善良，心境平和又心無雜念時，會受到天沙的守護，我們精靈族的魔力也就對他們無效了。」

「所以……我心地善良？」我指向自己。

我一直覺得自己的個性不好不壞，現在倒被權威機構認證了！心頭不免有些竊喜，虛榮心默默地膨脹了起來。

「妳怎麼可能心地善良？」伊森突然火冒三丈地顫動著金翅，飛到我面前瞪大金瞳指著我：「妳老是打我，根本是最可怕的魔女！」

小蚊子說話，我是不會介意的，因為我是善良的人，所以必須表現得寬宏大量。我微笑地看著他：「這可是你說的，只有善良的人才會被金沙眷顧哦！」

「所以才說是傳說！」他不甘心地雙手環胸：「還有傳說說是被選定的靈魂、回歸的靈魂，或是這個世界的創造者……那麼多傳說，誰知道哪個是真的？以前聽說也出現過一次，不過是一千年前的事了，要去問我父……」

伊森忽然停了下來，轉頭看向外側。

我也轉頭看去，發現安歌掀簾探頭進來，馬車不知何時也已經停了。

「妳在跟誰說話？」

安歌懷疑而戒備地掃視我的車廂，伊森和他的侍婢就在他面前，但他無法看見。

伊森甩了甩辮子，先是傲慢地瞥了安歌一眼，接著飛落在我的肩膀坐下，同時抓住我的一縷長髮穩住身體。

我眨眨眼，起了玩心，於是指向對面：「我妹妹啊，你沒看見嗎？」

「你妹妹？」安歌看著空空如也的地方，我笑道：「我一個人陪你們兩個玩太累了，所以就把妹妹叫來。妹妹，來見過安歌王。」我認真地對著空氣說了起來：「妳可要記清楚，左眼有著美人痣的是安歌王，右眼有著美人痣是安羽王，記住了……」

「別裝神弄鬼的，給我下來！」安歌忽然粗暴地拽住我的左手，又像是拽著破布娃娃般把我拖下了馬車。看來這些王們活得太久，各個都是喜怒無常。

當我想反抗時，卻被眼前奇麗壯觀的景象所震懾！只見四周出現了八扇神奇巨大的門，矗立在天地之間，在它們面前，我們渺小得像是螞蟻。那些門只有門框，巨大而宏偉的門框上雕著各種詭異的花紋，中央則浮現出各種顏色的水光。紅色、藍色、黃色、綠色、白色、紫色、黑色、橙色，那些浮動的光像是一層水簾掛在門框之間，令人感到驚奇，又饒富神祕感。

公會的夥伴們，我終於見到真正的傳送門了！

我們此刻正站在一個圓形的巨大廣場上，腳下正好是巨大的圓心，八條顏色的通道通向這八扇巨大的傳送門，通道上也繪有奇異的圖騰。我抬頭往上瞧，看不見天空，只有那流動的金沙像是一片金色的海洋，覆蓋在這個世界的上空。

「哼，醜八怪，沒見識過吧！」

安歌帶著一絲孩子氣的得意，鄙夷地看著我，其他王也紛紛停下，站在這個巨大的圓心中。

涅梵和阿修羅王下了馬車，看向前方。夜叉王修還沒醒，聽說會跟阿修羅王一起回去，現在應該待在他的馬車上。

我看向周圍，感覺到各王朝我而來的視線，於是笑了：「沒想到能看見真的傳送門。」

「妳見過？」安羽策馬奔到我身邊，懷疑地俯視我：「是凱西告訴妳的？」

「哼！」我不屑地瞄了他一眼：「掉下來的人裡看來沒有愛玩遊戲的。這種門在我們的遊戲世界裡經常能看見，也經常會用到，以後再慢慢告訴你們，土！鱉！」

難得能得意一次，我心中暗喜。

安歌、安羽全都沉下臉，土鱉這兩個字他們似乎聽懂了。

「遊戲世界？」涅梵朝外看來，炯炯有神的龍眸中露出一絲疑惑：「遊戲世界在哪裡？迪士

尼？」

「噗！」我笑了出來，他說得也不算錯，迪士尼也算是遊戲世界，但是我不想那麼快就跟他解釋清楚，於是故作玄機：「那是一個由我們的科技創造出來的神奇世界。想知道啊，兩個月後再告訴你。」

我揚起唇角，高高抬起下巴，用完好的左眼得意地挑挑眉。

涅梵的臉也沉了下來。伏色魔耶走到他的身邊，碧綠的眼睛透露著一絲嘲笑：「真不明白你哪裡覺得她像闍梨香！」

「我從沒說過她像！」

涅梵一下子煩躁起來，惱怒地大吼。

「梵，看看你，一提到闍梨香你就失控。」

安羽在馬上伏下身，趴在馬脖子上笑呵呵地說。

涅梵沉默不言，眸光愈發煩躁，他繃緊了臉，右手負到身後捏了捏，轉身大步朝自己的馬車而去。

他掀袍躍上馬車，大喝一聲：「走！」說完，車夫和侍衛們就朝紫色的大門跑去，身影越來越遠，在越過紫色水光的瞬間，他們已經消失在這個世界中，真是太神奇了！我迫不及待地想穿過這些傳送門。這是我造訪這個世界以來，第一件讓我感興趣和興奮的事！看來似乎也不用急著離開這座地下古城，我要好好探索一番，以後可以畫到漫畫裡，成為一部精采的探險記！

「涅梵中闍梨香的毒太深。」阿修羅王伏色魔耶冷笑著，看向涅梵消失的紫色大門：「那件事已經過了一百五十年，他現在卻這麼懊悔。哼！也不想想當年誰是主謀，是誰發起的叛……」
阿修羅王的話還沒說完，駝鈴忽然響起，巨大的白駱駝走到他的面前，朝伏色魔耶噴了一口氣：「噗……」
伏色魔耶立刻用斗篷擋住，憤怒地抬起臉看向端坐在上方的龍王靈川：「靈川，管好你的畜生！別讓牠亂噴。」
伏色魔耶暴跳如雷，一頭紅髮像是一團火焰在他的頭頂燃燒。
冷漠的靈川並沒有理會火爆的伏色魔耶，只是俯身拍了拍白駱駝的臉，然後和自己的隊伍朝藍色大門緩緩而去，陣陣駝鈴聲響在這個世界迴盪著，直到他們消失在藍門之中。
「那瀾姑娘，我也要走了。」鄯善王的白象走到我們身前，他還是擔心地看著我，接著轉眸看向安歌：「安歌，你能不能看在我的面子上，讓那瀾姑娘靜心養傷？」
安歌雙手合十：「你放心，本王會好好照顧她的。」然而他揚起的嘴角卻讓人感受到惡意。
鄯善王嘆了一聲，朝白色大門而去，與此同時，伏色魔耶一邊擦臉，一邊氣哼哼地上了馬車，關上車門時還瞪了我一眼，狠狠地說：「本王一定會砍了妳！」
我別開臉，心裡覺得好笑，那時候我早就跑了，你連再見到我的機會都不會有了！
「妳給我過來！」
安歌瞬間又恢復凶惡的態度，粗暴地把我拽到馬車邊，掀開車簾掃視一圈，陰冷的目光不放過每個角落，然後把我扔了上去，我重重摔落在軟墊上。這對兄弟就像是七、八歲的小孩，喜歡把玩具丟來丟去。

「不許再裝神弄鬼！」

安歌惡狠狠地說完後，轉身離開。

馬車再次開始前行，我掀開簾子看向外面，只見我們正朝著橙色的大門而去，另一邊伏色魔耶的車隊則是朝紅色大門奔馳，寧靜的世界裡瞬間充斥著嘈雜響亮的馬蹄聲。

而我，也將前往一個全新的國度，開啟新的篇章。

巍峨的大門越來越近，我立刻將手臂往馬車外伸展，在我肩膀上的伊森奇怪地問我：「妳在做什麼？」

當安歌、安羽沒入橙色光芒時，我笑著說：「去感覺……」

伊森拉住我的頭髮，定定地看著我。我們的馬車已經開始沒入光芒之中，當我的手觸及橙色光門時，我感覺到了陽光的溫暖。這應該是一個溫暖的世界，卻有著一個不溫暖的國王。

當宛如沙灘上的陽光迎面撲來時，我聞到了塵土的味道，於是慢慢睜開眼睛，看到的卻是一望無際的荒蕪田地。眼前的景象不是「荒涼」二字可以形容的，簡直就是寸草不生，但道路兩邊依然有農田的形狀，只是那些田地都荒蕪了，乾裂的土地甚至連野草都沒長半根，田地裡也不見人影，直到我們走了很久，才看到一些衣衫襤褸、像是農民的人在田地裡翻土。

這個國家……怎麼那麼蕭條？難道樓蘭人不需要吃東西？這也不對，凱西說過，除了他們的血流出身體會變成沙子，以及被陽光直射會化成沙之外，其餘都跟常人無異，他們也會餓，也會生老病死。

田地裡的人似乎有著過去胡人或是匈奴人的血統，大多是黑髮的，也有黃髮的。有的人是捲髮，有的人則梳了兩條大大的麻花辮垂在胸前，或是盤在耳邊。他們看到安歌、安羽的侍衛隊，紛紛放下農具，原地趴伏在地面，儘管表現得相當尊敬，但是從他們的臉上可以看到絲絲恨意。

我恍然大悟，這個國家之所以會病成這樣，是因為安歌這個國王……這裡的百姓穿得衣不蔽體，面黃肌瘦，骯髒不堪，他們的國王卻身穿錦衣，享用美酒佳餚。

我應該想到的，像安歌、安羽這樣頑劣又沒心沒肺的人，怎麼會管他人的死活呢？遇上這樣的國王，只能算老百姓倒楣。

然而，就在那些人跪下時，有一個青年依然昂首挺立，憤恨而無畏地瞪視安歌、安羽的馬隊。旁邊有人用力拉拽他，他卻執拗地甩開，依然挺立著。

安歌、安羽的馬隊停下，兩個侍衛朝那個青年跑去，嚇得周圍的人立刻伏在地面，渾身哆嗦。安歌和安羽相視一眼，笑了，那笑容我再熟悉不過，意思是又有人可以讓他們玩了。

侍衛把那個青年帶到安歌、安羽面前，大喝道：「跪下！」

青年高昂下巴，始終不跪。

「放肆！」

「大膽！」

侍衛們凶惡地舉起手中的槍，朝青年的膝蓋打去，安歌卻忽然揚起了手，勾起了唇：「慢著。」

侍衛停下手，安羽也揚起了和安歌一樣的邪惡笑容。

安歌策馬奔到青年面前，青年面色很差，但是濃眉大眼，雙目分外閃亮，臉上滿是灰土，頭髮有些蓬亂，破舊的土黃色圓領胡服上東補一塊、西補一塊。

「本王倒是很佩服你的勇氣，你叫什麼？」

安歌忽然搖身一變，變得寬宏大量，不計較青年藐視君王的罪行。

青年憤怒地往地上啐了一口：「我是扎圖魯！我不會向一個不恤民生、貪圖享樂、奢靡荒淫的國王下跪！就是因為你，我們連頓飯也吃不飽，你根本不是神！你是惡魔！我們相信會有神靈來懲罰你，解救我們所有人離開你的魔爪！」

「哈哈哈……」安歌仰天而笑，瞇眼笑看扎圖魯：「你說得對，我是惡魔。安羽，他說我是惡魔，你說我是不是該做些惡魔會做的事？」

周圍的百姓顫抖得更加劇烈，青年露出一副大義凜然的神情。

安羽笑著聳聳肩：「隨你喜歡吧。」

安歌笑了笑，揚起手：「拿繩子來！」

他一聲令下，侍衛便從自己的馬上拿出了一捆繩子。我掀簾將身子探出車外，看來安歌一定經常欺負別人，所以工具總是帶在身邊。

「把……」安歌的手指向青年，當大家都以為他想把青年綁起來時，他的手卻掃過了青年，掃向一旁跪著的百姓，百姓們頓時不住發抖。

「就把那個綁起來吧。」安歌掃過了一群老弱婦孺，選了另一個青年。那個青年立刻哭喊起來：

「王饒命——王饒命啊——」

扎圖魯急了起來，打算衝過來，卻被侍衛攔住。他朝安歌大吼：「有什麼處罰就衝著我來！一人做事一人當！」

安歌在馬上哈哈大笑：「懲罰你有什麼好玩的？懲罰別人才好玩！」

說話間，侍衛們已經將那可憐的青年綁了起來，青年哭得淚流滿臉，臉上的塵土被淚水沖刷出兩條乾淨的痕跡。他被拽到安歌的馬後，哭著看向扎圖魯：「扎圖魯，算我求你了，下次別再害我們了！你要死自己死遠點，我還有老婆孩子的……」

聞言，扎圖魯憤怒地咬緊下唇，雙眸中噙著淚水，憤恨地抓緊攔在他身前的槍桿：「阿福……對不起……」他哽咽地說著。

哭哭啼啼的阿福被拴在安歌的馬尾上，我意識到安歌打算拖行他來取樂！就像小孩子喜歡拖東西，安歌也把這裡的人當作他的玩具，肆無忌憚地懲罰著任何一個忤逆違抗他的人。

我忍無可忍地跳下馬車，紅裙拖曳在滿是塵土的地上。伊森拉住我的長髮，在我耳邊告誡：「我勸妳最好別多管閒事。」

但我沒有理會他，直接跑到安歌的馬邊：「你要做什麼？」我厲聲問他。

安歌笑看我：「你要不要一起玩？」

他倒是挺誠心地邀請我跟他一起玩拖人遊戲，還把手伸向我，像是要把我拉到馬上。

我憤怒了，大吼脫口而出：「你給我放人！」

周圍頓時一片安靜，甚至連風也凝固在我的身旁。安羽朝我看來，銀瞳中罕見地出現了成年男子

的深沉。我直直地瞪視著安歌，安歌的笑容在臉上淡去，陰沉與狠毒漸漸浮起。

「放人！」我再次大喝，在扎圖魯、阿福和所有侍衛驚詫的目光中指向阿福：「你會把他玩死的！你不知道嗎？」

「哼！」安歌發出一聲陰沉的冷笑：「他是本王的臣民，本王要他死，他就得死！」

「不是的！安歌！」我大聲道：「我看得出來，你還是有善心的！」

安歌的銀瞳在我的話音中猛地閃爍了一下，我指向周圍：「你剛才選人的時候，繞過了所有老弱婦孺，說明你還沒有完全迷失。安歌，我知道你無聊，你喜歡玩，但是你不能再這樣下去，這會讓你徹底沉淪，變成像紂王那樣荒淫無道的暴君，最後做出那些可怕的事情！」

既然他們對上面的歷史有所瞭解，應該知道紂王是誰，以及他的結局。

坐在馬上的安歌眯起了銀瞳，周圍的人連大氣都不敢出。

我見他還不放人，抽出他們早上還給我的清剛，安歌、安羽同時望向它。在他們眼裡，我身上如果沒武器會失去樂趣，就像貓失去了爪子，或是玩偶少了一個配件，所以他們把清剛還給我，希望我這個玩偶的裝備齊全。

我看著他們，在耀眼的陽光下拔出匕首，一刀揮向繩子，清剛帶出一抹精亮的光芒，瞬間斷開了阿福與安歌的馬匹之間的聯繫。眾人一下子倒抽了一口冷氣，連侍衛也惶恐地全部跪下，趴伏在地。

殺氣從我眼前的馬上隱約傳來，周圍的空氣也逐漸變冷。

我抬頭看向安歌，只見他的銀瞳已經再次睜開，整張少年帥氣的臉緊繃到了極點。

「我要砍了妳！」他突然憤怒地朝我大吼，我無懼地看著他：「是，我知道你們都想砍了我！但請你不要把自己的快樂建立在別人的痛苦之上！他們有血有肉，他們會受傷，他們會痛！他們只有短短幾十年的壽命，你們卻是不老不死的神！」

安歌揚起了手中的馬鞭，一直坐在我肩膀上的伊森頓時抓緊我耳邊的長髮站起，嚴陣以待。

「啊～～對了，我差點忘了，你們死不了。」我在安歌憤怒的目光中冷笑：「難怪你們從不顧及別人的痛苦，把我扔來扔去，絲毫不顧我的死活。既然你們死不了，不介意也嘗嘗被馬甩的滋味吧？」

說時遲那時快，我舉起清剛，毫不猶豫地扎在了安歌的馬屁股上。

「嘶————」

馬兒發出痛苦的嘶鳴，頓時瘋狂地奔跑起來。安歌「啊」了一聲，逐漸被失控的馬帶遠，青白的身影在馬背上甩來甩去，生命頓時陷入危機。

「妳……！」安羽怒不可遏地瞪了我一眼，一時顧不得我，立刻策馬去追安歌：「小安——穩住啊——」兩匹寶馬飛馳遠去，速度宛如賽車般轉瞬消失在眼前，只留下馬蹄踏起的厚厚塵土。

侍衛們伏在地上愣愣看著，各個看起來都嚇傻了。

「咻～～這下妳可闖大禍了……」伊森抓著我的耳朵，帶著笑意地說。

我嘴唇不動地輕語：「我身體裡有你的精靈之元，你不會見死不救吧？還是……你打不過他們？」

「那怎麼可能？放心，有我在，他們傷不了妳。」他自信地說。

我得意地笑了。憋屈到現在，我終於揚眉吐氣，威武了一場！哼，總算輪到我那瀾的回合了！走

著瞧吧，我會讓你們「玩」得盡興的！畢竟之前八王都在，小女子不好造次，再加上我又是初來乍到，還被夜叉王嚇得半死，神魂未定。

八王裡，涅梵一看就知道城府極深，不好對付；玉音王也是隻笑面狐狸，滿肚子詭詐心思。現在沒有了深沉的涅梵、居心叵測的玉音、動不動就要砍我的伏色魔耶，以及總是想解剖我的修，只有一對欠管教的雙胞胎，我還不翻身農奴把歌唱？如果連他們也對付不了，我也太丟現代人的臉了！

我走到扎圖魯身前，他也是傻愣愣地看著我。我收好清剛。扎圖魯回過神著急看我：「姑娘！妳快跑吧！」

我笑了笑：「我沒事，反而是你們快跑吧！安歌、安羽喜歡報復，你最近就躲起來吧。」

「姑娘怎麼可能沒事？」勇敢無畏的扎圖魯此刻反而露出一絲懼意，不過似乎是擔憂我和周圍的百姓。他舉起微微顫抖的雙手：「他們是惡魔，他們一定會把大家……」

「別多想，他們只會找我麻煩。」我抬起左手，握住了他的肩膀，他在我這一握中怔住了神情，倒是忘記了驚慌，漸漸鎮靜下來。我微笑看著他：「快走吧，他們殺不了我。」

我安慰地拍了拍他的胸膛，他愣愣地摸上被我拍的地方，我轉身朝自己的馬車走去。

「妳這樣不好。」伊森忽然在我耳邊說。我納悶地側著頭：「什麼不好？」

「對男人動手動腳。」他說得含含糊糊，像是嘟囔：「那種動作是男人之間才能做的，這裡男女有別，女人不能隨便亂碰男人。」

「嘖。」我受不了地翻了個白眼，大步踏上馬車，昂首詢問還跪著傻愣的侍衛：「還不回宮？不把我及時送回去，你們又該挨打了！」

侍衛們驚慌未定地看看彼此，接著立刻爬了起來，上馬的上馬、趕車的趕車，我對周圍誠惶誠恐的百姓揮揮手，扎圖魯愣愣地看著我，灰不溜秋的臉上是一種崇敬的神情。他忽然對我低下頭，身體微微下彎，右手放在胸口，向我恭敬地行了一個禮。我笑了，對他點點頭，坐上馬車，往前疾馳而去。

途中，我們經過之處無不冷清，馬蹄帶起了陣陣塵土。經過一片荒廢的田地後，我看到了一條寬闊的河流，河的對岸是一座雖然龐大，看起來卻有些灰白的城池，有點像還原後的樓蘭古城。黃土的城牆片片斑駁，城門口進進出出的百姓顯得精神萎靡、無精打采，景色蕭條。

城門口的侍衛沒有嚴正的軍姿，反是像地痞流氓一樣翻查進出百姓的包裹、調戲進出的女子，若是發現食物，還會直接搶走，把百姓趕跑。當我們的車隊靠近時，他們才趕緊紛紛站好。我納悶地看著食物被搶走的百姓，只見他們各個面黃肌瘦，像是已經很久都沒有吃飽了。

我看看桌上一盆盆的水果和食物，這個國家怎麼了？

馬車繼續快速向前行，經過四四方方的黃土平房，無論是商店還是市場都顯得缺乏活力，百姓們頹然地坐在路邊，只有一些酒館裡人來人往，還算熱鬧。

終於，馬車來到了一座巨大的廣場，廣場上站著許多士兵，隔出了一塊華麗的區域；中央有一座噴泉，美麗的噴泉將這裡變得奢華起來；廣場邊是護城河，上面有一座吊橋，吊橋的另一端是奢華的白色宮殿，宮殿呈現拜占庭風格，屋頂卻又像是遊牧民族的蒙古包，上頭鑲著彩色玻璃，將整座皇宮點綴得大氣而華美。

馬車慢慢走上吊橋，跟隨在馬車邊的侍衛們不敢再向前，像是害怕遭受我連累而遠遠停在廣場上，連趕馬車的侍衛也在馬車沒停的情況下直接跳車，滾到了一邊。

天啊，有沒有這麼誇張啊？

馬車沒了車夫，速度倒也緩了下來，最後停在巨大的城門口，此時安羽、安歌正站在城門內，像是在迎接我，不過他們臉上冷笑的神情可一點也沒有歡迎的感覺。

我跳下馬車，站到馬車前：「想砍死我嗎？」我對他們俏皮地一笑。

「妳居然還敢回來！」安歌咬牙切齒地說，一副恨不得馬上砍了我的神情。

我聳聳肩：「我為什麼不敢回來？如果我不回來，誰陪你們玩？我想這幾百年下來，沒人敢跟你們這樣玩吧？」我揚揚唇，笑著眨眨眼。

自從我的馬車上了橋，周圍的氣氛便頓時緊繃起來，城門裡的士兵也和方才的侍衛一樣，大氣不敢出。雙胞胎彼此對看了一眼，瞇眼笑了起來，浮出他們平時邪惡的笑容。安歌唇角向左上揚，安羽唇角向右上揚。

「妳說得對，我喜歡把自己的快樂建立在別人的痛苦上……」安歌站在城門內笑看著我：「所以我要讓妳留在外面，自生──自滅！」他的神情倏然變得陰沉，最後兩個字幾乎是從齒縫裡漏出的！陰狠的眸光讓他的銀瞳顯得更加冰冷，如同一把兵器散發的寒光，讓人心生畏懼。

他說完直接轉身，揚手：「放下城門！本王要看這個女人爬回來求本王！」他陰沉地大步離去，侍衛跟隨在後，那匹受傷的馬也被牽在身後，牠回過頭來，異常憤恨地瞪視我，鼻子裡「呼呼」地噴出憤怒的熱氣。

安羽在緩緩降落的玄鐵柵欄城門後邪佞地笑著：「小怪怪～妳很快就會知道失去飼主的寵物是

活不久的～～哼……」他笑咪咪地轉身，耳垂上的羽毛耳環在他輕快的步伐中晃動飄揚。他們把我一個人留在了城門外。

什麼？我這是……被遺棄了？

不不不！我自由了？

心裡湧現的狂喜讓我瞬間歡呼起來：「我自由啦——哈哈哈——我自由啦——」

我在城門前蹦蹦跳跳，那些侍衛驚悚地看著我，像是看到了某種怪物。

「別跳了！妳這個瘋女人！」伊森抓住我的長髮抗議。我一甩頭，隱隱覺得好像把什麼東西給甩了出去，直到看見伊森鬱悶地飛回，才知道是把他給甩了出去。

他陰沉著臉：「沒想到妳頭髮這麼滑！」

「哈哈！我自由了！」我走回馬車掀開車簾，看著裡面的涅埃爾和璐璐：「我自由了！」

涅埃爾和璐璐坐在蘋果上愣愣看著我。伊森飛回車廂，站在一個窩窩頭上：「我勸妳最好帶著這些食物。安都因為安歌常年貪圖玩樂、徵收苛稅，百姓因此無力耕作、田地荒蕪、食物短缺，這就是他之所以會讓妳在外面自生自滅的原因，因為妳很快就會因為食物短缺而陷入飢餓。」

我在伊森的話中陷入了呆愣，我會陷入飢餓？我會……沒有吃的……

我不由得回頭看向那座灰白的宮殿，終於明白了安羽那句失去飼主的話，他們是我的飼主，他們養我，供給我食物，讓我可以舒舒服服躺在窩裡，不愁吃穿。我再看向馬車，裡面滿是軟墊靠枕，不正像是一個巨大的寵物小窩？

我果然是隻寵物。

「哼！」我輕笑一聲，撕下一塊紗簾裝起了那些食物。伊森拍動金翅飛了起來，環繞在我的身邊：「不求安歌讓妳回去？」

「不求。」我把所有能打包的東西通通打包：「我不能丟了骨氣！我會熬過一個月的，一個月後，他們就必須把我送到下一個王手上。」

「是嗎？」伊森狀似悠哉地躺回精美軟墊上，雙手交疊在身後：「本殿下可不想跟妳一起吃苦。」涅埃爾和璐璐也飛到伊森身邊，連連點頭：「對！妳不能讓我們的殿下吃苦！」

我無語地翻了個白眼：「那你們回去好了，跟著我做什麼？」我轉身欲走。

伊森立刻坐了起來，小小的臉上露出了鬱悶的神色：「我的精靈之元在妳體內，可不能讓妳死了！喂喂喂！妳至少拿個軟墊，讓本殿下有地方睡啊！」

涅埃爾和璐璐已經一人一角，抓起了一個軟墊。

「真麻煩。」我不耐煩地抓起軟墊。伊森笑了笑，再次飛落在我的肩膀上，涅埃爾和璐璐也跟了過來，我的肩膀現在成了精靈王子伊森殿下的座駕了。

伊森跟涅埃爾說：「涅埃爾，妳先回去跟父王說我還需要一段時間。」

「是，殿下。」涅埃爾點點頭，化作一縷金光往上空飛去。

璐璐飛落在伊森身旁：「殿下……接下來該怎麼辦啊……」

「我們又沒關係。」伊森倒是顯得相當自在：「是這笨女人會挨餓，我們精靈怎麼會找不到食物？」

「哈，殿下說得對！嘿嘿，外來的笨女人，妳可不要連累我們啊！」璐璐飛到我面前指手畫腳，

我懶得看她，背起打包好的食物和那個軟墊，毫不猶豫地離開了這座吊橋。

在我離開後，立刻有人拉走了馬車、升起了吊橋，徹底切斷了那座宮殿與外界的一切聯繫，那白色的宮門像是安歌張開大笑的嘴，等著我爬回求他原諒。

哼，我那瀾是絕不會向惡勢力低頭、向惡魔搖尾乞憐的！

背上食物，我悠閒地走在這座異域的都城，奇怪的是看見我的百姓都對我分外恭敬，還朝我行禮。

「他們為什麼要對我行禮？」我疑惑地看向那些低頭不敢看我的百姓。

「因為妳衣著華麗。」伊森靠在我耳邊說著：「他們以為妳是安歌的某個妃子。」

原來是這樣！

璐璐正在我的長髮裡編辮子，別以為她是在幫我整理頭髮，這是在為她的殿下編一個抓得住的地方。

我很快就發現這裡的食物真的很稀缺，市場裡幾乎看不到食物，很多身穿胡服的老百姓坐在一旁，面色慘澹、形容憔悴。這地方就像鬧饑荒的非洲一樣讓人心酸，我卻無能為力，因為我什麼都沒有，只是一個初來乍到這個世界的外來過客。

這個國家跟我一樣，被他們的王……遺棄了……

一個只有五、六歲，看起來髒兮兮的孩子在媽媽的懷裡小聲地嗚咽：「媽媽……我餓……」

同樣衣衫襤褸的媽媽也無力地哽咽：「再忍忍，爸爸很快就會帶食物回來了……」

我難過地停下腳步，入眼皆是正在街邊挨餓的老弱婦孺。「男人們呢？」我問。

伊森飛到我的臉邊，撇撇嘴：「因為田地荒蕪，這裡的男人們都去鄰國幹活，換取食物。平民不能走聖光之門，有時來回需要三到五天。」

平民不能走聖光之門……指的是那扇傳送門嗎？原來各國是相連的，就像遊戲地圖一樣，玩家可以悠哉地慢慢騎馬過去，也可以直接飛過去。

眼前的景象讓人越來越難過，以前衣食無憂的我看見懷中受餓的孩子，鼻子就發酸，眼淚不自主地在眼眶裡打轉。我擦擦眼淚，讓背在肩上的包裹滑落到左手臂，右手僵硬地取出一個窩窩頭，放到了那個小孩的面前。

小孩的母親驚訝地朝我看來，彷彿在這個資源短缺的世界裡，施捨是一件不可能的事情。周圍的人也眼巴巴地看過來，目露祈求。

孩子愣愣地看了我一會兒，笑了，立刻拿過窩窩頭吃了起來，我微笑地摸摸他髒兮兮的頭。忽然，又一個小女孩跑到我身邊，她的頭髮乾枯、布滿灰土，緊跟著，更多的小孩圍了上來，周圍的老人和婦孺將右手放到心口，向我祈求施捨：「請給孩子們一點吃的吧……」

我的眼淚一下子奪眶而出，胸口沉重難受。我趕緊擦掉眼淚，分發起食物。璐璐急得跳腳：「那可是我們的食物！妳如果全給了，怎麼堅持過這一個月？」

伊森在我肩膀上揮揮手：「讓她去、讓她去，到時挨餓的是她，不是我們。」

璐璐不再說話，飛回伊森身邊。我丟下了空空如也的紗簾，眼中只有孩子們獲得食物後的歡笑。

我獨自坐在一條小巷口，微笑地看著孩子們吃東西，手裡只剩下那個給伊森睡覺的靠墊。他們似乎很久沒有吃過像樣的東西，稀奇而大口地吃著，還拿回去放到家人面前，要他們也吃一口，可是無

私地愛著他們的家人總是微笑地搖搖頭，表示不餓；然而那暗淡的目光和無力的語氣，讓我知道他們正在受餓。

「傻女人，這根本解決不了他們的問題。」伊森飛到我的膝蓋上，一手把玩著自己的金色辮子，一邊說著：「他們今天吃飽了，明天還是會挨餓。而妳今天肯定會挨餓。」伊森像世外的神仙，淡漠地說著。

璐璐飛落到我的面前，鼓起可愛的小臉：「妳也太大方了吧！把食物全都分了，到時妳餓了可別找我，我才不會管妳死活。」她說完看向了我身後，雙手環胸：「又來了又來了，真是沒完沒了了，我們可沒東西再給了。」

我正疑惑璐璐到底在說誰，一個硬物忽然抵上了腰間，凶狠的話在我身後低低響起：「別亂動！否則要了妳的命！」

我一怔：「我沒東西可以讓你們搶劫了。」我攤開雙手，手裡只有一個軟墊。

「哼！我們要的是妳！跟我們來！」他用某個東西戳了戳我的腰，尖銳的物體像是匕首。

我立刻向面前的璐璐求救，她卻對我做了一個大大的鬼臉。我再轉臉想看向伊森，後面的人再次凶狠催促：「快站起來！」

我只能站起。他扣住了我的肩膀，慢慢把我拖入陰暗的小巷，離開人群後，我的頸後忽然落下重擊。砰！我的眼前一片黑暗。

離開安歌不到半天，我……就被綁架了。

伊森，你好樣的，居然見死不救！是要趁機報復我打你是吧？很好，等我醒了，看我怎麼折磨你！

當我醒來時，發現自己身在一個四下漆黑、像是地窖的地方。地窖很陰暗，味道也很難聞，充斥著像是住了很多人的那種混雜難聞的氣味。我的面前有一張簾子，外頭透著微弱的燈光，他們只綑綁了我的腳，大概是看我手受傷，沒綁我的手，只用一根繩子拴住了我的脖子。

「這女人身上的首飾能換不少吃的。」外面傳來了男人的聲音。

「等老大來一定會很高興的！」這個可憐的國家，連強盜搶東西也是為了換取食物。

「老大來了！」

「你們抓來的女人呢？」我聽到了熟悉的聲音。

急急的腳步聲朝我這裡而來，當對方拉開破舊的簾子之時，我也叫出了他的名字：「扎圖魯？」

來人正是扎圖魯。我讓他逃跑，卻沒想到我們會以這樣的狀況再度相遇。

他吃驚而羞愧地避開了我的視線，轉頭憤怒地看向昏暗燈光中的其他人：「快放了她！」

「可是老大，這女人是從宮裡出來的，說不定可以換取食物！」一個看起來跟扎圖魯年紀差不多的短髮青年著急地說。一旁也有很多年紀不大的青少年跟著附和：「是啊，老大，我們快沒食物了，孩子們會挨餓的！」

扎圖魯氣惱地扭頭朝我看來，單膝跪在我的面前，慚愧得像是想馬上撞牆死在我面前。

「對不起。」他羞愧地道了歉，開始解開我身上的繩子。

「老大！」眾人圍了上來。扎圖魯憤怒地吼向他們：「你們怎麼可以抓我的救命恩人！」

青少年們愣在原地，黑亮亮的驚訝眼神在一張張灰濛濛的臉上顯得格外醒目。

「救老大的是個獨眼女人？」

「還是個殘廢……」

「……」他們的小聲嘟囔讓我十分鬱悶，我知道我獨眼、我手殘，可是能不能別說出來？真是缺乏美感。本姑娘還是有點臭美的！

扎圖魯迅速地幫我解開繩子。就在此刻，一個女人也走了進來，看見我時大吃一驚，立刻生氣地拍打那些青少年的頭：「真是該死！該死！她早上才把食物全分給孩子們了，是個好人，你們居然抓她！」

那些少年們也委屈起來，摸著被打的頭：「里約說這女人是宮裡出來的，可以抓起來作人質換食物……」

「你們真是昏頭了！」那女人匆匆走到我身邊，一邊協助扎圖魯解開綁我的繩子，一邊自我介紹：「姑娘妳好，我是扎圖魯的姊姊瑪莎，謝謝妳早上救了我弟弟。」

解開繩子後，扎圖魯像是沒臉見我，轉身逃跑。瑪莎看了一眼打算逃離現場的扎圖魯，也很不好意思地低下頭：「讓姑娘見笑了，我弟弟他們……不是強盜……我們……」

「我明白。」我盤腿坐在沙地上，扎圖魯忽然停下了離去的腳步。

幽暗的燈光無法遍及這座地窖的每個地方，也讓扎圖魯和他的夥伴在黑暗中忽明忽暗。我繼續說道：「書上說暴力來自於貧困，當老百姓連飯都吃不飽的時候，自然會為了食物去搶奪。」

瑪莎驚訝地看著我，深凹的眼睛裡流露出了一絲崇拜：「姑娘讀過書？」

我感到有些疑惑，雖然樓蘭在地下兩千多年，但偶爾也會接收到上面的訊息，怎麼還這麼落後？後來我忽然想到這裡的人連飯都吃不飽，更別說讀書了。安歌起碼活了一百五十多年，以瑪莎這樣的年紀，從小沒讀過書是很正常的事情。

「能告訴我這裡到底怎麼了嗎？」我看向瑪莎和站著的人：「我叫那瀾，其實並不是這個國家的人。」

他們紛紛露出了吃驚的神情，扎圖魯再次轉身看我，臉上依然帶著慚愧之色。昏暗的燈光下是一張長長的桌子，周圍的牆上插著搖曳的火把，圍坐在桌邊的皆是十六到二十二歲的青少年，他們被稱為這個城市最後的守護者，偷盜富人的食物，晚上在這裡分發給飢餓的百姓。他們的頭領被人喚作俠盜夜王，也就是扎圖魯。

扎圖魯愧疚地向我一一介紹他的夥伴：「這是約克、小夏、達子、努克哈……」我對這些衣衫襤褸的少年們一一點頭，他們也對我目露尊敬。

「那是漢森、努爾達拉、布克，還有里約。里約，還不趕快跟那瀾姑娘道歉！還有你們，也跟那瀾姊姊道歉！」

里約就是那個和扎圖魯年紀差不多的短髮青年，眉目之間有點西方人高眉凹眼的模樣。他還是顯得有點不情願，別開臉輕輕說了聲對不起。其他的少年們也紛紛低下頭，齊齊向我道歉。

我看著他們。這群人血統各異，想當年樓蘭位於絲路上，是中西方文化交匯之處，在樓蘭挖掘出的古物中，可以看到印度文化、中國文化、波斯文化，甚至是古羅馬文化，它當時又處於匈奴和漢族的交界上，所以也混合了匈奴與漢人血統。兩千年下來，這裡成為各式人種的大熔爐，有著各色混

血美男。說句實話，雖然扎圖魯他們灰頭土臉，但也比我身邊的男生帥多了。眼前這桌中西方大雜燴中，有相當魁梧的蒙古人，也有十分嬌小的漢人；有皮膚白淨的白人，也有小麥色的波斯人。

「原來的安都並不是這樣……」瑪莎說了起來：「聽說也是農田肥沃、牛馬遍野的，直到……八王叛亂……」

「八王叛亂？」果然是這八個王八蛋幹的事。

「聽說當年是一個叫闍梨香的女王統治著樓蘭，具體情形我們也不是很清楚。那已經是一百五十多年前的事情了，當時的樓蘭只是八都，並不是像現在的八國，八王叛亂後，八都分給了八王，安歌王初來時，安都也不是像現在這樣……」

「那又為什麼會變成這樣？」我問。

瑪莎頓了頓，扎圖魯接著說了下去：「因為安歌王貪玩。我們的爺爺說當時的官員把安都治理得很好，但安歌王只顧著玩，不管朝政。直到後來這批老臣一一死去，官員開始腐化，他們把好官趕出皇宮，完全掌控了朝政，徵收苛稅，一年比一年重。百姓最後因為沒錢繳稅，只好上繳食物，連當成種子的作物都繳了上去，也就沒辦法種糧食。大家為了食物開始變賣馬羊，一百多年下來，安都……已經快毀滅了……」

眾人難過地低下臉，氣氛瞬間變得十分沉重，他們長吁短嘆，不想再多說。

這簡直是惡性循環。收重稅，百姓生活越來越貧窮，最後只好上繳糧食及種子；沒辦法種植作物，糧食也就逐年減少。能讓安歌揮霍一百年，可見安都原來有多麼富饒了。

「那你們為什麼不離開安都？」我疑惑地看著他們。

他們連連嘆息。

「這裡是我們的根源……」瑪莎難過地說著：「而且別的國家也不願意收留我們……聽說樓蘭遭受詛咒，這個世界國土有限，別國無法再接納他國人民……」

為什麼瑪莎的話裡總是出現「聽說」？看他們的樣子似乎並不知道樓蘭被埋在黃沙之下……對了，瑪莎她們出生於這個世界，如果沒有人告訴他們外面還有別的世界，他們是不會知道的。

是說伊森和璐璐呢？從我醒來就不見他們。

「所以我們要親手奪回自己的國家！」扎圖魯忽然擰緊雙拳，目光灼灼，所有人也瞬間振奮起來，齊齊看向他們的領袖！

「扎圖魯！姊姊求你別再胡說了！」瑪莎驚恐而擔憂地握住扎圖魯緊握著的拳頭：「他們是神！他們擁有神力！別再說了！」

「姊姊，他們不是神！是魔鬼！」

「別再說了！」瑪莎激動地站起身，一把抱住了扎圖魯，用自己的身體捂住了他的嘴：「姊姊求你別再說了。孩子們快來了，你們還是準備去分發食物吧……」瑪莎難過地說完後，放開扎圖魯，轉身看著我：「那瀾姑娘也餓了吧，請跟我來。」

這是要起義的節奏啊！一旦國君暴政，人民就會起義。水能載舟，亦能覆舟，中華五千年歷史不知上演了多少回，成就了多少新的朝代，新的君王。我看著那一張張肅穆的臉龐，知道他們已經做好了準備，起義只是時間的問題。我跟隨瑪莎離開，里約他們依舊齊齊看向扎圖魯，扎圖魯深沉的神色和堅定的目光顯然沒有因為瑪莎的祈求而動搖。

我同時也能理解瑪莎的心情，她只是不想看著自己的弟弟去送死。她說安歌、安羽有神力，我的確見識過他們飛簷走壁和那誇張的力量，也開始為扎圖魯等人擔心，他們應該是沒有神器的，沒有神器就無法殺死安歌、安羽，他們的起義確實讓人深感憂慮。

瑪莎帶我走入了一條漫長的通道，這裡似乎不是地窖，有點像地下古城。瑪莎拿著火把，為我照亮前路。

「這裡是哪裡？」我疑惑地問，這裡看起來真像巴黎皇宮的地下城堡。

「這是廢棄的地下城。」瑪莎解釋著：「聽說很久以前也有戰亂，闍梨香女王並不是第一位樓蘭王。發生戰亂時，這裡便是給百姓躲避的地方。」

「原來如此……」雖然樓蘭已經消失了兩千年，但裡頭的歷史似乎也很精彩。

「那瀾姑娘是哪國人呢？」瑪莎好奇地看著我。我原本想說是從上面掉下來的，但想想防人之心不可無，即使瑪莎善良，不會對我怎樣，但萬一給有心人聽見就麻煩了。伊森說我算是這個世界的稀世奇寶，我可不想被人賣來賣去。於是我說：「我是玉音王送給安歌王的女人，但因為摔傷了，又因為救了你弟弟得罪了安歌王，所以他把我拋棄了。」

「被王拋棄了？」瑪莎用一種同情的目光看著我：「真可憐，妳會跟我們一起挨餓受苦的……」

我笑了：「可是我覺得這是好事，我自由了，哈哈！」我輕鬆地轉了個圈，頭紗與紅裙在黑暗的通道中飛揚，讓瑪莎看得有些出神：「那瀾姑娘……真是……特別……」

我知道自己在他們的眼中是個怪人，甚至像是瘋了，我並不稀罕在衣食無憂的宮中生活，被王拋棄也不會感到傷心，反而相當高興。只要知道自己想要什麼，接下去該做什麼，就行了。

「那瀾姑娘，這裡是妳的房間。」黑暗的通道邊出現了一個房間，房門只是一塊陳舊的深藍布簾，瑪莎掀簾入室，把火把插在牆邊，立刻照出整個房間的陳設。

房間非常小，像是單身租屋族住的四坪大蝸居，這對於我這種網路工作者、可以安安穩穩地住在家裡的人來說，真的有點意外，好在我這個人沒公主病，也能吃苦。

床很破舊，不過雖然是在地下，但不知道是不是因為土地荒蕪，完全不顯潮濕，也就沒什麼霉味，不過……在牆角亂竄的老鼠是怎樣？而且那老鼠居然不怕人，在我們點燈後依然大搖大擺地沿著牆根慢慢走過，鑽入一個鼠洞。

所以……我要在這裡熬一個月？

「稍後里約他們會把那瀾姑娘的首飾送回來……」

「不、不用。」我阻止準備轉身離去的瑪莎，她驚訝地看向我，我看著房間說：「拿去換食物吧，我也想想要怎麼掙錢……」

「那瀾姑娘別說笑話了，安都沒有女人可以做的事……」瑪莎微笑看我：「姑娘可以幫我們分發食物。」

我轉頭對她一笑，豎起拇指：「放心，我知道現在的情況多養我一個人會給你們增加負擔，所以我會想辦法的！」

瑪莎愣愣地看著我，眸中閃著將信將疑的目光。

我帶來的抱枕已經放在床上，除了抱枕外，床上空空如也。我沒有問瑪莎為什麼沒有被子，用膝蓋想也知道他們沒有被子。

只是……要在哪裡上廁所？

「瑪莎。」

「什麼？」

「請問……那個……要在哪裡上廁所？」

瑪莎愣了愣，尷尬地低下頭：「請跟我來。」她取下火把，繼續慢慢前行，同時像是為眼前艱苦的處境感到難堪。

一路走過去，我發現了很多跟剛剛一樣的房間，看來他們收留了很多人。廁所在通道的最盡頭，但嚴格說起來那根本不是廁所，只是兩個大坑，我大老遠就聞到了惡臭，讓人難以靠近，沒想到他們的情況這麼悲慘。由於我實在無法接受這個坑，於是決定用最原始的方法，找一個沒人的角落，做為自己的獨立廁所。

扎圖魯這批安都的守護者每天的任務是去貴族區偷取食物，並在晚上分發給城裡挨餓的老弱婦孺。安都表面上看起來資源短缺，貴族的食物卻並不虞匱乏。瑪莎說現在當朝的宰相叫做巴依，他想盡一切辦法哄安歌玩樂，然後控制了整個安都，安都百姓的民脂民膏其實不是在安歌的國庫裡，而是在巴依的金庫裡。

巴依利用替安歌購買食物的機會，穿越聖光之門，前往其他富饒的國家購買食物，價格十分低廉，然後再高價賣給其他貴族和商人，不僅剝削百姓，也拿貴族開刀。儘管因為食物問題，貴族們也對巴依深惡痛絕，不過他們在購買巴依的食物後，以更昂貴的價格讓它們流入市場供給商人們，層層剝削，最終受苦的還是可憐的百姓。普通人是買不起那些食物的，貴族區也嚴禁一般民眾進入，所以扎圖魯他們必須透過別的方法混進去，再偷運食物出來。之後，我協助瑪莎分發食物，食物也有好壞，精良的留給孩子們，差一點的給老人，之後給婦孺，最後一些看起來像是別人吃剩的才留給男人們。

分發時有很多人認出了我，他們因為我突然出現在守護者中而驚訝。

分發完之後，我坐在長桌邊，跟扎圖魯他們一起吃飯，他們和瑪莎吃的是最差的。我的手裡是一個比磚頭還要硬的黑麵包，我從沒見過那麼硬的麵包，心裡覺得好玩，拿起來在桌上敲了敲。

「咚咚咚。」

大家不約而同地看向我。

「敲什麼？」里約似乎很看不慣我，沒好氣地說：「我們只有這個。」

「里約！」扎圖魯低喝了一聲，對我面露歉意，從懷裡拿出了一個新鮮漂亮的蘋果：「那瀾姑娘，對不起，讓妳跟我們受苦了。」他把蘋果遞給我，桌上所有人的目光都集中在那顆看起來相當可口的蘋果上。

「老大！你居然私藏食物？」里約驚訝地看著扎圖魯，扎圖魯面露尷尬：「那瀾姑娘之前的伙食一定不錯。她是我的救命恩人，我……不想虧待她。」

里約瞥了他兩眼，其他的少年們則依舊緊盯著那顆漂亮的大紅蘋果。我想，此刻就算將一個美女擺在他們面前，他們也會不屑一顧吧。

我笑著接過蘋果，拿起桌上的餐刀，開始切蘋果。這真是顆品質相當好的蘋果，一刀下去，清香四溢。

啪！啪！啪！我一連切了十塊，放回桌上，自己則拿著蘋果核：「大家一起吃吧……」眾人吞著口水，相互對視。我拿了一塊給呆愣著的瑪莎：「吃吧，我在玉音王那裡沒少吃好東西，你們吃吧。」

瑪莎接過了蘋果，儘管那只是一小塊，可是她沒有吃，而是給了扎圖魯。我笑著再遞給瑪莎一塊，然後是似乎不怎麼喜歡我的里約，還有其他叫我姊姊的弟弟們。他們都傻傻地對著蘋果嚥口水，彷彿這樣看著就已經嘗到了蘋果鮮美的味道。

「我知道我給你們帶來了負擔。你們放心，等我手好了，我會自己找吃的。」我對他們說。

眾人從蘋果的香氣中抬起臉，臉上的表情有些愣怔，像是聽到了什麼天大的笑話，卻又礙於他們老大的面子，沒有笑出來。

「那瀾姑娘妳就別說笑了。」只有里約笑了出來：「那是根本不可能的事，妳就別吹牛了……」

「里約！」扎圖魯再次喝住里約，里約笑著轉開臉。我拿起石頭麵包起身，對他們神祕地眨眨眼：「我一定可以的。」說罷，我拋著我的石頭麵包，轉身離去。

俗話說「窮則思變」，做為家庭主要經濟來源的我，生存能力可是很強的！

當我回到房間時，還沒進門就聽見了璐璐嘰嘰喳喳的聲音：「啊啊啊啊～～怎麼這麼髒？殿下，您不能跟著那瘋女人住在這種地方，我們出去吧，這裡又髒又差，您會生病的！」

「璐璐，別叫了，去弄點水給我洗澡～」

「殿下！您真的要住這裡？」

「別囉嗦，我得看著那女的，如果她生病，我的精靈之元會受到影響。」

我立刻掀簾而入，房內的牆壁上掛著一個火把，伊森正躺在床上的軟墊上，雙手環在腦後，手裡拿著軟軟的麵包屑，看起來分外悠閒。

見到我回來，璐璐馬上鼓起臉：「都是因為妳，害我們殿下也要跟著妳受苦！」

我看看美美吃著麵包的伊森，心裡來氣：「我又沒拴住你們，你們大可離開啊。」

伊森依然自得其樂地吃著麵包，似乎不想參與我和他的婢女之間的爭吵。

璐璐雙手一扠腰，身後的銀翅啪啪地拍動著：「妳以為我們想留在這裡？我們精靈有淨化空氣的力量，是殿下不想讓妳生病，才陪妳留下，幫你淨化這裡！這裡！」璐璐噁心地指向四周：「骯髒的空氣！」

「哦？這倒讓我有點受寵若驚了～」我坐在硬硬的床沿上看著伊森，打趣地說：「沒想到你還是個空氣清淨機。」

躺在軟墊上的伊森顯得非常舒服，一邊吃麵包一邊說：「我們的力量來自於自然，植物是自然的一部分，所以我們也有它們的力量……」說完，他看著我手中的麵包，得意起來：「如果妳好好伺候本殿下，本殿下可以考慮賜給妳咬得動的麵包……」

「不需要。」我把磚頭麵包放在了他小小的身體上。他「啊」了一聲，從麵包下爬了出來，趴在麵包上生氣地看我：「妳真是個壞女人。」

「嘿嘿……」誰叫他那麼小，讓我總是忍不住想欺負他呢？

璐璐飛了過來，又想跟我吵架，簾外卻忽然傳來了扎圖魯的聲音：「那瀾姑娘……我……可以進來嗎？」

不過是一張簾子而已……不過由此可見扎圖魯很尊敬我。

「進來吧，扎圖魯。」

扎圖魯掀簾進來，目光卻似乎不敢放在我身上。他手裡拿著一套很乾淨，而且不破舊的衣裙。

「那瀾姑娘，這裡很髒，妳身上穿的是好衣服，別弄壞了。這套衣服是乾淨的，妳放心，不是破衣服，是我白天在巴依府裡拿來的……」他頓了頓，有些難堪地把裙子放到我身邊。

他說的拿應該是偷吧……我從扎圖魯的神情研判他並不想偷東西，他知道那是老鼠般的行為，因而羞於啟齒。

「謝謝你。」我拿起裙衫，儘管談不上做工精緻，但也比瑪莎身上的好上許多。這似乎是婢女的衣服，也是圓領的胡服，色系是米黃色的，領口則是淡藍色。

「還有……這是新鮮的牛奶。姑娘還受著傷，需要吃得好一點。」他又遞給我一個封口的水瓶。儘管他的一張臉灰濛濛的，看不清楚神情，但我發現他的雙耳已經泛紅了。我從他手中接過水瓶，沒想到他居然還幫我留了牛奶。

「那瀾姑娘，妳好好養傷，我會拿好食物給妳吃的，妳不要認為自己是負擔……」扎圖魯的聲音認真起來，神情也變得坦然：「姑娘所做的事情我從未做過，今天姑娘用匕首刺了安歌的馬，我心裡真的很敬佩姑娘，所以姑娘請放心，我一定會好好照顧姑娘的！」他鄭重地說完後，依然不敢看我，匆匆地轉身掀簾離去，只留下牛奶和裙衫。

「那小子被妳迷住了。」伊森緩緩飛落到我的面前，金色的翅膀閃動著美麗的金光：「沒想到妳只有一隻眼，還能有這樣的魅力。」

我冷睨他：「那是他尊敬我！你這個滿腦子淫蕩的蚊子！」同時直接抬手拍向他。

「哎呀！」他被我拍回了軟墊，氣呼呼地坐起來：「妳這個壞女人！我留在這裡幫妳淨化空氣，妳還欺負我！快把妳的牛奶給本殿下沐浴！」

「去死吧！」我打開水瓶蓋，一口氣咕咚咕咚喝完，隨後豪邁地擦擦嘴，把瓶子遞給璐璐：「剩下的加點水給妳家殿下洗澡，不用謝我了！」

璐璐下巴脫臼地看著我，伊森「哼！」一聲在軟墊上轉過身去，身後的小翅膀垂落而下，再也不跟我說話。

從這天開始，扎圖魯每晚都會偷偷送來一罐牛奶，從沒讓我挨過餓，除了生活條件有些艱苦外，扎圖魯一直盡他所能地提供我最好的照顧。我白天幫瑪莎照顧地下城裡生病的人，晚上則協助她分發食物。閒暇時，我會在地下城裡閒逛，熟悉地下城裡的每條通道和每個房間，不再仰賴瑪莎為我帶路。

其實，我心裡還是相當感謝伊森的，每當我去照顧病人時，伊森都會跟在我身邊，他就像是一副口罩，幫我隔絕病菌，保護我不受疾病侵襲。

七天後，我的胸口已經不怎麼出現疼痛感，右手手肘也能稍微彎動了。儘管用力時仍會感到悶痛，但已經不影響手指的活動，只是使用太久會覺得痠痛發麻。暫時還不能拆下繃帶。不過我也不想拆，畢竟我這樣看起來比較柔弱一點，安歌、安羽也不會整我整得太過分。夜叉王這人雖然變態，醫術倒是不錯。

這天晚上，我把扎圖魯給我的牛奶放到伊森面前，他白了我兩眼：「做什麼？」

「給你洗澡啊。」我可是「善良」的人，當然要知恩圖報。

伊森一時愣住了，坐在軟墊上仰臉呆呆地看著我，臉邊兩條金色的小髮辮讓他的臉型顯得更小了些，金瞳在那張小小的錐子臉上閃爍著，乾淨漂亮的金髮閃閃發光。

我笑看他：「謝謝你一直幫我淨化空氣，保護我不受疾病傳染。說實話，我真羨慕你可以每天洗澡呢。」

因為條件惡劣，這裡的人基本上不太洗澡，我又不習慣洗冷水澡，所以七天下來，我跟這裡的人一樣灰頭土臉，原本蓬鬆的捲髮因為頭皮分泌的油脂，又神奇地變直了！當下的我隨意地一把紮起頭髮，因為手受傷，沒辦法好好編辮子。至於伊森因為有璐璐在，每天都可以將自己梳洗得乾乾淨淨。

伊森看著我，金瞳睜到了最大。他開心地站起身，不敢置信地問：「真的嗎？」看來這位王子殿下跟著我在這裡受了不少委屈。

我笑著點點頭。他拍動金翅飛了起來，抱住我的水瓶不停磨蹭：「太好了……終於有牛奶可以洗澡了……」

璐璐也飛了過來，感動地說：

「太好了！殿下那麼多天沒用牛奶洗澡，皮膚都乾燥了。」

其實我相當受不了他們用牛奶洗澡的事，人家是公主病，這邊則是王子病，不過他洗個澡也浪費不了多少牛奶，就讓他舒服一回吧。

伊森開心地飛回軟墊上，等著被伺候。璐璐飛到石牆邊，那裡有一處凹槽，凹槽裡放著一些生活用品，比方說陶罐及陶碗，供人裝水飲用。她搬出了最大的陶碗放到床上，我打開水瓶，倒出牛奶。

雪白濃郁的牛奶是這裡最稀少的食物，但扎圖魯每天都能給我弄到一罐，這種新鮮的牛奶我一開始還有點喝不慣，因為帶著一股奇怪的騷味，不過喝習慣後，倒是喝出了清甜的口感。

就在這時，只見璐璐雙手平舉，金色的細沙從她的腳下飛出，環繞在陶罐邊。陶罐慢慢升空，飄浮起來。

「喂，怪女人，用火加熱一下。」璐璐命令我說。

什麼？拿牛奶給你們洗澡就不錯了，居然還要加熱？真是麻煩……算了，好人做到底，今天讓你們一回。

我取下火把，放到陶碗下加熱。璐璐用手在牛奶中攪拌，沒過多久，她要我停止加熱，看來水溫應該適合洗澡了。

我將火把放好，璐璐把碗移到伊森的軟墊邊，當他起身後，便上前為他脫起衣服。真是矜貴的王子殿下，什麼都要人伺候。

小小的伊森穿著我最初見到他時的淡金色紗衣，我有點好奇這件衣服在翅膀那裡該怎麼脫，於是坐在床邊探出頭，好奇地往他背後看去。

「放肆！妳怎麼可以這麼不知羞恥，偷窺我們殿下沐浴？」璐璐立刻站在伊森面前，撐開雙臂擋住她的殿下。

我無語地看著她。這哪是偷窺？是明目張膽好不好！他們在我面前洗澡，居然要我出去回避？而且精靈那麼小，能看到什麼？於是我忍不住揶揄：「一隻蚊子從妳面前飛過，妳能分清牠是公的還是母的嗎？」

璐璐一下子愣住了，似乎聽不懂我的話。此時，一條手臂從她的腋下伸出，將她直接推開，露出了伊森泛青的臉：「妳是在說本殿下小嗎？」

哈哈，看來伊森聽懂了。男人對這種話題最敏感，我的意思很清楚——現在的伊森那麼小，哪裡看得清楚他的小弟弟？

「妳居然藐視我們精靈！」璐璐氣惱地在旁邊大喊：「我們雖然小，但也是可以變大的！」顯然她還沒明白我在說什麼。

懶得解釋的我望著伊森鐵青的臉：

「我不看就是了，我只是好奇你們有翅膀怎麼脫？」

伊森對我瞇了瞇小小的眼睛：「看好了，瘋女人！」說罷，他轉身，只見金色的翅膀瞬間像是消融一般化作金沙，消失在他的後背。

原來是這樣。

然後他由下往上慢慢脫去淡金色的紗衣，露出赤裸纖細的雙腿……

咦？等等，不是要我回避嗎？居然脫了？我只想看翅膀那裡怎麼處理，不用真的整個脫給我看吧？

一瞬間，伊森的衣襬已經升到了他的腰部，露出了穿著小小白色內褲的小屁股……哦～～小屁股還挺翹的嘛！此刻我看著他脫衣服，完全不起絲毫下流的想法，因為他就像芭比娃娃裡的男性玩偶，不像現實中的成年男子會讓我感到羞澀。

此刻，他提起的衣服已經過了腰際，露出了纖細的腰。我不禁有些驚訝，如果將他放大，他的身材是非常好的，可以說是男模的標準身材。

有些肉感的後背在下一刻映入了我的眼簾，因為他高舉雙手，後背中央出現了一道深深的紋路，流露出性感的男人味。金色長髮在衣衫離開頭頂時傾瀉而下，遮住了他的後頸，散落在肩膀和後背上。

璐璐接過紗衣。在我還來不及反應的當下，伊森居然脫掉了褻褲，我頓時臉紅不已，匆匆轉開視線，不去看他那從褻褲裡露出來的小小雪白翹臀。

拿著紗衣和褻褲的璐璐飛到我的面前，冷冷地看著我：「拿去洗了。」

什麼！還要我幫你們洗衣服？

「記得烘乾。」

她又補充了一句，把伊森脫下來的小衣服和小內褲放到了我左手的手心上。我鬱悶地看向一旁，赤條條的伊森背對著我站在陶碗邊，金色的細沙在他的後背開始凝聚，片刻間，那對金色的小翅膀又回到了他的後背上。他震顫四片微小如蜻蜓的金翅，飛到牛奶的上方，小小的腳尖點開乳白的牛奶，碗中的牛奶蕩起了層層漣漪。然後他慢慢降落，靠在碗邊，揚起小臉、瞇起金眸，露出了無比愜意的神情。

做小人真好，一個碗就能洗澡，真是羨慕嫉妒恨！

飛到碗邊的璐璐開始幫伊森按摩。我抓著伊森小得跟玩具一樣的衣物，鬱悶無比……下次不給他牛奶了，居然還要幫他洗衣服！

我拿出水罐，在另一個碗裡倒入清水，接著把小衣服和小內褲放到裡面涮洗。隨便涮洗了兩下後，我把衣服拿起來，用小拇指和無名指套起他的小內褲，食指及中指撐開他的小衣服，放到火把邊烘烤……感覺還挺有趣的嘛，像是回到小時候幫玩偶穿衣服一樣。

不過，現在的少女們也依然喜歡擺弄玩偶。我有一個名叫紫血的同行朋友，就喜歡做玩偶，不但替玩偶們製作各式各樣的衣服，甚至能設計出各種漫畫小說裡的人物，她還送了一個女媧給我呢！

現在的伊森不就像是這樣的小玩偶嗎？而且還是活的，嘻嘻！

我忽然興起了想幫伊森和璐璐做衣服的衝動，他們剛好是一男一女啊！

當衣服差不多乾了之後，我收起衣服，回頭一看，發現伊森正躺在牛奶裡，舒服地享受璐璐幫他按摩手臂，小小的腦袋靠在碗邊，像一顆金色的小球浮在牛奶上。

很多人會有這樣的衝動——喜歡把漂浮在水面上的物體壓下去，等它浮上來後再壓下去，不斷重複，樂此不疲。此時此刻的我心裡癢癢的，也想這麼做。

我蹲到床邊，放下烘乾的衣服，一邊壞笑，一邊伸出左手食指，在璐璐還未反應前點上伊森的後腦，他還來不及喊叫，就已經被我直接壓到牛奶裡。

「啊～～～～～」璐璐在旁邊驚嚇地大叫起來，抱住我的手指用力拉扯：「快放開！刺客！抓刺客！」

她完全慌了神，亂叫起來。伊森小小的手臂在牛奶裡胡亂掙扎，金翅也驚慌地拍打起來，扇出陣陣涼風，濺起層層水花。

「哈哈哈，真好玩。」

我忍不住笑了出來。原來我也挺壞心眼的嘛，不比安歌、安羽差。

就在這時，外面傳來了人聲：

「那瀾姑娘，我可以進來嗎？」

是扎圖魯。我收回了手，伊森一下子躍出牛奶，趴在碗邊大聲咳嗽：「妳這個……咳咳咳……邪惡的女人……咳咳咳……」

「殿下！殿下您沒事吧？殿下！」璐璐驚慌失措地看著他的殿下。

伊森趴在碗沿，被牛奶浸濕的金色小辮子垂在碗外，幾乎跟牛奶同色的小手臂也懸掛而出，像個掛在碗邊的精美小瓷人。

我起身掀開簾子，看向扎圖魯：

「扎圖魯，什麼事？」

他拿著一團乾淨的紗布，指指我的右手，目光始終不敢與我的視線相觸：「我想……妳是不是需要換一下……」

扎圖魯是許多人心目中的英雄，在我面前卻總是格外恭敬與謙卑，只因為當初我救過他，他就一直把我當女神一樣尊敬。其實我救他和他救別人是一樣的，然而雖然跟他說過很多次，他還是這個樣子，每次只要我一找他說話，他就會變得非常拘謹局促，然後匆匆找個理由開溜。

「扎圖魯，我說過我們是朋友，你別把我當女神一樣尊……」

話還沒說完，扎圖魯的目光忽然落在我的身後：「那瀾姑娘怎麼不喝牛奶？是不是壞了？」他從我身邊走過，我愣了一下，趕緊轉身，只見他已經將牛奶碗拿到鼻尖嗅聞。

我緊張起來，看到了一旁同樣緊張得將雙手握在胸前的璐璐。

我不出聲地詢問她：「王子呢？」

她神情扭曲地指指那個碗，我瞬間石化……伊森還在碗裡。

扎圖魯似乎沒聞出異常，把牛奶碗放到我面前，我立刻往碗裡看去，卻不見伊森的蹤影。

「這牛奶是不是有問題？姑娘怎麼到現在都還沒喝？」扎圖魯有些緊張地看我，他送來這牛奶好一會兒了。

我立刻接過碗，笑了笑：「當然沒問題，我只是想加加熱……」我左手端著牛奶碗，還挺重的。

扎圖魯灰濛濛的臉露出了憨實的笑容：「原來如此。」雖然他灰頭土臉，但一雙眼睛分外閃亮，如果把臉洗乾淨，他應該是個英俊威武的草原漢子。

正當我準備放下碗時，扎圖魯忽然說：

「那姑娘快喝吧，不然就涼了。」

我頓時全身僵硬。

居、居然叫我喝？大哥，你知不知道這是某人的洗澡水……呃，對了，扎圖魯的確不知道。

然而這碗牛奶是相當珍貴的食物，又是他為了幫我補身體，千辛萬苦弄來的。我最近一直吃得很差，全靠牛奶補充營養，怎麼能在他面前浪費？這樣多對不起他的苦心？多對不起他這唯一一份為我私藏的牛奶？

最重要的是，他真的沒讓我瘦下來！在食物如此短缺的情況下，本姑娘居然沒瘦！我也算奇葩了，喝點牛奶就能維持體形……

此刻的他正懇切地看著我，似乎覺得能當面看著我把他送來的牛奶喝完，是無上的榮幸和最喜悅的事情。

眼淚默默在心中流淌的我乾澀地笑了笑：「好，我喝……我喝……」

這是伊森的洗澡水啊啊啊！

我端起碗，將嘴唇湊到碗邊，慢慢地將牛奶喝下肚，心情不知道有多麼慌亂，努力不去想這其實是伊森的洗澡水。幸好牛奶沒有怪味，反而還帶著一點花香。伊森是精靈，身上總是散發著花香。

隨著碗慢慢傾斜，一隻小手伸出牛奶，抓住陶碗翹起的一邊，我不由得瞪大眼睛。剛才還想說伊森怎麼會不見了，原來是躲在碗裡！哦……我明白了，雖然別人看不見他，但他躺在牛奶裡，牛奶會現了他的形。

伊森的腦袋露了出來，金髮上流淌著乳白的牛奶——由於碗翹起來的角度剛好，扎圖魯看不到碗裡的情況——我和他就這麼大眼瞪小眼，顯然誰也沒料到眼前的狀況。

他身體緊繃地抓住陶碗邊緣，以免滑下來被我一口吞下肚。當然，我絕對不想吞進他的腳，或是他的身體，那會讓我覺得自己是《進擊●巨人》裡的恐怖無腦巨人。

他緊張得將一雙金瞳瞪到最大，這副模樣讓我回想起自己把Q版小美男畫到飯碗裡，一邊說著「小人兒～～快到我的碗裡來吧～～」的景象。

沒想到——

我的碗裡……在今天……真的……出現了一隻裸精靈……

和伊森大眼瞪小眼片刻後，我豁出去地繼續喝牛奶，白色的牛奶從伊森的脖子流淌到肩膀，露出了小小的鎖骨，再落到他的胸部，露出了粉紅的小蕊……

天哪！我真的要瘋了！這是我人生中喝牛奶喝得最久的一次。雖然他小，但這種情況也實在太撩人了吧？我皺著眉頭，一口氣咕咚咕咚地加快喝牛奶的速度，左眼的視野裡卻看到某個東西浮出了白色的液面，是個粉色的小小蘑菇。伊森的金色雙瞳瞪到了最大，神色越來越緊張，伴隨著碗裡的粼粼波光，他的臉奇怪地紅了起來，像是心虛地不想讓我發現什麼。他一邊緊盯著我，一邊偷偷摸摸地抽回原本抓在碗沿上的手臂，慢慢遮住了那浮出水面的小粉紅，接著全身炸紅地看我。

瞬間，我意識到了那是什麼，嘴裡的牛奶登時全數噴出：「噗！」

牛奶如雨般噴在伊森的身上，也噴出了碗沿，灑向了扎圖魯，扎圖魯的臉上出現了斑斑點點的白色痕跡。我捂住嘴放下碗，扶牆而出，胃裡一陣翻滾。

「那瀾姑娘，妳沒事吧！」扎圖魯緊追了出來。

我跑到角落乾嘔起來：「嘔！嘔！」好色的精靈！下流的精靈！精靈什麼的果然最淫蕩！

「果然還是牛奶有問題嗎？」扎圖魯心焦地在旁邊說。

我一邊扶著牆嘔吐，一邊抓住他的手臂：「不，不是牛奶……咳咳咳，是我想起昨晚有老鼠在我碗裡拉屎……」

扎圖魯不吭聲了。至於我別提心裡有多噁心鬱悶了，簡直連想都不想再想！我緩了緩勁，站起身來，卻看到扎圖魯愧疚的臉：「對不起，那瀾姑娘，讓妳在這裡跟著我們受苦……」他站在陰暗的通道中，古老的石牆讓他顯得有些像憂鬱的王子。

「扎圖魯，別這麼說，是你收留了我，我們是朋友……」

他低下臉，面露一絲自卑：「我……不配做姑娘的朋友，姑娘勇敢地面對惡魔，我卻……只會做些偷雞摸狗的事……」他似乎還是相當在意自己的作為，備感羞愧。

「別這樣說，你是為了大家，是大家心目中的英雄。」我握了握他結實的手臂，他全身微微緊繃起來，我猛然意識到自己的一些現代習慣讓他們很緊張。

我鬆開手：「對不起，在我們那裡，男人女人之間沒什麼距離，所以我……習慣了。」

目光流露出一絲好奇的扎圖魯，終於看向我的臉：「那瀾姑娘來自玉音王所掌管的玉都，聽說玉都人人都喜愛歌唱，夜夜歡舞，也難怪姑娘如此樂觀快樂。」

他的話把我帶回在玉都的日子，雖然在那裡的大部分時間都是在養傷，但是玉都百姓熱愛唱歌跳舞的這點，還是讓我留下了很深刻美好的印象。

當我陷入懷念時，里約等人正朝這裡跑來，一邊跑一邊喊：「老大！老大你在哪裡？」

聽見他們的呼喊之後，扎圖魯朝他們看去：「我在這裡。」

幾個人立刻跑了過來，臉上滿是喜悅之色：「老大，達子他們找到從天上掉下來的東西了！一定可以換很多好吃的東西！」

從天上掉下來的？我不由心虛地微微轉身，下一刻卻忽然回神——從天上掉下來的？會不會是明洋他們？

「快帶我去！」扎圖魯也欣喜起來，里約看到了我，目光有些回避，其他人則眸光曖昧地臉紅笑了起來。

「老大……那瀾姑娘在……」里約像是在提醒扎圖魯這件事不適合讓我知道。

我立刻好奇地反問扎圖魯：「扎圖魯，什麼是從天上掉下來的？」

扎圖魯笑了起來，沒有半絲想隱瞞的神色，對我說道：「傳說在我們的天上有別的世界，那是神住的世界，有時候會有神使用的東西從上面掉下來，它們會四散掉落，幸運撿到的話可以賣個好價錢。」

原來會四散掉落啊。

「奇怪，那瀾姑娘來自玉都，怎麼不知道這個傳說？」里約懷疑地反問我，他對我總懷著一絲戒備，外加不喜歡我。所以說有時候長得漂亮還是有好處的，想必是因為我獨眼，美麗因此打了折扣，才被人這樣提防吧？他狐疑地打量我：「這個傳說在樓蘭每個人都知道。」

我摸了摸右眼的眼罩：「我……當然知道，只是驚訝最近居然會掉下來，還被你們撿到了。」

「這有什麼奇怪的，是妳撿不到而已……」里約的語氣多了一分自得，能撿到天上掉下來的東西似乎讓他們得意洋洋：「人也會掉下來，但是人一旦掉下來，當地的王就會察覺，他們會在第一時間把人帶回王宮。聽說從天上掉下來的人是犯了罪的神仙，被褫奪了神力，丟下天宮……」

「咳……咳咳……」我忍不住咳嗽起來，這說法還真跟傳統神話有那麼點牽扯啊。

「里約，快帶我去看看！」

「好！」里約激動起來，抓住了扎圖魯的手，一邊大步走著，一邊快樂地說：「這次是個大傢伙，你一定得去看看！」

看里約開心地抓著扎圖魯的手，神情瞬間燦爛無比、眉飛色舞，我忽然明白了……難怪里約不喜歡我，這是把我當情敵嘛！

其他少年們圍到我的身邊，他們就比較喜歡我。

「那瀾姊姊，聽瑪莎姊姊說妳知道很多東西，那妳知道天上的事嗎？」

「那瀾姊姊、那瀾姊姊，聽說天上的神非常聰明，是不是？」

「那瀾姊姊，妳說天上的神知道我們受苦嗎？會不會幫我們除掉惡魔？」

可憐的安歌、安羽，只是被奸臣利用，就被百姓形容成惡魔。安都要除的不是安歌，而是奸臣巴依，和那些斂財的貴族。當然，不把安歌、安羽兩兄弟給教好也不行就是了。

「你們吵什麼？」里約轉過頭，生氣地數落這些少年：「她又不是天上來的，怎麼會知道天上的事？別吵了，快回到大家住的地方，你們是想讓所有人都知道我們撿到寶貝了嗎？」

少年們一個個低下頭，閉緊了嘴。里約給了我一個嫌惡的眼神，回頭繼續拉著扎圖魯。

百分之百肯定沒錯！這小子絕對喜歡扎圖魯！因為看扎圖魯對我特別好，總是私藏好東西給我

吃，心裡吃醋，所以異常討厭我。

我們走過漫長而錯綜複雜的通道，到了地下城東面的出入口。整座地下城有四個出入口，南北兩個出口在城裡，東西兩個在城外。平民住在地下城裡不是什麼祕密，瑪莎說貴族們也都知道，只不過他們忙於斂財，也嫌地下城骯髒，再加上不打算關心百姓死活，所以貴族們不會去理會地下城到底住了誰，只管叫這群人老鼠……生活在地下，可不是老鼠嗎？所以這反而成了扎圖魯他們的掩護，成了他們的基地。

東口外有著一座破舊的神廟，現在已經荒蕪，無人前來。神廟入口處的台階比較寬闊，十幾個大漢正把一個巨大如馬車的東西小心地搬運下來，那龐然大物被一整塊黑布包住，在黑夜之中，不會有人發現它正在移動。里約激動地走向那個龐然大物，興奮地說了起來：「這東西太沉了，我們動用了十幾個人才把它拖回來，幸好它有輪子，不然還拖不回來呢！」

什麼，有輪子？我立刻打起了精神，朝那黑漆漆的東西看去。此時的它已經被搬下台階，里約關上了出入口的大門，少年們點燃了周圍的火把，照亮了整個空間，那東西的形狀頓時讓我的心跳開始加速——它四四方方、又大又沉，還有輪子！

「這該不會是……」我驚喜地朝它跑去，扎圖魯在我輕喃時疑惑地看向我。

「老大，快看看我們的寶物！」里約興奮地抓住黑布的一端，和幾個大漢一起拉下黑布。

「耶！」當那東西現出原形時，我立刻大喊出口：「天助我也！」

我激動的大喊迴響在石牆內，讓眾人一時愣在原地。我狂喜地跑向那個龐然大物，摸過它有點摔歪的車門，興奮地轉身看向呆看著我的大家，以及驚訝的扎圖魯。

「那瀾姑娘……妳知道這是什麼？」

「當然！扎圖魯，你知道你們撿到了什麼嗎？你們撿到了一樣神器！它在這裡絕對是神器！哈哈哈……哈哈哈……」我轉身對著面前的「神器」狂喜地大笑，抱住有點髒的它不斷親吻。里約他們撿到的，正是那天我們開的越野車，裡面應該還有我的東西！

「神器……」里約呆呆輕喃：「妳居然……認識……吹牛的吧……」

我在他們懷疑的目光中開始檢查車身：「很好，沒怎麼摔壞……奇怪了，怎麼沒摔破？」畢竟我可是摔得劈里啪啦、殘破不堪。

仔細看看，車子上有很多刮痕，似乎是樹枝造成的，看來車子一定掉到了一片比我上次掉下來還要茂密的樹林裡，才減緩了它的墜落。再仔細看看，車身上全是黑色的淤泥，濕漉漉、軟綿綿的，還散發出很重的腥臭味，像是剛經過一個大黑泥坑。「這是什麼泥？」我問里約。

里約答道：「是沼澤地裡的泥，幸好它沒掉在沼澤裡，不然就沉了。」

「好，好！」這傢伙果然比我幸運多了，雖然我掉下來時也有人墊了一下，但還是出現了多處骨折，也不知在床上昏昏沉沉地躺了多久。

我打開滿是淤泥的歪斜車門，希望我的東西還在！

這輛越野車是簡易輕便型的，所以沒有車窗跟車頂，只有幾根槓子。我記得我的東西放在林茵的車座上，找了找，沒找到我的包，但找到了畫板，畫板卡在了座椅下面，所以沒有掉出去。

我把畫板費力地拖了出來，上面還綁著我的顏料包，以及裝畫紙的畫筒。我打開一看，裡頭的東西全在！畫筆、顏料、畫紙都在！

「哈哈！你們真的是找到寶貝了！」我激動地拿起顏料包，對里約和扎圖魯他們揮舞著。他們懷疑的目光裡漸漸再次溢出激動，看向彼此，興奮起來。

我爬回駕駛椅：「好，現在看看你能不能動。寶貝，讓我聽聽你的心跳聲吧！」車鑰匙還插在車上，我踩上離合器，用僵硬的右手轉動鑰匙，引擎發動的聲音頓時響起：「轟～～轟～～」

「哈！」我激動地拍上方向盤，油箱還是滿的！那是明洋在離開前加的油。

「太好了！太好了！哈哈哈！」我一腳踩下油門，越野車立刻動了起來，里約和大漢們頓時嚇得大叫：「啊！啊！啊——」

我開到哪兒，他們就躲到哪兒，扎圖魯愣愣站在原地，看著我開車。這車開起來有點累，畢竟是沙漠越野車，輪胎壓在平地的感覺有點奇怪，好在這裡都是沙地，不是柏油路，所以還是可以開的。

我在他身邊轉了個圈，一腳踩住剎車停下，按了一下喇叭：「叭——」

所有人都捂住了耳朵。我笑著拔下鑰匙，拿起畫板、顏料包和畫筒跳下車，拍了拍完全呈現呆滯狀態的扎圖魯：「把車門修好，要用錘子一點一點地敲，小心點，別敲壞了。還有，這東西暫時不要拿去換食物，留著會有更大的用途！」這車歸我了！哈哈！

我背起裝備，穿過發呆中的眾人往回走。幸好我那天想裝文青在沙漠裡畫畫，帶上了所有的工作，還想在畫畫時擺出一個四十五度扶額遮陽的動作，讓明洋幫我拍張照放在微博上臭美一下，現在才會有這些東西。我想我現在知道怎麼去換食物了。我捏了捏綁在身前的右手。我終於可以靠自己，不再成為扎圖魯的負擔，說不定還能盡一份微薄的力量協助他。

我滿心歡喜地回到自己的小房間，掀簾時卻看到了背對門口坐在軟墊上的伊森，聽到我回來的他後背瞬間僵直，金色的翅膀居然立刻變成了金粉色，透亮的小翅膀也顯得僵硬無比。

看到他，我整個人都不好了。

我把畫板往床邊「哐啷」一扔，轉身坐上床背對著他：「出去！」

「我、我不下流的……」他在我身後小聲說。

我受不了地白了他一眼：「得了吧，我掉下來的時候你明明就跟一個女人在樹林裡打野戰！」

「野戰是什麼？」

「就是上床！」

「我沒做成！」他在我身後急急解釋。

我啞然失笑：「管你有沒有做成，你當時和那女人都脫光了吧？你是想做的吧？」

「我……下面還沒脫……」

我抽了抽眉，甩手指向外面：「滾！」

「我真的不是下流的男人……」他在後面委屈地嘟囔。

「你不出去是吧？」我轉身憤憤地看著他飄撒著金粉的小翅膀：「要我抓你出去嗎？」

「我真的不是下流的男人……」伊森的身體一下子蜷縮了起來。看起來既委屈又懊惱的他，埋著臉難過地說了起來：「我成年了，可是父王沒有替我選王妃，我們精靈不可以在婚前苟合，就像璐璐和涅埃爾雖然是我的貼身侍婢，但她們不可以碰我，我也不可以碰她們。可是我很好奇，再加上璐璐說人類經常在樹林裡做那種事，還帶我去看。然後……我就想……偷偷找個人……沒想到妳就掉下來了……」他委屈地抱起膝蓋，小小的右手在軟墊上畫圈圈：「妳把我壓成重傷，父王也知道了所有的

事，相當生氣。我知道我讓精靈一族丟臉了，因為我們精靈是聖潔的，是神靈的孩子，我卻做了淫穢的事情……這件事不能讓所有的精靈知道，我會被逐出精靈族流放的，所以……父王幫我隱瞞了下來，命令我自己想辦法取回精元……」

「你跟我說那麼多有什麼用？下流就是下流！」我受不了地看著他，他微微扭過頭，金色的長髮下是一張委屈通紅的側臉：「我只是想說……如果妳沒掉下來，沒吸走我的精元，我現在還是精靈王子，而且已經悄悄完成了我的成人禮，不會跟妳在這下水道裡受苦……」

他苦悶而委屈的神情充滿哀怨，讓我想起了差點壓死他的那天，他金瞳裡的幽怨和鬱悶……那張可憐的小臉也再度勾起了我心裡對他的歉意和罪惡感……

「我只想完成我的成人禮……這對男人來說有什麼錯？我比你們人類好多了，只想跟一個女人一起，哪像你們人類那麼多妃子，伏色魔耶每天晚上還需要兩個……」

「別五十步笑百步了！」我轉回身再次背對他。好吧，我心軟了，可是胸口還是有點悶。他今天之所以會變成這樣確實是我害的，成年男性有生理需求很正常，想完成成人禮也很正常……嗯？慢著，成人禮？這小蒼蠅該不會是個處男吧？

「五十步……笑百步是什麼意思？」身後是他弱弱的聲音。

「就是……算了，唉……」我低下頭嘆了口氣，真是作孽。「我原諒你了，就當作什麼事都沒發生，我什麼都沒看見。」

「可是……妳看了我，在精靈一族裡，王子的身體是不可以隨便被別人看見的，我們是聖潔的神靈……」

我無語地轉開臉，他又拿聖潔當理由了：「得了吧！跟你在樹林的女人不是也看了嗎……」

「她看的……是別人……」他怯懦地解釋：「她是璐璐找來的人類女人，所以……我用了精靈的力量……」

「嘖……所以你想怎樣？要我負責嗎？」漸漸熄滅的火把將這間小小的石屋帶入昏暗，每當此刻，伊森和璐璐身上淡淡的精靈之光就會在黑暗中若隱若現，伊森散發著宛如陽光的淡金色，璐璐則是像月光的淡銀色。

「或者……」淡淡的金光中傳來他有點心虛的聲音：「妳可以給我看看？」

我沉默了片刻，直接轉身揚手：「我還是決定把你拍死好了！」

「不不不不要啊！」他從軟墊上躍起，躲到了軟墊下，金色的暖光隨著他搖曳。他從軟墊的邊緣探出漲紅的臉，小心翼翼地看著我：「當我沒說……」

我瞇了瞇眼睛，左手指向他緋紅的小臉：「說！你有沒有在牛奶裡……那個！」

他金色的瞳仁裡布滿迷茫：「哪個？」

我氣悶地咬咬唇：「就是那個啊！你自己興奮想要的時候會怎麼做？」

他眨了眨金色的眼睛，慢慢看向自己右邊的小手，忽然間像是意識到了什麼，整張臉炸成了紫紅色，對我連連擺手：「沒有沒有沒有，我沒在牛奶裡那個……真的沒有！本來我沒興奮的，但看著妳一點點喝掉牛奶，看到你的嘴唇，不知道為什麼就突然……」伊森的話越說越小聲，最後幾乎像是蚊吟。他羞臊地用雙手捂住臉，慢慢沉入軟墊的邊緣，躲了下去：「就當什麼都沒發生好不好……我覺得很丟臉……」

看到他羞臊得想死的神情，我的氣也算徹底消了。我撫上心口，沒有就好……不然我肯定要噁心上半年。

我躺回床上，將左手枕在腦下，依然背對他的軟墊，狠狠地說：「下次我不會再給你牛奶了！」

「我也……這麼覺得……」身後是他弱弱的聲音。

「璐璐呢？」說起來我回來後一直沒看見璐璐。

「璐璐一直問我發生了什麼事，但我怎麼好意思說呢，就叫她出去替我找水果了……」身後窸窸窣窣的，似乎是伊森爬回軟墊上的聲音。我轉頭看著他，發現他也背對我躺在軟墊上，蜷縮著小小的身體，金色的翅膀已經恢復了原本的顏色，纖細的金色髮絲散布在精美的軟墊上，和軟墊上的金色花紋融為一體。

我有點羨慕地看著他的背影，片刻後轉過頭：「其實我很羨慕你，至少你有涅埃爾和璐璐兩人忠心又貼心地陪伴在身邊，照顧你、服侍你，你偷歡時她們還幫你把風，真的是我見過世上最好的跟班，而我什麼都沒有，一個人掉到這裡，東西也不知道落在哪裡，還要被八個王輪流耍著玩……」

現在我還擁有可以回家的信念，但如果經過了一年、兩年、十年、二十年呢……任何東西都會被時間慢慢磨滅，我也不知道自己的信念能堅持多久……

「嗯，她們是很好……」伊森輕輕地感嘆著，懷著一絲感激之情：「璐璐的未婚夫是我的好朋友艾德沃，他是我們精靈族裡最英俊、最勇敢，也最強大的戰士，也是涅埃爾的哥哥。涅埃爾其實不是我的侍婢，是我的女護衛，父王很喜歡她，也很信任她，覺得我可以娶她做王妃，可是我對她沒有感覺，我感覺她更像我姊姊，總是照顧我、保護我……我知道妳想回家，可是……我也不知道該怎樣離開這個世界……沒人可以離開這裡……」

我躺在冰冰涼涼的床上，耳邊迴盪著他輕輕的話音。我和他相處至今，還是第一次這樣交心地聊起天。其實回想起來，我對不起他的事情更多，我因為他的魔力對我無效，總是肆無忌憚地欺負他，今天甚至還把他丟到牛奶裡，至於那件事其實也算是一個意外……

「伊森。」

「什麼？」

「成人禮的事……對不起……我知道那對一個男人很重要。」畢竟經過成人禮，男人才算是真正的男人，在此之前只能算是個男生。那是一種精神上的變化，人生的蛻變，對男人來說非常重要，甚至會影響他今後的自信。

「沒事的……」過了片刻，他輕輕地說：「只能……等下次了……我要等妳把精靈之元還給我，才能長久保持你們的人形……」

「你為什麼非得找人類不可？找一個未婚妻不是更好？也可以光明正大的……」

耳邊又傳來了窸窸窣窣的聲音，他像是從軟墊上爬了起來，我隨即聽到金翅震顫的聲響，翅膀帶起了微弱的風，拂過我的側臉，隨著花香漸漸浮出，金色的光芒也落到我的面前。

伊森將雙手背在身後，側著微微發紅的臉：「我……我找不到……」

「找不到？」

「嗯……」他低下了臉：「我們精靈一族只有一萬多人，每個精靈女孩我都認識，可是……就是沒有讓我特別喜歡的……而且一旦和精靈女孩發生關係，就要對她負責、訂婚、結婚……而人類……

是另一個種族……所以……」

「我明白了……」我瞇起左眼看著他：「跟人類就不用負責，也沒有精神負擔，是嗎？」

他再次側開臉，低低地應了一聲：「嗯……」

我鄙視地看了他一眼：「你們男人就是這樣，不喜歡負責。哼！」如果我的右手好了，真想轉身不看他，現在卻只能閉上眼。

「妳怎麼能這麼說我……我是個王子，寵幸幾個女人算什麼……」他在我面前繼續委屈地說：「那你們人類的王呢，哪個不是好幾個妃子，每天都在換女人，哼……」

我緊閉眼睛，繼續鄙視：「五十步笑百步！」

「喂！」一隻小手拍在我的臉上：「這句話到底是什麼意思？」

我不說話，不理他。

「喂！本殿下令妳解釋！」他用雙手抱住我的臉，我繼續不理他。

忽然，外面傳來了腳步聲，伊森放開我的臉，輕輕飛落在我的肩膀上，坐在上頭。

腳步聲在我的房門前停下，似乎有兩個人。

「那瀾姑娘？」外面傳來扎圖魯輕輕的呼喚。我因為睏了，一時沒有回應他，但想想不太好，打算出聲時卻聽到了另一個壓低的話音。

「看來她睡了。老大，她來歷不明，我們不能再收留她……」是里約。

「里約，別胡說！」扎圖魯壓低聲音斥責他：「那瀾姑娘很善良，她救了我，還把食物……」

「分給大家是嗎？」里約的聲音似乎因為生氣而有些拔高：「但這幾天你已經還她了！別當我不

知道你還為了她每天偷牛奶。剛才你也看見了，她對那神器有多熟悉！最初她也是跟安歌、安羽一起來的，即使她救了你，扎了安歌的馬，安歌也只是把她趕出宮，沒有讓她接受日刑，這說明了什麼？扎圖魯，你好好想想！她很有可能是『那個』！如果真的是『那個』，她就是王的人！你這次根本是帶了一個大麻煩回來，你到底知不知道？」

「別說了，你走吧！」

「扎圖魯！你居然為一個女人趕我走？我可是你兄弟！記住！只有兄弟能陪你出生入死，女人只會害死你！哼！」

隨即是一串憤然離去的腳步聲。我睜開了眼睛，我讓扎圖魯和他的好兄弟吵架了……

「我看這個扎圖魯一定是喜歡妳……」伊森坐在我的肩膀上，悠哉地說著。

門簾忽然掀起，我立刻閉上眼睛，伊森也飛離我的肩膀，藏到我的腦後，抓住我的耳朵細語：「他進來了、進來了！如果他想對妳不軌，妳放心，我會保護妳的。」

如果不是裝睡，我真想說：得了吧，這世上只有你最下流，看見我喝牛奶就硬了，也不知道你當時腦子裡在想什麼亂七八糟的東西，扎圖魯才不會呢！

耳邊傳來了窸窸窣窣的聲響，扎圖魯似乎蹲在我的面前。

「他在看妳。」伊森像是現場播報員般在我耳邊聒噪地說，顯得格外興奮：「哦，他一直在看妳。哦……我的神靈，他的眼神如此深情、如此熾熱，讓我都想吟詩了。哦……你的眼波恰似溫柔的吻，輕輕落在我的身上，讓我的心如同玫瑰一般綻放，為你展現我的熱情……」

我受不了了！誰來拍死這隻煩人的蒼蠅！

「那瀾姑娘……」我聽見了扎圖魯輕輕的、溫柔的聲音：「妳到底來自何方……妳如果是天宮墜落的神女，能不能為我們指明方向……我們真的需要妳的智慧，引領我們擺脫惡魔的折磨……請幫助我們……那瀾姑娘……」

他輕輕地執起我受傷的右手，柔軟的唇落在我的指尖上，帶著他最大的敬意……

我的心因為他的祈求而悶痛。扎圖魯，你們信錯人了。我的確來自天上沒錯，但是天上並非像你們傳說中描述的那樣住著天神，我是一個跟你們一樣的普通人，只是居住環境的科技更加先進，可惜我卻無法帶給你們……

對不起……扎圖魯……

他輕輕離去，我卻因他而失眠，感到愧疚不已。雖然扎圖魯在我的身上寄予厚望，我卻連自身都難保……

「哦……即使天神降臨，他也不願獻出他的吻，因為他的吻，只屬於他心中的女神……」

「閉嘴！」

「哦……他將他的忠誠、他的崇敬、他的血肉、他的骨頭、他火熱的心……」

我直接伸出手，抓住了蒼蠅的身體。請原諒我的粗暴，但我實在受不了了！我忽然理解悟空為什麼要殺唐僧了。現在，我也有殺了伊森的心！

「啊！放開我！妳弄痛我了！」他在我的手中拚命掙扎，大喊大叫。

我直接將他扔了出去：「煩死了！」

啪！他摔在簾子上，在黑暗中慢慢滑落。我在這裡羞愧內疚，他卻還在那裡聒噪吟詩，真是欠揍！

我終於獲得了安靜，在黑暗中閉上眼睛，懷著罪惡感睡去……

我想回報扎圖魯對我的尊敬、那份真摯的情誼，以及對我的期望；我想幫他做點事情，哪怕只是幫助他們弄到食物；我也想幫他們走出迷茫，可是我知道自己不是智者，沒有足夠的智慧。我自己也想找到智者，為我指點迷津。

迷茫之中，我在黑暗中行走。我幫不了扎圖魯太多，因為我自己也很困惑，不知道到底該如何離開這裡，即使是精靈王子伊森也不知道離開這裡的方法。

我漸漸走入沙漠，金色的細沙在我腳下流淌，我像是進入了一片沙海，一望無際，無邊無垠。在沙海的上空，飄浮著一顆巨大的金沙球體，它在我的上方緩緩旋轉，如同這個世界的核心。我站在它的身下，身體漸漸失去了重力，慢慢飄浮起來，朝那金色的沙球而去。

我伸出右手，摸到了它的外殼，它溫柔地在我手心裡轉著，我的腦海裡忽然浮現出了伊森的影像。

「難道你就是他的精元？」

金球沒有回應，依舊在空中慢慢旋轉，我像是托起了一個巨大的天體。

「我到底該怎樣把你還給他？」我收回了手，卻從金球的身上帶出了一縷金沙，它如同金線盤繞在我的掌心，一點點在我的手心裡融化，沁入我的皮膚，在我的皮膚下化作點點金光，最後消散。

它消失了，我疑惑地看了一會自己的手心，它像是去了別的地方……它去了哪裡？

我整個人越睡越熱，越睡越擠，手腳像是被什麼東西限制住，無法伸展，而且好像有很沉重的東西壓在我腰上，很難受。

我不舒服地醒來，看到了一條手臂，那條雪白手臂的皮膚如同白百合般雪亮，手指修長，漂亮的手型如同精雕細琢的白玉之手。它被我枕在脖子下，柔軟中還帶著熟悉的花香，讓人覺得躺起來挺舒服的。然而當我看到那眼熟的淡金色袖子時，我徹底地愣住了！

如果他的手臂長大了，壓在我腰上的難道是……我僵硬地往下看去，可不是某人修長光潔的大腿嗎！

如玉的大腿和赤裸的腳美得讓人無法想像這是男人的腿！那條腿正因為床太小，壓過我的身體懸掛在床沿外側，金色紗衣的衣襬撩人地掀起，露出了玉腿的腿根，性感的美腿足以讓女人羨慕得撞牆！

「伊森！」我登時驚叫起來，想甩手打他，卻發現自己的右手正被他握在手中！我是朝左側睡的，他一向睡在我身後靠牆的軟墊上，所以此刻他從後面圈抱住我，右手正好握在我的右手上，手肘還壓在我受傷的部位，壓得我有點痠疼。

啊啊啊啊！這隻好色的精靈，還說自己是聖潔的！是不下流的！

「嗯……」我的身後傳來了一聲有些沙啞、有些低沉、有些慵懶撩人，還夾雜著不滿的呻吟，裸露的大腿在我的腿上蹭了蹭，我忽然感受到後腰頂上了可疑的硬物，登時滿臉炸紅，直接用逐漸康復的右手肘狠狠往後一撞，後面的人立刻收回手，悶哼起來：「痛……」

我從他的手腳下離開，轉身罵他：「你這隻好色的精靈！」

他側躺在狹窄的石床上，金髮鋪開，玉腿橫陳，淡金色的紗衣貼合他的身形，讓他從腰線到臀線都凹凸有致，足以讓人欲血沸騰。

「妳怎麼……又打我……我哪裡好色了……」他擰著眉頭，痛苦地捂住自己的胃部，痛到哽啞地說。即使變大但依然呈現巴掌大小的小臉皺了起來，雙眼更是痛苦地緊閉著。

我憤懣得雙頰發燙：「你不好色？那抱我抱得那麼緊幹嘛……你還……你還！」我簡直難以啟齒！都不好意思去看憑他那薄薄的紗衣根本遮不住的帳篷！

「我抱妳……我那麼小……妳那麼大……我要怎麼抱……」他的話音忽然頓住，先是眨了眨眼睛，再揉了揉眼睛，接著一下子坐起身，驚喜地看著自己的雙手：「我變大了！我變大了！瘋女人！妳快看，我變大了！」他欣喜地朝我看來，如玉一般通透的臉上泛著孩子般純真爛漫的笑容，看到他那副單純的模樣，我忽然無法再追究他下面的事，因為這呆子顯然沒意識到自己的生理反應。

我咬咬唇。算了，男人早晨都會那樣。算我倒楣。

「咦？妳的臉怎麼那麼紅？」他跪立起來，伸手戳戳我的臉，我立刻拍開他的手，心裡的憤恨一下子全部傾瀉而出：「你不要忽然變大好不好！這床很小的！」

我指向我們睡的石床，小得像我們那裡的兒童床，只能睡一個女人，男人睡在上頭可以說非常勉強，像伊森的腳就超出了床尾。

伊森愣愣地抓了抓金色的長髮，大大的金瞳裡滿是疑惑。他張開微翹的嫩唇，發出了動聽悅耳的男音：「奇怪，我怎麼突然變大了？」

我繼續指著他：「而且你還擠到我，壓到了我受傷的手！」我舉起一直在裝殘廢的右手，他不好意思地低下臉：「對不起……」

「你到底怎麼回事？」

他看看自己的身體：「我不知道啊，以前從沒發生過這種情況，會不會是我的精靈之元回來了？」他眨眨眼，閉上眼睛開始感覺。

他跪立在石床上，閉了好一會兒眼睛，也沒睜開，金色的睫毛在空氣中輕輕顫動。我忍不住追問：「怎麼樣？」

他睜開眼睛，疑惑地摸上自己的身體：「很奇怪，精靈之元沒有取回，我卻拿回了一些力量，像是……從妳身上提取的……」他疑惑地看向我，我則看向自己的身體，耳邊忽然傳來了他的驚呼：

「天啊！妳現在成了我的精靈之元！」

「什麼？」我驚訝地抬起頭，和他一起在石室裡大眼瞪小眼！

片刻後，我們靠著內側牆面坐在床上，面朝外，一起發呆。

「你說……我成了你的精靈之元……所以你是打算吞掉我……嗎……」我打破了沉默。詭異的事一件接著一件，幸好我有一顆足夠強大的心，可以抵抗各種天雷和狗血。

「我怎麼吞啊……妳那麼大……」他媚眼如絲地睨了我一眼：「難道要把妳分開來嗎……」

「……」我怎麼就躲不過被解剖分屍的命運？

「現在妳成了我的精靈之元，如果妳死了，精靈之元也會跟著妳一起熄滅，我會徹底失去我的精靈之元，如此一來，我的壽命也會變得跟你們凡人一樣，只有短短幾十年……」他嘆著氣垂下頭，抱

住了膝蓋，哀怨而委屈。

「那……你和我……分不開了？」

「暫時……看來是這樣了……」伊森靠在膝蓋上的小臉偷偷轉過來看著我，卻在我看向他時他慌忙轉回去。他看著自己的雙腳，用手抓起自己掛在臉邊的髮辮擺弄著：「妳到底……是怎麼把精靈之力給我的？」他輕輕地問。

我看著他，和他一樣抱膝而坐，下巴靠在膝蓋上：「我怎麼知道？我只記得作了個夢，看到一顆很大的金色沙球，問它是不是你的精靈之元，它也不會說話，後來忽然有一縷金沙到了我的手心，接著消失……」我頓住了話音，抬起了自己的右手。

如果沒記錯，我當時是用右手摸金球的。

「怎麼了？」他追問著。我取下繃帶，抓了抓右手，伸向他：「把你的右手給我。」

「給妳？不好吧……我從沒……牽過女孩子的手……」他忽然羞澀起來，我受不了地一把抓過他的右手：「得了吧，別再讓我覺得噁心了……」

被我抓住右手的他委屈了起來：「什麼叫……讓妳覺得噁心……」他別開臉，微微泛紅的臉上掛著鬱悶的神情。

我抓住他有些熾熱的右手：「別廢話，我試試看把力量給你……」

他轉頭看著我，清澈的金瞳裡水光盈盈，也湧現出一絲期待。我閉上眼睛，深呼吸，然後靜下心。把力量給伊森……給伊森……忽然，我的眼前浮現出奇怪的影像，是伊森！他正爬到我隨意放在腹部的右手心裡，躺在我的肚子上，把我的右手當被子蓋！

什麼？這傢伙居然把我當床墊！

我登時睜開眼睛，把像是想湊近看我的伊森嚇了一跳，他匆匆退開，我放開他的手，無語地看著他：「你昨晚居然睡在我手裡！」

伊森的金瞳驚訝地睜了睜，整張臉頓時通紅。他心虛地轉過身側對我，低下臉輕輕嘟囔：「確切地說……是每晚……」

「什麼？」我的驚呼讓他縮緊了身體：「你你你你……你有沒有睡過其他地方？」

「沒有！」他立刻轉身，急急擺手，一張精緻的小臉變得更紅了：「我沒有睡過其他地方！」

「……」這對話還真奇怪。

他害羞地避開我的目光，抬手扯著自己金色的髮辮：「因為……一個人睡……軟墊有點冷……人類的肚皮軟軟的，妳的手心也軟軟的，所以……不過奇怪，妳怎麼會知道？」他疑惑地看向我。我皺緊眉頭，再次靠牆抱膝：「大概是你的精靈之元和你產生了感應，讓我看到昨晚你睡在我的右手手心裡。我也夢到那金色的力量消失在我的手心裡，應該就是當時給你的吧？」

伊森認真地聽著，臉上的緋紅漸漸褪去。他低下臉沉思起來，不再說話。

我看看左右：「璐璐呢？」

「可能還在生我的氣吧？沒回來。」伊森坐在一旁心不在焉地說：「昨晚我叫她出去的時候語氣重了點……」

我也不再追問，璐璐畢竟放心不下伊森，會回來的。我看看床邊的畫板，又感覺到了飢餓，於是立刻起身，把繃帶重新纏回右手上，接著背起了畫板和顏料包。

「妳要去哪裡？」伊森跳下床赤著腳追到我身邊。

我看看門外：「我要去換食物，為扎圖魯和這裡的人做點事情。」說完，我伸手掀簾，掀開時卻看到了似乎也想掀簾的扎圖魯，手還掛在簾上的他怔怔地看著我，忽然像是看到了什麼，眸光立刻掃向我的身後，臉上浮現無比驚訝的表情：「他是誰？」他看到了伊森！

伊森忽然拽開我，敏捷地閃到我面前，金髮飛揚、紗衣輕動，我發現人形時的他身後並沒有翅膀。緊接著，他抬手對驚詫的扎圖魯打了一個響指。啪！他指尖上的金色細沙宛如火花般瞬間擦亮，扎圖魯的目光便從驚訝變得呆滯起來。伊森開始渾身金光閃爍，不一會兒便恢復小小的身形，飛落到我的面前：「放心，他不會記得的。」

「嗯。」我伸手戳了戳呆滯不動的扎圖魯的臉，對他一笑：「今天的食物就包在我身上了，扎圖魯，你休息一下吧！」我拍了拍他的胸膛，接著繞過他身邊快速離開。

「我跟妳一起去！」伊森飛到我的肩膀上，抓住我的髮辮與我同行。

地下城南邊的出口離貴族區最近，我整理了一下衣服，走出出口，打算到那裡碰碰運氣。

當我們逐漸接近貴族區時，人漸漸多了起來。前方出現了幾個身穿黑色斗篷的人，簇擁著一個穿著白色斗篷的人，在人群中走動，他們看向兩旁，像是在找人。我與他們擦肩而過，穿著白色斗篷的人忽然微微一頓，我繼續往前走。

「那個白衣人轉頭看妳了。」耳邊響起了伊森的提醒，有了他就像是多了一個全方位監視器，還附帶智慧語音系統：「他跟來了跟來了跟來了！」

……這個智慧語音監控系統感覺實在相當欠揍。

「瘋女人！他盯上妳了，他肯定是在找妳！」伊森在我耳邊嘰嘰喳喳地說。

我厭煩地挪了挪身後的畫板，硬生生打斷他：「得了吧，你看他們的斗篷、看看他們的絲綢靴，明顯是貴族。」街邊的百姓們也都紛紛看著這批斗篷人，卻不覺得奇怪，看來斗篷人似乎經常出現。

「這裡認識我的貴族只有兩個人，就是安……」正說著，人風卻疾速拂過我身邊，四周瞬間被黑衣人圍滿，只見黑色斗篷，看不到周圍人流。前前後後全是穿著黑色斗篷的人，他們微微撐開斗篷，高大的身形瞬間將我包裹，旁人完全無法察覺我在這頃刻間消失在人流中。

我的左手臂忽然被人架起——是那個穿白色斗篷的人。什麼？真的是找我的？

他直接抓起我的手臂，在黑衣人的簇擁下神不知鬼不覺地強行把我帶走。我看著他的身形，還有抓著我的動作，處處都流露出一種熟悉感。

「你是誰？」我抬起頭，緊緊盯著藏在斗篷下的容顏，對方卻忽然把我用力一推，我往前一個趔趄，連跳了幾步才停下，周圍黑衣人散去，眼前是一條巷子的角落，三面有牆，無處可逃。穿著黑色斗篷的人們退到穿著白色斗篷的人身後，稍稍遠離他，矗立在巷子中央，不讓任何人進入。

我慢慢後退，壓低聲音對伊森說：「快救我！」

「剛才我就告訴妳他的目標是妳，妳不信，現在我才不會救妳呢！」耳邊傳來金翅扇動的聲響，我心中一驚，看見伊森飛到我面前轉圈滑翔，還環繞著白色斗篷的人跳起了舞。

啊～～這隻可惡的蒼蠅！

白衣人朝我一步步而來，我連連後退，撞在牆上，畫板壓在後背，發出輕微的聲音。

「你到底是誰？抓我做什麼？」我似乎已經隱約感覺到對方是誰了。

他忽然伸出手，重重掐住了我的脖子，巨大的力量化作一個鐵箍，把我的脖子固定在牆上，我無處可逃。

「為什麼妳不自己看看？」當熟悉的戲謔聲音傳來時，我的心登時涼了半截。

我抬起手，抓住了他白色的帽簷，慢慢掀開。當左眼下的美人痣映入眼簾時，我閉上了眼睛，輕聲咒罵：「該死！」對方正是安歌，沒想到我一出地下城就被他捉住。之前聽說他在找人，該不會是在找我吧？難道他已經找我好幾天了？

「看來那些老鼠把妳養得不錯。」他捏了捏我的左手臂，再捏了捏我的臉。我睜開眼睛，看著他邪笑的神情，今天的他沒有戴氈帽，雪白的銀髮完全暴露在金色的陽光下，如同金絲般地美麗。他明明美得像天使，眼中卻充滿了邪惡。

不，在那銀瞳的深處，依然存在著一片清澈，以及孩童般的純真。他只是個壞小孩，喜歡惡作劇、捉弄別人的壞小孩。

他瞇起漂亮的銀瞳，仔細地看了我好一會兒，唇角高揚：「沒想到妳居然還活著。」

「哼！」我冷笑一聲，斜睨他：「讓你失望了。」

他抬起手，用指腹擦了擦我的臉，放到自己的面前看了看，故作嫌惡狀：「可惜就是弄髒了，我最討厭別人把我的東西弄髒。」他皺起眉頭，忽然將臉俯近我的頸邊，我全身緊繃，眼中映出伊森呆滯的臉。

安歌在我的頸邊嗅著，柔軟的雪髮摩挲著了我的臉邊，癢癢的。

「嗯……還是很香。」安歌扣住我的脖子抬起頭，挑起眉奇怪地看著我：「那種地方還能讓妳沐浴？」

我想……我身上的香味大概是因為……我看向呆呆立在空中的伊森，他的表情傻傻的，不知道是因為什麼而出神。

安歌從懷中抽出了一塊絲絹，開始有點粗暴地擦拭著我的臉，重重的力度擦痛了我的皮膚，我立刻用左手揮開他的手：「你做什麼？」

他拿開手，左看右看：「還是很髒……如果妳現在求我，我會讓妳回宮，讓人把妳洗乾淨。」

我笑著說：「我可以認為你這是在求我回去嗎？」

安歌的臉色瞬間變得陰沉，銀瞳裡瀰漫著寒意。我扯了扯嘴唇，指著他身後壞笑：「你的屬下看樣子找我很久了，怎麼，想大姊姊了嗎？」

他瞇了瞇眼睛，臉上掛著相當不悅的神情。我再看看四周：「怎麼？今天你那個連體的雙胞胎兄弟安羽沒來？你們總是形影不離的，連說話都帶回聲，今天只看見你一個，我還有點不太習慣呢！」

不知怎地，當我提到和他寸步不離的安羽時，只見安歌的臉頰微微鼓起，銀瞳圓睜，眼裡泛著無比的煩躁感，彷彿對自己總是被人和安羽一起提及而感到心煩。

我笑了笑：「你不是喜歡玩嗎？我跟你玩個遊戲怎麼樣？」

他臉上的怒意微退，眼中浮出了興趣。

我微微瞇起眼睛，故作神祕地補充：「而且……這次只有我和你，不加上安羽，如何呢？」我對他眨了眨眼，唇角微揚。

安歌那張西方混血的俊美臉上再次浮現笑意，嘴角也高揚起來。他放開禁錮我脖子的手，雙手環

胸，微微抬起尖尖的下巴：「好，妳說要玩什麼？不好玩可不行。」

我整理一下衣服，挪了挪身後的畫板，指指他身後：「先讓他們走。」

安歌點點頭，轉頭揚手：「你們走吧。」

「是！」黑衣斗篷的人一一退去，露出深不見底的小巷，前方還有著數道拱門和一片漆黑的弄堂，看起來不會有人過來這裡。

伊森轉身看著離去的黑衣人，接著回頭看我：「妳想跟安歌玩什麼？」

我半瞇著眼，看著安歌的銀瞳：「我們來玩一個做平民的遊戲。」

安歌微微轉動下巴，眨了眨眼睛。

我繼續說：「如果你能跟我堅持做七天平民，我就三步一叩地爬回皇宮，求你放我進去。」

安歌的嘴角立刻揚起，邪惡的笑容讓他即使在陽光下也顯得晦暗，宛如背後張開了黑色的惡魔翅膀，不住拍動。

「如果你堅持不了，就讓我那瀾回你的皇宮做七天國王，也讓我過過當女王的癮，怎麼樣？」說完，我不卑不亢地看著他，不帶任何挑釁，表現出只是想跟他玩的神態吸引他。

小安歌～～快上鉤吧～～

他笑著咬了咬左側的下唇，整齊潔白的貝齒彷彿可以去拍牙膏廣告：「有趣，好玩！可是賭注還不夠。」

我大方地攤手：「那你想怎樣？」

「我想……」他先是掃視著我的身體，忽然伸出右手拍在我的臉邊，整個人瞬間壓了下來，壓在了我軟軟的身體上，伊森害羞得捂住了臉，瞪大金瞳，水光盈盈地看著我們。

安歌的左手扣住了我的下巴，指腹撫過我柔軟的雙唇：「不如這樣吧……妳要是輸了，就讓我隨便玩……大、姊、姊？」他的目光邪惡起來，略帶沙啞的聲音透出某種信號。

他的腿忽然強行擠入我的雙腿之間，更加強調了這個信號。我大吃一驚，繃起了身體。

「我有很多種玩法，可以讓我們都很快活哦～」安歌的臉貼近我的臉側，從我的耳邊緩緩而下，把那些暗示性明顯、讓人害臊不已的話吹向我的耳邊和頸項。我還沒來得及臉紅，在旁邊看的伊森居然臉紅了。他呆呆捂臉看著，小小的金瞳裡浮現了可疑的情潮……這隻下流的精靈，又在想什麼沒節操的事情？

「呵呵，小弟弟，你的口味可真重啊……」我抬手推開安歌壓在我身上的身體，絲滑的胡服彰顯出他的皇家身分。

「口味重？」他俯近我的頸項，一邊嗅著伊森留下的花香，一邊反問。

「就是眼光獨特，喜歡我這種殘疾人士……」

他扣住我的下巴轉向他，近在咫尺的少年面容上滿是壞壞的邪笑，殷紅的雙唇鮮豔欲滴。

「妳說對了……」他把熱熱的話語吐在我和他只有一層空氣相隔的唇上：「健全的女人我們玩膩了，還真沒玩過一隻眼睛的……」他輕輕一笑，抬手在我右眼的眼罩上輕輕一彈，發出輕輕的「啪」一聲。

我眨了眨右眼，感覺依然有點疼痛。

地下城裡沒有鏡子，因為光線太暗，我也不能用水來察看自己的眼睛到底有沒有恢復，只能憑感

覺。由於現在眨眼時還有點痛，我一時不敢拿下眼罩，因為這裡沒藥給我換。

安歌的要求確實很過分，但我覺得值得一試。

「好。」我看著他壞笑的臉，爽快答應：「不過我們得打勾勾，誰也不許抵賴。如果有人耍賴，這遊戲就不好玩了。」

「嗯……」安歌勾唇笑著，離開我的身體，目光尖銳地看著我，接著抬手勾上了我的手指，忽然加了一句：「忘了說，是和我還有安羽一起哦！」

我抽了抽眉，咬著牙說：「沒問題，只要你能堅持到最後！」我大義凜然的話讓伊森瞪大金瞳，他立刻飛到我耳邊，抓住我的長髮著急地大喊：「瘋女人，妳真的瘋了！那是很下流！很下流！非常下流！下流到難以啟齒的遊戲！妳到底知不知道？」

難得他也會關心我，但我此刻沒辦法搭理他。我抽回手指，開始解開安歌的斗篷，他笑了，凹陷的眼睛裡浮現出一絲戲謔：「大姊姊，妳現在就想要了？但妳那麼髒……我可不想哦……」

「嘖。」我白了他一眼：「你穿得那麼華貴，哪裡像平民？這身衣服都得脫掉，全脫了！」

安歌瞬間怔住了，似乎在此刻才意識到這個遊戲不像想像中那麼簡單。

「怎麼傻了？」我揚唇看他，單手扠腰挑釁地說：「現在後悔還來得及哦！」

安歌沉下了臉，立刻脫起了斗篷：「我是不會輸的！而且……」他瞇了瞇眼睛：「我安歌從來不會輸！」說罷，他一下子甩掉了斗篷，那件精美華貴、被平民們視作珍寶的斗篷，被他如同垃圾一般丟棄。

我笑了笑：「你先脫，我去給你弄衣服。」

安歌真的開始脫起那身華麗的衣服，我拾起他脫下的斗篷，準備找衣服去。安歌的斗篷用的可不是普通的布料，而是上好的絲絨，冬天還可以當被子，非常保暖。

「妳不能答應他那個下流的要求！」伊森飛在我身邊急急地說，左手按在我的臉上，像是要阻止我前進。我白了他一眼，繼續往前走：「我壓根兒就沒打算履約。」

「咦？」伊森呆在空中，我從他身邊走過，他追了上來，小心翼翼地看著我，一邊鼓起臉嘟囔：「不履約……不好吧，人應該講信用……」

我鬱悶地看著他：「這叫變通！我會履行我說的三步一叩，但安歌說的我肯定不會照做，到時就看你了。」

「看我？」他指向自己。

我停下腳步，指著自己的身體：「現在我可是你的精靈之元，你願意你的精靈之元被別的男人這樣那樣嗎？你願意嗎？而且還是兩個男人一起哦？」

伊森在我的提示中驚恐地瞪大金瞳，晶亮的小臉瞬間發黑。瞬間感到噁心不已的他捧著肚子，在空中乾嘔起來：「嘔！」

我捂嘴偷偷一笑，故作正經地看向他：「所以到時候你就用你的精靈之力，擺平他們不就行了？」

「明白……嘔！」伊森一邊彎腰乾嘔，一邊揚起右手：「我明白，我不能讓別的男人上了我的精靈之元！」

「這就對啦！」我笑呵呵地往前走去，看到泥牆上出現了窗戶，是民宅，一套套洗淨的衣服曬在

窗外。我找到一套和安歌的體形差不多的衣服，叫伊森偷了下來，然後又讓他把安歌的斗篷塞到窗裡，做為答謝。

當我拿著衣服回來後，安歌已經有點不耐煩地雙手環胸，站在原處看我，身上脫得只剩內衣、長褲，以及襪子。

「妳怎麼那麼慢？我還以為妳開溜了。」

「怎麼會？」我把乾淨的平民衣裳扔給他：「贏了可以當女王，我不會溜的。」說完，我開始收拾他脫下來的衣服。

儘管安歌穿上了平民的胡服，然而他本身表現出來的高貴氣度不是一件平民的衣服可以遮蓋的，所以還需要其他的偽裝。我看到他腳上的靴子，趕緊要他脫下來：「這靴子不能穿，這是貴族的靴子。」

他厭煩地把靴子脫下，然後看著我：「鞋呢？」

我瞥了他一眼：「穿什麼鞋啊，你不知道你的百姓都沒鞋穿嗎？」

他聽到我的話，愣住了。我看了他一會兒，笑著說：「哈！你真的不知道自己百姓的狀況？喜歡玩弄別人的安歌王居然被人給耍了！」

「妳說什麼？」他惱怒起來，大聲喝斥：「誰敢耍我安歌王！」

我不再多言，而是諱莫如深對他冷冷一笑：「你馬上就會知道了。」

他看著我深沉的笑容，神情愣怔，像是看到了什麼而出了神。牆角有很多垃圾桶，我把他的鞋子和衣服包在一起，藏在裡面，然後從地上抓起一把灰土，抹上了還在發愣的安歌臉龐，他立刻拍打我：「妳幹什麼？呸呸呸，髒死了！」

我拍了拍手，單手扠腰：「安歌王，您那麼英俊帥氣，這張臉出去誰不認識？您還怎麼扮平民？」

安歌不悅地拍了拍臉，我再看他的美人痣，他的美人痣不大不小，位置不偏不倚，成了整張臉的點睛之筆，讓這帥氣的少年多出了一絲女人的妖媚。他察覺我要動他的美人痣，立刻用手背遮住了那裡，戒備地看著我：「妳又想幹什麼？不要再往我臉上抹髒東西！」

我看了看他，樓蘭裡也有白頭髮的，所以髮色不是問題，只是安歌太乾淨，吃得又好，以至於白髮雪亮，如蠶絲般晶瑩剔透。這裡哪個平民的頭髮不是乾枯枯燥，缺乏光澤的？所以我得把他的頭髮弄髒一點。

但是他那顆美人痣嘛……即使現在在他臉上抹了土，依然可以清楚地看出他的五官，還有那顆迷人的美人痣，讓人一眼就能認出他是安歌王。

一陣風拂過，吹在我身後，我忽然覺得背上有點沉……對了，我真蠢！我背著畫板、顏料包和畫筆呢！我怎麼會沒想到呢？太久沒畫畫，居然把這件事都給忘了。

我放下畫板，蹲在地上拿出了調色盤——上頭還有顏料——再拿出畫筆。伊森飛落在畫板上，好奇地看著我，安歌也蹲在我面前，拿起我的顏料左瞧右瞧：「這些東西妳從哪裡拿來的？這可不是樓蘭的產物。」

「這你就管不著了。」我拿起調色盤，因為沒有水，我於是在青色的顏料格裡啐了兩口口水。將就著用吧，反正又不是要畫在我臉上。

安歌立刻露出噁心的神情：「妳要幹什麼？」

我用不太靈活的右手拿起畫筆，在青色的顏料格裡攪了一下，伸手朝安歌眼角的美人痣畫去。安歌立刻扣住我的手大叫：「妳要做什麼？」

「幫你易容啊！你現在要是頂著這張臉出去，一眼就會被認出來了。」

「那妳也不能把那麼髒的東西塗在我臉上，裡頭是妳的口水！」他嫌惡地大喊。

我眨眨眼，笑了：「誰叫你沒事長得那麼英俊帥氣呢？」我對他眨眨眼：「我想你應該從沒玩過角色扮演吧？國王做膩了，換平民做做不好玩嗎？」

安歌怔了怔，銀瞳裡出現了動搖。他擰著眉別開臉，咬咬唇：「不行，太髒了！」

「那你是要放棄囉……還以為你會堅持得更久呢……」我鄙夷地瞥向他。

「才不是！」他轉過頭來，煩躁地哼了哼，咬牙閉眼：「來吧！」

我笑了，開始在這條無人的異域小巷裡替安歌易容。油畫筆劃上他的眼角，一片青色遮住了那顆顯眼的美人痣，看得伊森在一旁嫌棄地齜牙咧嘴，時不時發出噁心的聲音：「噁！真可憐……」

我認真地將青色在安歌的眼角塗開，再加上一點朱紅色，漸漸在他的臉上畫出了一塊醜陋的胎記。安歌始終緊閉眼睛，擰緊眉頭。

「好像啊……」伊森飛落在我的肩膀上：「妳會畫畫？」

我點點頭，收回筆，往安歌的眼角輕輕吹氣。趁他依舊緊閉雙眼，我再次抓起一把塵土，悄悄灑到他的頭上，弄髒他的頭髮，伊森也趁機用他的精靈之力操控一把塵土飄浮到安歌的頭頂上方。

伊森可不會用他的手，畢竟他跟安歌一樣愛乾淨。

那一把土越來越大，大得像一顆足球，我見狀揮了揮手，要伊森別再聚集塵土，這是要砸死安歌嗎？伊森卻壞壞一笑，撤去了精靈之力，那一大團塵土頓時從天而降，全數砸在安歌的頭上。

砰！

「咳咳咳咳……」太多了，我也被塵土嗆到了。

「噗……噗噗噗！」安歌揮起了手：「醜……八……怪！」

聽到他叫我，我立刻說：「這樣才像嘛！ＯＫ，大功告成！我們走吧。」我趕緊收拾東西，準備逃跑，安歌的咳嗽聲不斷在身後響起：「咳咳咳……本王要砍了妳！」他大步追了上來，扯住我的左手臂。

見他還在拍頭，我立刻阻止：「別拍了，灰頭土臉才像個普通百姓，你看我不也是這樣嗎？」

拍頭的手瞬間頓住，安歌滿臉鬱悶地看我，現在真的看不出來是他了。只見他的白髮被塵土染成土黃色，臉上也是灰不溜秋的，加上我高超的模擬畫技，一塊青中帶紅的胎記覆蓋了他左眼的眉骨到左頰，如同戴了半個小小的面具，沒人能看清他的容貌。

忽然，某樣東西差點閃瞎了我的眼睛，我一看——糟糕！安歌還戴著耳環。我二話不說，直接踮腳去摘。

「啊！笨女人，妳弄痛我了！」安歌扯開我的手，自己摘下耳環。

我撇撇嘴：「從現在開始，你要記住你是個平民，不要本王本王的。還有你說話的語氣也很有問題，聲音辨識度又很高……這樣吧，你跟在我身邊的時候別說話，裝啞巴。」

「妳……！」他瞪大銀瞳指著我。

我也指著他：「喏，要做七天平民不被別人認出，你這雙銀瞳也太閃了。記住，低頭閉嘴裝啞巴！」

安歌瞇起眼睛，咬了咬唇，哼了一聲別開臉。

我帶著化妝完畢的安歌王出了巷子，一路上，安歌不時地嘶嘶抽氣，因為他沒穿鞋子。可想而知，這位尊貴的王雙腳有多嬌嫩，即使是一點小石子也讓他舉步維艱。

此時我們走到了貴族區的大門前，這裡被稱為內城城門，不是一般平民可以隨意進入的，只有在裡面打工的，或是在貴族家裡打雜的，才會得到允許進入的腰牌。簡單來說，他們不讓平民進去擾亂治安、影響市容。

內城城門真的只是一扇門，兩旁連結街道的兩家商店有點形似我們的古牌坊，只是它有著四四方方、奶黃色的門。當我走到城門口時，裡頭的士兵攔住了我，煩躁不堪的安歌在一旁搭住我的肩膀，只顧看著自己的腳底，雪白的襪子已經染成了土黃色，還磨破了幾處。

當士兵看到我的獨眼時一驚，紛紛交頭接耳起來。

「是不是她？」

「應該是。」

「她只有一隻眼睛，應該沒錯。」

「那……放她進去？」

「嗯……」

他們退到兩邊，直接放我進去，還一直鬼鬼祟祟地看著我。

我疑惑地看著他們，一旁的安歌一邊看著腳，一邊慵懶地說：「本……我聽說王吩咐所有人，不得阻攔獨眼女……」他俯臉湊到我耳邊，帶著笑意說：「讓妳可以順利爬回來……」

原來是這樣……我還以為自己有了特權呢……原來是他擔心士兵阻攔我爬回來求他。但是顯然我沒稱了他的意，所以他反而急了，出來找我。

既然不攔，我也就大搖大擺地走了進去，可是當安歌打算跟我一起進去時，卻被士兵攔住了。他們凶巴巴地用槍擋住他：「滾滾滾，這裡不是你這種賤民可以進去的！」

安歌頓時大怒，眼見他張開嘴就要出聲，我立刻搶著說：「他是我隨從！」

士兵再次一驚，看向我。安歌沉著臉，努力隱忍殺氣，我對他做出閉嘴的手勢，然後笑看士兵：「他是我隨從，我的手受傷了，他幫我拿東西。」我晃晃掛在繃帶裡做做樣子的右手。

士兵們看看彼此，其中一人指向我：「妳不是自己拿著東西嗎？」

嘖！真是出師不利，我真想馬上自裁，居然說了這麼一個白癡的謊話！我於是尷尬地笑笑：「他累了，要我背會兒，你們也知道我們……都在挨餓，所以……」

「好了好了，知道了。」士兵不再多問，直接讓安歌通過，看起來像是有點煩了。安歌低下臉，強忍著殺氣走到我身邊，我把畫板遞給他：「該你背了。」

他抬起頭，狠狠地瞪了我一眼，接過畫板背在身上。當我們走遠後，他再度回頭陰狠地瞥了一眼城門的方向：「本王要曬死他們！」

伊森在旁邊笑了起來，繞著安歌飛來飛去，像是在嘲笑他。

「嗯嗯——是是是——」我聳聳肩，和他一起走在乾淨整潔、不再是沙土的青石板路上：「你是

王，想砍誰就砍誰，但你現在是賤民，誰都能欺負你，平時你不也是這樣欺負我們賤民的嗎？」

他一時頓住了腳步，呆呆地站在路上。

我轉身踮起腳尖，湊到他耳邊輕語：「轉換角色是不是很好玩？」

他側開臉沉默不言。

「讓開讓開！」遠處高馬疾馳而來，我立刻拉開安歌，高馬從他身邊呼嘯而過，揚起了他滿是塵土的黃髮。

「小心點！」我告誡他：「這裡可沒人會讓著你，我敢打賭你一天也堅持不了。哼！女王的位子是我的了。」

安歌一下子回神，銀瞳裡是滿滿的鬥志：「輸的會是妳！」

「好啊，我拭目以待。現在就請你以平民的角度再次看看你的貴族區，記住，從現在開始，他們不會讓你，只有你讓他們的份！」我指向四周，他的目光隨著我的手指緩緩掃視四周。

這裡人來人往，路上的行人各個錦衣華服，女人佩戴精美的首飾，性感美麗；男人腰間掛著通透的玉珮，俊朗魁梧。安都人多半有著西域血統，在體型上比我們漢人來得壯碩，每個人都顯得乾淨整潔，面如桃花，有的中年人甚至額頭油光閃亮，大腹便便。

經過我們的人無不目露鄙夷嫌惡，匆匆掩鼻而去，還有人對我們指指點點，目露不悅：「怎麼把賤民放進來了？」

「可能是哪家的奴隸吧。」

安歌低下了臉，陷入了沉默。忽然轉換身分，看到了更加真實的世界，他的內心或許已經開始有些改變。我環視四周，問他：「這裡誰家最有錢？」

「巴依。」他淡淡地說了一聲。

「要開店的。」我需要讓很多人看見才行。

「他開了店，在那裡。」安歌指向前方。

就在前方不遠處，有一間土牆描金的奢華建築，漂亮的三層建築比這裡的任何一座房舍都要高聳，最上端還有一處圓頂高台，可以讓人眺望遠方。一面深藍的旗幟豎在建築物上，上頭是個奇形怪狀、像蝌蚪一樣，但很漂亮的文字……我居然神奇地看懂了！應該是精靈之力的效用吧？我知道那是一個「麵」字。

「巴依開了全安都最大的麵館。」安歌在我身旁說著：「也是唯一的一家，裡頭的麵是安都最貴的食物。」

麵食在我們那裡算是比較便宜的食物，在這裡卻成了奢侈品，我想還是因為食物短缺的緣故吧？如此一想，我忽然明白巴依為什麼要開麵店了。我故意問安歌：「你知道巴依宰相為什麼要開麵店嗎？」

安歌在我身邊笑了笑：「他愛吃麵。」

我愣了片刻，笑著搖頭：「看來你真的不知道。」

「那是為什麼？」安歌被我屢次故弄玄虛弄得已經有點不耐煩，面露慍色：「妳快說！」

我笑著搖頭：「過會兒再告訴你，我現在有更重要的事情要做。」我轉身走到巴依的麵店門口，裡面人來人往，非常熱鬧，進出之人皆是貴族，不見平民。我在正對著店門口的路中央一站，要安歌

放下畫板。這張畫板是簡易型的，攜帶方便，又可以調節高度，上面還夾著一張畫紙。我把畫板的高度調到最低，席地而坐，從顏料包裡找出鉛筆，對著店門一邊轉筆一邊發呆……要畫什麼才好呢？

伊森飛到畫板旁，坐在最上面，低臉好奇地看著。安歌蹲到我身邊，隨手搭在我肩膀上問：「妳想做什麼？」

「畫畫掙錢啊。」

「妳真的會畫畫？」他顯然有點不信：「我們這裡也有畫師，他們可是一流的，如果妳畫得很差，沒人會買妳的畫。」安歌有些自得地說。

我不以為意：「上面不僅僅是科技在進步，文化藝術也在進步，在前輩的基礎上，現代人又發明了更多新的畫技，我會選一種這裡沒有的畫法來掙錢，本來做生意不就是要另闢蹊徑？你看著吧！」

正說著，從東面來了一輛馬車，款式跟那天運送我的馬車一樣，四周垂掛著淡金色的紗簾，裡頭坐了兩個人。一個是大胖子，圓臉圓身體，戴著一頂金絲繡的小圓帽，兩根花白的髮辮垂在臉邊，用好看的藍白紅絲線編繞其中。他肥臉油光、錦衣玉袍，穿戴無一不顯示出他貴族的身分。他身邊坐著一個年輕人，衣服用的是上乘布料，但色彩低調，兩條烏黑的髮辮挽成圈垂在耳邊，上面盤繞著漂亮的金線，額前有著秀氣的瀏海，有些像鵝蛋的微長臉型讓他的五官弧線顯得很秀氣，秀目深邃、鼻梁高挺、紅唇微抿，清秀的容貌讓青年看起來溫文儒雅，他正聚精會神地看著手中的書卷。

「那就是巴依。」聽到安歌的話，我和伊森一起看去。

看到了那青年後，伊森指向他說道：「那應該就是巴依的兒子巴赫林，他妹妹巴沙笑還是安歌的妃子，好像叫……笑妃。」

哦……我不由得瞥向安歌，讓他覺得有些莫名其妙。

「喔……」畫架上傳來伊森的輕嘆：「笑妃有一對大胸部呢……」

嗯？大胸部？我立刻看向他，察覺到我目光的他看了我兩眼，有些尷尬，坐在畫板上連連擺手：「我不是下流的男人……」

我瞇起眼睛。得了吧！男人就是胸控。

伊森急得臉紅起來：「我真的不是，妳別這樣看我！因為笑妃的胸部真的是太大了，很難不去注意，換作是妳，也會驚訝得目不轉睛的……」

我瞪著他。伊森紅著臉，委屈地垂下臉：「算了……有理說不清……當我沒說過……」

我白了他一眼，繼續盯著巴依：「我決定了，就畫那胖子。」我指向正從馬車上下來的巴依和他的兒子巴赫林，他們沒有看見我們，直接進入麵館。

安歌噗嗤一笑：「巴依是出了名的一毛不拔，也不喜歡欣賞畫作，他是不會買妳的畫的。」

安歌看起來相當確信，但我已經自信地畫了起來。

巴依老爺在門口像是遇到了熟人，攀談起來，巴赫林從他身邊繞過，進入櫃檯，依舊手執書卷，聚精會神地看著。巴依老爺有著一雙三角眼，看起來壞壞的，但他兒子倒是風度翩翩，是不是巴依親生的啊？

我開始構圖打草稿，很久沒畫畫了，總覺得有點生疏，再加上現在只有一隻眼睛的視野，所以看起來總覺得有些怪怪的。

很快地，巴依的雛形已經顯露，安歌靠在我身上，愈發看得仔細起來：「原來妳真的會畫畫，畫

得還真像啊……」

周圍漸漸也有人圍了上來，看到我畫的是巴依，紛紛笑了起來，竊竊私語。

「快看，是巴依老爺。」

「真像啊……」

「是啊，好神奇，怎麼那麼像……」

我打完草稿，開始進入立體強化環節，我的眼睛像是X光機一樣能透視任何東西。我開始加深圖像的明暗度，在某些區塊打上陰影，並用橡皮擦調整明亮，但願只有一隻眼睛的我別把圖畫成一半的立體……漸漸的，巴依老爺從紙上浮現而出，栩栩如生地站在我的眼前，同樣像是在跟旁邊的人交談著。

「怎麼回事？巴依老爺像是站在紙上呢！」

「你們快過來看，太神奇了！」

「快來快來，這姑娘把巴依老爺畫活了！」

「這到底是怎麼回事？」有人小心翼翼地湊過來摸我紙上的巴依老爺，發現是平的之後更加驚奇。

他們在我旁邊嘖嘖稱奇，即使是一直看著我畫圖的伊森和安歌，此刻也完全沒了聲音，目瞪口呆地瞧著，似乎完全沒看明白我是怎麼突然讓原本躺在紙上的巴依老爺一下子站起來的。

有人跑向麵店，跟巴依老爺說了起來，他們朝我指指點點，巴依老爺也向我看來。櫃檯裡的巴赫林同樣放下書卷，目露疑惑地望了過來，遠遠看見我後，他好奇地放下書卷，離開櫃檯，隨著巴依一起走過來。安歌察覺到這點，立刻在我身邊低下臉。

當巴依父子過來時，周圍的人恭敬地讓開，猶如他們才是這裡的王。他們站在我的左側，看向我手中的畫，巴赫林目露驚嘆，不由得蹲在了我的身旁，伸手摸向我的畫。巴依老爺也驚訝得一時愣住，然後彎下腰左看右看，嘖嘖稱奇：「什麼……這是畫嗎？這到底是什麼東西？」當巴依老爺問我時，巴赫林也抬臉好奇地看著我。

我一邊畫著圖，一邊淡定地說：「是畫啊！如果巴依老爺覺得我畫得不錯，能不能給我點食物呢？」

巴依老爺忽然轉頭不看了，他起身指著我的畫，發出嫌棄的聲音：「這哪裡是我？畫得一點都不像，太難看、太難看了！」

周圍的貴族竊笑起來。巴依老爺果然是鐵公雞，一毛不拔，不過沒關係，我早就知道他會這樣。

「看，我說過他不會跟妳換的。」安歌在我耳邊輕語，臉微微往後側了側，努力不引起別人注意。

我一笑，拿起橡皮擦。你不換是吧？本姑娘自有辦法！

我輕輕擦掉巴依老爺的衣服，周圍的人立刻看了過來，我開始勾勒出巴依老爺因為肥胖而泛著油光的皮膚，再轉臉用筆量了量他的肚子，他惱怒地揮開我的筆：「妳這是做什麼？」

「畫你的裸體啊。」我很自然地說。

巴依老爺的臉頓時黑了，蹲在我身邊的巴赫林也吃驚地仰起臉，呆呆看著我。

「噗！噗！」四周傳來陣陣嗤笑。

樓蘭在地下也有兩千年了，我不知道這裡有沒有裸體畫，但我曾在玉音王的王宮裡看過裸體女人的掛畫和裸體男人的雕像，所以我想即使不盛行，他們應該也會知道，不會對此太大驚小怪。而且我也沒打算畫全裸，畢竟按照巴依老爺那身材，畫了我怕自己手痛。

巴依老爺的臉一下子由黑轉紅：「妳……！妳這個不知羞恥的女人，怎麼可以畫老爺我的裸……裸……」他氣得說不出話來。

我白了他一眼：「巴依老爺，您氣什麼？我畫的又不是您，您自己也說我畫得不像啦！」

巴依老爺一時語塞，看向周圍，只見眾人各個捂嘴偷笑。蹲在我身邊的巴赫林也轉開臉笑了起來。

我隨手畫出巴依老爺肥肥的大肚腩，然後轉臉湊到安歌耳邊輕輕問他：「巴依的老婆是什麼樣的人？」

安歌一下子與我拉開距離，愣愣地看著我，被醜陋胎記包圍的銀瞳圓睜，神情彷彿在說：妳還想脫光他老婆？不過，很快地，驚訝變成了邪笑，他壞壞地勾起唇角，在我耳邊輕輕地說：「我何止認識他老婆，還認識他情人，而且我還知道他老婆是悍婦，不准巴依老頭在外面偷情。」

「哈！」我笑了。此時我和安歌成了同黨，我開始有那麼一點喜歡他了，繼續與他咬耳朵，看得伊森在一旁鼓起了臉，顯然很想知道我們在說什麼悄悄話。我繼續跟安歌說：「那你告訴我他情人長什麼樣。」

安歌勾唇壞笑，隨即勾住我的脖子，在我耳邊悄悄說了起來，我根據他描述的人物印象，開始在巴依老爺身邊勾勒出了一個女人的輪廓。我故意不先畫臉，只畫身體，當女人凹凸有致的身體曲線出現在畫紙上時，周圍的男人們靠得更近了，女人們則是嬌嗔的嬌嗔，怒語的怒語。

「真不害臊。」

「你們男人就是這樣，討厭～～」

「別看了！回家去！」

「你這色老頭，還看？再看挖了你眼珠子！」

「哎呀呀……」一些妻管嚴被拖走了，其中卻有人開始鼓動自己老婆：「等等啊！妳不想看看巴依老爺身邊的女人是誰嗎？那身材明顯不是他夫人啊！」

於是喜歡八卦的女人再次圍了上來，我身邊全都蹲滿了人，周圍也站滿觀眾，把我圍得水泄不通。安歌還被身後的人擠得一個趔趄。他這邊前腳剛站穩，巴赫林也像是被誰擠了一下，重心不穩地朝我撲來。事情發生得太突然，他一下子撲倒在我的身上，把我抱個正著。我看向他說：「你沒事吧？」

他的胸膛撞在我的左臂上，靠近我脖子的臉一下子紅了起來，深邃的眼眶裡是一雙漂亮的琥珀色眼睛。

他呆呆地看著我，低喃：「好香啊……」

「什麼？」我正疑惑，安歌卻忽然伸出手穿過我面前，猛地把他推開，他往後摔在別人的身上，有些生氣地看著安歌。安歌用帶著胎記的可怖臉龐陰冷地瞪了他一眼，一手放到我身後左側，環住我的身體，不讓任何人再貼近我，我總算可以不受干擾地繼續畫畫。然而當女人的臉型畫出來時，忽然有人一把抓住我面前的畫紙，硬生生從畫板上扯走。

我因為畫紙忽然被人扯掉而有些愣怔，隨即知道是誰扯下了畫紙。

「妳這個不知廉恥的女人，居然敢在本老爺的店門口大畫春宮圖？我命令妳立刻滾！否則別怪本老爺把妳抓入大牢！」巴依老爺氣得在一旁急敗壞地大吼著。

我淡定地看著畫板說：「巴依老爺，畫紙是死的，但我這個人可是活的！我要是控制不住那些下流的思想，到處畫這種圖該怎麼辦？」我無辜而有些憂愁地微微抬起左臉，眨眼看他，他在人群中氣得渾身發抖，看到眾人還在圍觀，又把脾氣發到觀眾的身上：「都給我走！還看什麼？沒畫了！」

但大家只是笑著退開了幾步，並沒有遠離，畢竟誰也不想錯過好戲。

巴依老爺氣得呼吸急促，大大的肚子起起伏伏。他伸手朝我狠狠指來，巴赫林見狀立刻起身說：「阿爸，這位姑娘畫得確實很好，她只是想換些食物，不如我們把食物……」

「不行！不行！絕對不行！想都別想！」巴依老爺氣急敗壞地揮手，仰臉大喝：「來人！來人！給我把這個賤民捉起來！」說罷，他俯下臉對我陰險一笑：「哼！臭丫頭，以為本老爺治不住妳嗎？！」

我也不疾不徐地抬起頭，冷冷地斜睨他：「你敢！」

巴依老爺看看周圍，好笑地說：「她居然說我不敢？哈哈，這個賤民居然說我不敢？臭丫頭，妳以為妳是誰？」

當他的家奴圍上來時，我氣定神閒地站了起來，伊森隨即飛起，飛落到我的肩膀上。我揚起臉，對著巴依指向自己的右眼：「難道你真的不認識我嗎？」

巴依老爺終於注意到我右眼上的眼罩，一直坐在我左側的巴赫林此時也面露驚訝。

「你問我是誰？」我手拿畫筆揚唇一笑：「我是安歌王的獨眼女人！」

巴依老爺頓時眸光閃爍，似乎終於知道我是誰了，至於巴赫林和其他人依然目露疑惑。人群中開始出現竊竊私語：「她不就是那個人嗎？」

「對對對，是她沒錯！那天因為她身上挺乾淨，衣服也很漂亮，今天一下子沒認出來。」

「她是誰啊？」

「我跟你說，她是安歌王和安羽王帶回來的女人，只有一隻眼睛，後來被安歌王逐出皇宮。但是上面有命令，如果看到這女人，不得傷害也不得攔阻她。」

「這麼奇怪？」

「安歌王和安羽王哪次做事不奇怪？」

站在我一旁的安歌低下臉，輕輕地咳了起來。

「剛才只顧著留意她的畫，沒注意看她的眼睛。」

「我聽說是安歌王想讓這女人自己爬回去求他，具體情形如何就不太清楚了。」

「看來安歌王跟安羽王又在玩弄人了。這姑娘可不能得罪啊，她在諸王的遊戲裡，如果打擾他們會倒楣的……」

巴赫林環視四周，琥珀色的眼睛不停地留意那些說話的人，目露認真與驚訝。最後，他看向巴依老爺：「阿爸，他們說的都是真的？這位姑娘是王的女人？」

巴依老爺不自在了起來，輕聲嘀咕：「沒想到真的有這個女人……我那天沒看見，所以沒留意。」

我在眾人的竊竊私語中一邊轉筆，一邊笑看巴依老爺：「我雖然被安歌王趕出皇宮，但還是他的人，您應該知道安歌王的脾氣，知道如果捉了我而打亂了他的遊戲，他會怎樣呢？」

巴依老爺的臉再次由紅轉青。他將雙手背到身後，重重地咳了一聲轉開臉：「妳想怎樣？」

「換食物啊！很簡單，你把食物給我，不然我就在城門口把你的事蹟畫成連環畫。」

「妳……！」巴依老爺瞪大了三角眼，我對他揚起唇角，俏皮地眨了眨眼睛。他擰了擰拳，憤懣地轉身大喊：「準備食物！」

家奴們愣愣地看著他，巴依老爺氣得跺腳：「還不快去？她想要什麼就給她什麼！快把這瘟神給我送走——」

「是！是！」家奴們紛紛離去，巴依老爺也是憤懣而歸。周圍的人忽然鼓起掌來：「嘩——」

巴依老爺頓時一轉身，掌聲驟停，大家紛紛散去。巴赫林環視周圍，笑著看向我：「請問姑娘芳名。」

芳……名……好古早的語言啊……

我想了想，笑了：「我叫……阿凡提．那瀾。」沒想到我的名字還能叫出民族風來。

伊森拉住了我的耳朵：「妳什麼時候改這名了？」

我繼續笑看著巴赫林，他輕輕重複了一遍：「阿凡提．那瀾，這名字好奇怪……」

「赫林！你還在幹什麼？」巴依老爺氣呼呼地大喊，憤憤地瞥了我一眼：「別跟那個女人接觸！」

巴赫林笑笑，對我點點頭，轉身朝他的父親跑去。

「耶！」我得意地轉身看安歌：「我們玩的叫智慧。」安歌沉下了臉，我繼續不知死活地說：「你玩的叫無聊！」

「醜八怪，妳想找死嗎？」他全身瞬間湧現殺氣，我聳聳肩不再說話，收拾起畫板。當我準備將畫板背上身時，安歌態度蠻橫地一把將它搶了過去，卻背在自己的肩上，然後依然以那種鄙夷的目光看著我：「妳什麼時候改名了？」

我笑了：「在我的故鄉，也有個叫巴依老爺的壞財主，跟他鬥智鬥勇的英雄就叫阿凡提，所以我改這個名字，希望能從他那裡得到智慧……」我童年的英雄阿凡提，請賜給我智慧吧——

「神經病。」安歌冷冷地丟了這句話過來，獨自向前走去。

這次可謂大獲全勝！可憐的巴依老爺被我狠狠敲詐了一番，只因為那句「她想要什麼就給他什麼。」於是我毫不客氣地搜刮了他的廚房，順便還拿了碗炸魚麵。

我一邊吃麵，一邊指揮：「還有那些蔬菜！對！也給我搬上去！」

「夠了——夠了——」巴依從一開始的輕聲提醒轉變為著急不已，現在則是痛心疾首地大喊。我把他擠開，對那些家奴們說：「繼續繼續！喂，木頭，把東西看好了。」我朝安歌說。

安歌莫名地指向自己，我對他眨眨眼，他鬱悶地看著家奴把食物放上牛車。

「夠啦——夠啦——」巴依老爺在我身後喊著，我在他身前挪來挪去，努力地遮住他，看得他兒子巴赫林在旁邊咬著下唇偷笑。他兒子似乎不挺他啊。

我「呼嚕」一聲，把最後一根麵條吸入嘴裡——今天連早飯都沒吃，可把我餓壞了——然後再把麵湯喝光，抹抹嘴角，轉身把麵碗放到巴依老爺懷裡，順便在他身上擦了擦手：「巴依老爺您可真慷慨！您放心，我不貪心，就跟您換一個廚房裡的食物，不會打你們家裡的主意的。」
「妳還想打我家裡的主意？」巴依老爺看著我，彷彿看著瘟神一般。他放開麵碗，雙手握拳，朝我拜了幾拜：「那瀾姑娘，我巴依真沒那麼多食物，妳要是全搬去了，我們家今晚就沒東西吃了，妳行行好，放過我吧！」
「好好好。」我用左手拍拍他肩膀：「行了，就這些吧。巴依老爺您放心，我那瀾也是講究公平交易的，那張畫被您毀了，改天我賠您一張。」
「不用不用！」他連連擺手：「姑娘您還是好好保養您的手，別累著了。您快回去、快回去。」巴依老爺轉過我的身體，連連把我往牛車處推。
我笑呵呵地看向安歌，他對我點點頭。伊森正在滿滿一車的食物上飛來飛去，檢查新鮮度，他可是全自動精準檢測儀，絕對比國家權威機構說的什麼ＩＳＯ啊、ＣＡＳ啊還要來得準確可信。
他看了一會兒，飛落到我身前：「全都很新鮮，沒有壞的。」
耶！我隨即轉身看向巴依老爺：「那我替老鼠們謝謝您啦，我走囉！」
「好好好，不送不送。」巴依老爺一邊說著，一邊轉身回到自己的店裡。
「您不留我啊，親愛的巴依老爺？」我伸長脖子大喊。
他大步跑進麵店，轉身關上門，慌亂中把巴赫林和家奴們全關在了門外。
我笑了笑，發現巴赫林正看著我。我看他的腳和安歌差不多大，於是走到他身前說：「赫林少爺，你能不能把鞋給我呢？我那個啞巴隨從沒鞋穿。」如果安歌穿著鞋出來，我沒辦法解釋，但現在不要緊，因為大家都看見是巴赫林給他的。至於為什麼我那麼確定巴赫林願意給？因為我知道他跟他老爸不同。

果然，巴赫林笑了笑，二話不說地彎腰脫鞋，反而讓家奴們大吃一驚。一個家奴匆匆脫下衣服，墊在巴赫林腳下：「少爺，別傷著腳。」

「我沒事。」巴赫林微笑著說，然後把脫下來的鞋遞給我。我接過鞋，把它扔向安歌。

還在清點食物的安歌一驚。看到掉在地上的鞋子時，他朝我看來，我對他一笑：「快穿上，不穿鞋的話，你的腳會磨破的。」

他卻呆呆地看看我，然後呆呆地看著鞋，變得沉默。

漸漸的日頭猛烈起來，我抬手遮陽望了望天，發現已是午後。這裡因為精靈的力量，不會感覺到沙漠裡太陽曝曬的炎熱。

我們也該回去了

我回頭跟巴赫林告別：「赫林少爺，再見了，您真是個好人，謝謝。」

巴赫林卻因為我的話愣住了，似乎沒有人說過他是個好人。

我走向牛車前端，拍了拍沉默的安歌，他才回過神來，跟著我坐上牛車，拿起鞭子。伊森立刻回到我的肩膀上，緊緊抓住了我的頭髮。拜託，牛車能跑多快？哪部電視劇的牛車不是慢吞吞地走在街上的？伊森看起來卻像是怕被甩出去。

「阿凡提．那瀾姑娘！」巴赫林忽然光著腳跑到我身邊，我坐在牛車上俯看他，他琥珀色的眼睛裡閃著是晶亮的眸光，期待地看著我：「明天妳還會來嗎？」

我一愣，他笑著指指我的畫板：「妳欠我們家一幅畫。」

「哦……」

我明白了，巴依老爺不欣賞我的畫，但他兒子喜歡。

我立刻笑了：「還來啊？你請我吃麵我就來。」

「好。」巴赫林顯得很開心，此時麵店的門忽然開了，巴依老爺探出腦袋東瞅西望，看到巴赫林跟我說話時立刻沉了臉：「赫林，你給我回來！」

巴赫林笑了笑，沒有回頭應聲，依然期待地看著我：「那好，我明天等妳。」

我正想說好，身邊突然傳來「啪」一聲鞭聲，大黑牛登時跑了起來，我顛簸了一下，險些從車上掉下去，一條有力的手臂卻圈住了我的腰，將我牢牢鎖在他的身旁，是安歌。

我朝後面漸漸遠離的巴赫林揮揮手，只見一票巴依老爺的家奴追了上來……對了，車是他們家的，他們還想拿回去啊？

牛車跑得飛快，完全不像我印象中那麼慢，晃得我屁股疼，街上的人也驚嚇地大叫躲開，看守內城城門的士兵紛紛四散。片刻間，我們已經出了內城貴族區。我轉身莫名地看著安歌，在牛蹄「啪啪啪啪」的奔跑聲中大聲對他說：「你在做什麼？我還沒跟巴赫林告別，以後的食物全靠他了。」

安歌忽然又重重抽了一下鞭子，扭過臉殺氣騰騰地看我：「妳是本王的女人，居然當著本王的面跟巴赫林調情？」

「啊——？我？」我面對安歌毫無根據的指責啞口無言。他依然緊緊圈住我的腰，我憋了許久才說出來：「喂，我很重的，腰像水桶一樣粗，外加手殘眼殘，您哪隻眼睛看得出巴赫林是在跟我調情？您的審美觀是不是有問題？」

安歌怔住了，圈住我的手臂忽然一緊，像是在測量些什麼，然後他轉過頭，壞笑起來：「看不出妳還挺苗條的，妳這肉都長哪去了？」

他的目光壞壞地往我胸部而去，我的臉不由得發紅起來。

伊森忽然飛落到我身前，撐開他的手臂擋在我的胸前：「不許你看！」

我翻了個白眼。伊森，你是透明的好不好！看在你保護我的份上就算了，但是你那樣正對我胸部是不是也很有問題？

安歌的目光還是落在我的胸部上，看了看，輕笑一聲：「也不過如此嘛……不過腰倒是挺細的。」他懷著惡意地掐了一把我柔軟的腰，很疼，但我無法掙脫，一是因為他力量巨大，二是礙於我們現在正坐在奔跑中的牛車上，他這條手臂也算是一條安全帶。

其實我的肉主要都長在屁股和大腿上。我捂住整張臉……好羞澀啊！可惜我們家的基因就是這樣，上身瘦、臉型小、下身大，如果翹還好，不翹就悲哀了，這根本是傳說中的鴨梨身材啊……所以我這張臉欺騙了無數男人，完全看不出我有多重，臉再胖也只是看起來有點嬰兒肥而已。而且胖還是挺好的，胸部可以達到C哦！

嗚嗚嗚，我再次捂臉，好害羞啊……

「而且……」安歌忽然把我往他身邊一帶，那張灰濛濛的臉轉瞬間已經湊到了我的頸邊：「還很香……」

「不許你這個下流的男人靠近她！」伊森又急急飛過來。我直接伸手擋住他，他撞在我手背上，小手抓在我食指上生氣地看我：「妳幹嘛？我在幫妳耶！」

我只能當作看不見他隨意放開手，然後遠離安歌：「請你放慢牛車，我怕後面的食物會掉光。」

安歌笑笑地和我拉開距離，接著圈住我：「大姊姊，我發現看妳看久了還挺順眼的，而且本王的女人都是兩隻眼睛，只有妳是一隻眼睛，偶爾換換口味也不錯。」

我懶得看他。安歌這是小孩子心理，不會來真的，只是嘴上說說而已。我轉頭看向外面，抬起左手，伊森還抓在上頭，委屈地把小臉枕在我的食指上。

我壓低聲音說：「你是透明的！你剛才做那些有什麼用？」

他一愣，抬起小臉看我，我目露感謝地看著他：「謝謝你，不過你放心，他不會拿我怎樣的。」

伊森呆呆地看了我一會兒，然後笑了，燦爛的笑臉看起來相當純真。

「妳在跟誰說話啊，獨眼大姊姊？」

牛車漸漸慢了下來，安歌在旁邊慵懶地拖著尾音問我。

伊森再次飛起，坐在我左側的肩膀上，我轉臉看向安歌：「不是說過了嗎，我妹妹啊。」

安歌帶笑的臉瞬間沉下，他白了我一眼：「莫名其妙，神經病。」

說完，他不再理我，繼續趕牛車。

雖然牛車已經放慢了速度，安歌卻依然沒有放開我的腰，不過後面的家奴總算是趕上了。我要他把車趕到地下城的南門，瞬間把坐在街邊的百姓驚呆了。孩子們立即激動地追著我們的牛車歡呼雀躍，大叫著「那瀾姊姊送食物來了——」。

安歌看著兩邊挨餓的百姓，目露驚疑和不解，他看著我想說話，但我對他豎起食指，現在的他是個啞巴。他只能憋著心中無數的疑問，默默地把食物運入他們貴族所說的「老鼠」的勢力範圍。

我們一邊前進，一邊把牛車上新鮮的水果扔給孩子們，他們驚喜地捧著從未吃過的新鮮水果，開心地手拉手繼續跟在我的身邊。

安歌靜靜地看著一切，還有孩子們臉上獲得食物時幸福的微笑。

地下城的人們紛紛從陰暗的居所跑了上來，有達子他們，還有瑪莎。我把牛車停在南門入口，所有人立刻圍了上來，只有巴依老爺家的家奴躲得遠遠的，貴族們鄙視「老鼠」，卻也同樣畏懼著「老鼠」，這份畏懼來自於他們的骯髒、他們眼中的憤怒，還有他們龐大的數量。

瑪莎目瞪口呆地看著車上新鮮的食物，我拿出一顆大大的高麗菜，放到瑪莎面前：「我帶了很多蔬菜回來，晚上給大家吃一頓好料的……對了，還有肉哦！」

瑪莎呆呆地看著我，繼續發呆。達子和努克哈等人也瞠目結舌地站在牛車邊，伸手去拿上面的新鮮食物，然後呆呆地佇立在原地。

「好新鮮的蔬菜，沒有爛菜葉，也不是壞的。」

「還有麵粉……」

「還有大米！」

「還有肉！」努克哈挖了一大塊牛肉，高高舉起。

瑪莎驚呆地看我：「那瀾姑娘……妳是怎麼做到的？」

我不好意思地笑了笑：「這段時間一直受到你們的照顧，我總覺得很不好意思，也想出點力，沒想到……」我壞笑起來，踮起腳眺望躲在遠處的巴依家家奴，轉頭笑看瑪莎：「總之先把東西搬進去吧，這車巴依老頭還要拉回去呢！」

「什、什麼？這是巴依老爺家的？」瑪莎無法相信地看我，達子、努克哈、漢森等少年與其他人們也都面露驚訝。

「巴依老爺那麼吝嗇，怎麼可能……」周圍傳來陣陣輕呼。

「那瀾姑娘是吹牛的吧……」

「可是不像耶，那些的確是巴依老爺家的家奴沒錯。」

「那瀾姑娘是怎麼做到的……」

瑪莎擔心地握住我的手臂：「那瀾姑娘，巴依老爺是宰相，這些東西真的是他給妳的？」

我知道瑪莎在擔心什麼，她擔心我是去偷去搶，怕巴依老爺帶兵來捉我。我笑了，對她眨眨眼：「安心吧，雖然巴依老爺確實很吝嗇，我也費了點工夫，不過這些的確是他給我的。儘管不是很心甘情願，但他也不會找我的麻煩，大家放心拿吧！」我高喊一聲，大夥兒立刻雀躍歡呼起來！

「快搬吧。」我拍拍達子他們：「通知扎圖魯他們，今天可以休息了。」

達子他們彼此對視，隨後燦燦地笑了：「好的！」

於是眾人開始搬東西，還有人跑去通知扎圖魯，各個歡聲笑語，熱鬧不已。我拉起安歌走到瑪莎身前：「瑪莎，這是我撿來的隨從，他是個啞巴，叫木頭。」

瑪莎疑惑地打量安歌，安歌微微低下頭。

我繼續說：「我能不能讓他住下？他沒地方去。」

瑪莎不再看著安歌，而是對我微笑點頭，繼續握住我的手：「那瀾，妳真的是天神賜給我們的救星，扎圖魯沒有說錯，妳就是神女！」

她感激而崇敬地看著我。

她的目光反而刺痛了我的心，我不可能每天替他們拉一車食物回來，這不是長久之計；然而因為我今天帶回了一車新鮮的食物，還是從宰相巴依手中得到的，使得他們對我的期待更高了。

我避開瑪莎的目光，對搬東西的大家說道：「搬完記得謝謝巴依老爺哦！」

大家哄笑起來，齊齊說：「是——」

接著，我拉著安歌走入了地下城，通往地下城的台階上現在全是忙著搬食物的人們，他們開心地哼起了小曲，看見我無不表達他們的感謝。他們的一聲聲謝謝讓我感受到肩上的責任愈加沉重，我忽然害怕自己會讓他們失望，無法面對他們那一雙雙流露出失望的眼睛。

「巴依老頭騙了我……」安歌在我身邊輕喃起來。我看向他，他看著來來去去的人，目露不解：「他說老鼠是刁民，相當懶惰，不願耕田，所以滯留在城裡乞討。我真的信了，所以鄙視他們、嫌惡他們，可是……」

「可是根本不是那麼一回事，不是嗎？」聽到這句話後，安歌朝我看來，眸中已經隱含著怒火。

我拉住他的手臂：「現在你應該明白到底是誰在玩誰了吧？」

我手中的手臂猛然繃緊，堅硬如同鐵臂。安歌強忍著憤怒垂下臉，低沉地說：「為什麼會變成這樣？」

周圍的人太多了，我於是說：「到我房間裡後我再告訴你。」

他抬臉看著我，點點頭。

我們穿過人群，往房間的方向走去。快要抵達目的地時，眼前忽然出現了一抹眼熟的星光，伊森一下子從我肩膀上飛離，在我面前拍動著金翅，欣喜地說：「是涅埃爾回來了！」

我們一起往小石屋走去，果然看見在不遠處，涅埃爾正飛懸在我石屋的門簾前。她看見我們後，立刻飛來向伊森請安：「殿下！您去哪兒了？璐璐找了您很久。」

涅埃爾和伊森說起了話，然而我不能停下腳步，那樣會很尷尬，也會讓安歌覺得疑惑，於是只能裝作沒看見、沒聽見，繼續往前走。

「璐璐回來了？」伊森高興地說：「我應該去跟她道歉，昨晚對她發脾氣了。」

「不不不，殿下不用道歉，璐璐她……啊！」涅埃爾驚叫一聲，匆匆飛回我面前，攔住準備進屋的我：「妳現在不能進去！」

「怎麼了？涅埃爾？」

我對涅埃爾擠眉弄眼，沒看見我旁邊還有人嗎？更別說我的手也已經掛在簾上了。

伊森也疑惑地飛了過來，就在這時，從石屋裡傳來了奇怪的細微聲響。

「啊！啊——」

聽到璐璐的呻吟聲，伊森的神情頓時嚴肅起來，臉上的表情顯得擔憂無比，我也在這一刻掀起了簾子。

「啊呀！」涅埃爾捂住臉轉身，我瞬間僵硬地站在門前，伊森更是一下子全身炸紅，迅速飛到我的頭髮裡，抱住我的脖子，一動也不動。

我真的好後悔自己掀簾，我的手都受傷了，還掀什麼簾啊？

只見在石床的軟墊上，有兩個赤裸的小精靈正在那裡努力辦事。上方的精靈是雄性的，有著一頭漂亮的黑色長髮，微微遮住他赤裸而泛紅的健壯身體，身後的翅膀和璐璐她們一樣是銀色的，此刻似乎因為情欲而透著淡紅色，並隨著身體律動輕輕震顫。他高抬著通紅的臉，嘴裡大喊著璐璐的名字：

「璐璐！璐璐！我的愛！啊！璐璐！璐璐！」

此刻的我忽然湧起了想戳瞎自己另外一隻眼睛的心情。

我頸上的某個區域忽然覺得有些滾燙……對了，是伊森，他大概是覺得我的脖子涼快，抱住可以散熱。

在那隻激情四射的雄性小精靈身下，正是不見了一個晚上的璐璐，她全身潮紅，身體在雄性小精靈的挺進中微微輕顫，雙眸迷離地閉上，下巴微微抬起，張著紅唇，發出撩人的呻吟：「嗯！嗯！艾德沃……艾德沃……」

她緊緊圈抱艾德沃的身體，雙腿盤在他有力的腰上，高聳的雪乳隨著身體搖擺中不住晃動，像兩隻粉嫩的小白兔一下又一下地跳躍著。

他們完全沉浸在兩人世界中，以至於沒有發現我們已經站在簾外。我忽然明白涅埃爾為什麼在簾外不停徘徊，還不讓我們進去了，敢情她是在把風啊！這些精靈還真是要好得讓人無語，一天到晚幫朋友把風！

布簾從我僵硬的手中滑落，我的臉燙到似乎可以煮雞蛋。涅埃爾銀翅緋紅，捂著臉不敢看我，大概也沒臉見伊森。

我的耳邊傳來了安歌的聲音：「這就是妳的房間？他們怎麼可以給妳住那麼差的地方？」

我僵硬地眨了眨眼，低下頭。幸好通道昏暗，我的臉又髒，安歌應該看不出我臉紅。我僵硬地轉身：「你……也看過……我房間了……現在……我帶你去……你的……」

我的膝蓋無法完全屈起，僵直地走向對面，安歌走在我身旁：「妳怎麼了？」

「沒什麼。」對面的石室和我的房間只隔了大約一公尺，我掀起簾子，隨手拿起通道裡的火把插入房內，一間和我的房間一樣狹小的石室隨即映入眼簾。我說：「這幾天你就住這裡吧。」

「什麼？妳讓本王住在這裡？」安歌瞬間大吼起來，我立刻豎起食指：「噓！噓！噓！我跟你說過多少次，你現在是平民了，不是王！」

安歌鬱悶地環視房間，一臉煩躁：「知道了，那……如果我要那個，要到哪裡？」

臉上潮紅總算褪去的我疑惑地看著他：「什麼那個？」

他煩躁地雙手環胸，側轉身軀，像是有些不好意思地開口：「就是那個……三急啊！」他邊避開我的視線邊提醒我，我總算明白地點點頭，隨手把畫板放在他的房間裡，要他跟我來。

我們邁步往前走去，涅埃爾偷偷跟了上來，伊森仍抱著我的脖子、躲在我的長髮裡，根據他的體溫研判，他應該還在害臊。不久之後，我帶安歌來到瑪莎以前帶我來的那兩個大坑前，安歌登時抓狂了。幸好現在大家全去看我帶回來的新鮮食物，地下城住宅區裡沒有半個人影。

「你這段期間過的就是這種日子？」安歌受不了地抓亂他那頭滿是灰土的雪髮，隨即抓起我的手臂：「走，跟我回去！我不能讓我的女人住在這種地方！」

在他拉我之時，我立刻拍手笑著：「你這是認輸了嗎？太好了，我可以做女王了！」

當我說出這句話後，安歌頓時僵立在原地，如夢初醒。

我掙脫開他的手臂，故意在他面前轉圈歡舞：「耶！我要做女王了！我要做女王了！哈哈哈！」

「別轉了！」安歌惱怒而煩躁地打斷我，看向別處：「帶我去別處，我沒辦法在……在這裡！」

最後幾個字幾乎是咬牙切齒地說出來的，只見安歌噁心地捂住鼻子，無法直視那兩個大坑。

我沉下臉：「這裡的人都已經習慣這樣的生活了，他們每天呼吸這樣的空氣，全是拜你安歌王所

賜！」我狠狠說完後，在他怔愣的神情中轉身：「跟我來，我帶你去別的地方。」

我逕自往前走了起來。安歌，你這幾天就好好看看你的子民過的是多麼水深火熱的生活，跟我一起受苦吧！

我把安歌帶到我的專屬廁所，那裡有一條水溝，可以直接把痰和人體排泄物帶走。雖然這是條汙水溝，味道也怪怪的，甚至時不時能看到某隻老鼠從面前飄過，然而與面對滿池黃金相比，依然好上許多。

我往水溝一指：「就是這裡了。」

安歌皺緊眉頭，讓臉上的假胎記在昏暗中更顯恐怖。這裡離住宅區比較遠，光源只有遠處的一支火把，再過去就是一片伸手不見五指的黑暗。見安歌還在鬧彆扭，我睨了他一眼：「別挑剔了，這可是本女王的專用廁所，隱蔽、安全、衛生，拉完就會被水沖走，環保又乾淨。」

安歌忽然一把拉住我的手臂，在黑暗中眨著他晶亮的銀瞳，下了命令：「妳留下來陪我！」

「什麼？」我不可思議地看著他：「你有沒有搞錯，拉屎還要人陪？你也太……那個了吧？」

安歌依然用那雙銀瞳緊緊盯著我：「因為妳身上很香，這裡太難聞了。」

我聽完後頓時啞口無言，呆呆看著他：「您這是……把我當作空氣芳香劑嗎……」

「空氣芳香劑是什麼？」他疑惑地反問了一句，隨即又煩躁地拽住我不放：「少廢話，給本王留在這裡。」

我無語地癟癟嘴，從懷裡拿出一塊破手絹塞到他手裡：「給你，這個很香的！」我立刻向一直跟著我們的涅埃爾眨眨眼，她卻捂住鼻子翻白眼，視若無睹。

可惡……你們這些臭精靈，在我的床上溫存，卻不幫我辦點事？喂！賓館也是要收費的好不好？

就在此時，只見眼前金光飄灑，伊森從我的長髮裡飛了出來，飛到那塊手絹上，灑落了點點金粉。涅埃爾吃驚地看著伊森，但他始終面無表情地低著頭，並在安歌拿起手絹放到鼻尖時，又一聲不吭地飛回了我的肩膀上。

伊森……好像有點不對勁？但我現在不能去關心他。

安歌拿著伊森撒上金粉的手絹聞了聞，點點頭，卻又在放開我時命令我不許走遠。

嘖，王拉屎這麼麻煩。

我稍稍走遠，站在轉角處，背對外側瞪視著涅埃爾，憋了很久的憤懣終於衝口而出：「你們精靈怎麼可以這麼……這麼隨便？」

涅埃爾頓時生氣不已，憤怒地瞪著我：「妳怎麼可以把我們說得如此不堪？」

我受不了地轉開臉，甩手指向我房間的方向：「那剛才算什麼？我掉下來那天就看見你們在樹林裡亂來，現在更在我的房間……是說每次怎麼都是妳在把風啊？」

「瘋女人，妳不要藉機汙蔑我們殿下！」涅埃爾憤怒地雙手扠腰：「璐璐和艾德沃許久未見，這也是人之常情！我們怎麼知道你們會突然回來？怎麼知道妳還會帶別人一起回來？璐璐說妳白天都不在，才會和艾德沃……和他……」她羞窘得沒辦法說下去。

我無語地撫額，對這種小別後的激情感到相當無力。至少也該跟我說句對不起吧？居然還那麼理直氣壯！

「醜八怪——」

這裡的唇槍舌戰還沒結束，安歌又在那邊大喊。

我微微後傾，轉頭看向漆黑的深處：「做什麼——」

「紙——」

「要什麼紙啊！這裡的窮人用不起紙——」

安歌再次陷入了沉默。

這裡大部分的人都用不起紙，即使是那種最差的茅紙。只能用曬得半乾的、像是桑葉的一種大片樹葉。儘管扎圖魯他們有紙，不過是限量供應的，瑪莎每天會給我兩張。只有兩張，我才不想給安歌呢！

我回頭瞪了一眼涅埃爾：「下次不要在我房裡做那種事！」

涅埃爾也鼓起臉，顯得比我還理直氣壯：「妳放心，不會有下次了，哼！」她不悅地扭過頭。

身後忽然傳來腳步聲，我戲謔地看去，只見安歌沉著臉，從黑暗中慢慢走出，我立刻離他遠遠的：「你……是怎麼解決的？」

安歌睨了我一眼，忽然對我勾唇一笑：「用妳給我的手絹啊。」

「什麼？那可是瑪莎為我做的，你怎麼可以用來擦屁股？」如果是普通的手絹也就算了，但那是瑪莎為我做的！在古代有所謂「手帕姊妹」的說法，那可以說是女孩之間的「定情信物」，居然就這樣被安歌……

安歌毫無半絲愧疚地拍了拍手，從我面前離去。我狠狠盯著他的後背，詛咒他下次拉屎沒紙！

我們慢慢往回走。沒多久，前方出現了人影，我的耳邊也再次傳來歡聲笑語，眾人手拿新鮮蔬菜，往廚房的方向走去，邊走邊聊，瑪莎也在其中。廚房其實就是一個比較空曠的地下廣場，大家在這裡擺上灶、支起鍋、掛上肉、切上菜，叮叮噹噹，忙忙碌碌。

「你去幫忙吧。」我對安歌說。

安歌看看我，我仰起臉，用左眼不屑地看著他：「看什麼看？是不是堅持不下去了？」

「哼！」安歌冷哼一聲，上前幫忙。

瑪莎看見我前來，高興地說今晚大家終於可以吃上一頓像樣的飯菜。她叫大家把可以做成醃菜的菜拿出來洗乾淨，把肉切成塊，在大鍋裡燉著肉湯，四周立刻肉香四溢，令人饞涎欲滴。有人一邊切菜，一邊唱了起來：「喔——感謝神給我們肉……」

「感謝神給我們蔬菜……」在一旁洗菜的姑娘們也唱了起來，然後大夥兒一個個接著唱了下去：

「感謝神給我們麵包……感謝神給我們生命……喔——」

歌聲在地下城裡繚繞著，我和安歌靜靜站在歌聲中，涅埃爾面露安詳地安靜飛到我的肩膀上，閉眸欣賞這發自內心的歌聲。

扎圖魯曾許下願望，希望安都也能成為一個充滿歡笑聲的國家，是不是就像這樣的景況？

「我們沐浴在神的光輝之下，我們受到神的眷顧，讚頌祂，讚頌祂……」

大家放下手裡的工作，拉起手跳了起來。

「我們向祂祈禱，祈禱帶我們離開苦難，祈禱祂帶我們離開飢餓，帶我們離開病痛。喔……讚頌祂……讚頌祂……」

我看向安歌，他默默地站著，看著眼前的一切。

姑娘們從我們的面前經過，向我們伸出手，我拉起安歌的手放到她們的手中，安歌大吃一驚，回過神時卻已經被姑娘們拉走，伴隨著搖曳的火光，和她們一起在昏暗的地下城裡跳舞。

忽然有人拍拍我的肩膀，我轉頭看見扎圖魯，不由得有些欣喜。扎圖魯看了看跳舞的大家，示意我跟他走，我點點頭。遠處的安歌看見了這一幕，趕緊掙脫姑娘們的包圍，朝我跑來。

扎圖魯疑惑地看向安歌，安歌趕緊垂下臉，躲在我身後。我對扎圖魯笑了笑，說：「他是我撿來的啞巴，叫木頭。膽子小，所以很黏我。」

扎圖魯再次看了安歌一眼，並沒有懷疑，而是帶著我們往東門走去。

涅埃爾再度跟了上來。就在此時，躲在我長髮裡的伊森忽然低低地說：「涅埃爾，妳去看看璐璐他們吧。」

「可是殿下您……！」涅埃爾用像是看到危險生物的目光盯著我。

伊森在我的頸邊輕輕動了動，他似乎正倚在我的脖子上坐著：「妳走吧，叫璐璐也走！」

「殿下……」涅埃爾驚呆在空氣中，小小的銀翅哀傷地垂落而下，在黑暗中漸漸失去了精靈的光輝。她轉身幽幽地說了一句「是……」漸漸消失在昏暗的通道中。

璐璐的事似乎讓伊森難堪了，他一直強調自己不是下流的男人，在我面前努力營造出精靈相當聖潔的形象，最後卻在今天功虧一簣，現在我總算有點明白為何伊森從剛才起就有些怪怪的了。可憐的小精靈王子伊森當下一定難堪至極，他肯定是認為我已經將他視作淫亂的男人而悲傷不已。他那麼愛面子，拚命守護自己的榮譽，現在八成抬不起頭見我了，哈哈！

出了東門，郊外清新的空氣頓時撲面而來，眼前大樹林立、花草叢生。

此時已是夕陽西下，金色的陽光把東面出口外的破舊神廟染成了金色，裡頭宛如天使般的神像在璀璨的金光下微笑俯視著我們。扎圖魯驚奇地看著我，問：「妳是怎麼做到的？」

我愣了愣。他指向地下城：「妳是怎麼讓巴依老爺分給我們食物的？」

原來他是問這件事啊？溫暖的暮光籠罩這間寧靜的神廟，我在漸漸西下的夕陽中向扎圖魯說明事情的前後經過，他始終用驚嘆的目光看著我。當我說完時，他激動地抓住了我的手腕：「那瀾姑娘，您真是太厲害了！」

他的敬意似乎更上一層，開始對我使用敬語。忽然身邊寒氣環繞，只見安歌伸手扣住了扎圖魯的手腕，扎圖魯一愣，接著發現自己正抓住我的手腕，臉一下子紅了起來。他匆匆放開我的手，窘迫地垂下臉：「對不起，我激動了。」灰濛濛的髮辮遮住了同樣灰濛濛的臉，他再次恢復對我恭敬的姿態。

我斜睨安歌，他也正冷睨過來，宛如表示「妳是我的玩具，怎麼能給別的男人亂碰？」完全就是霸道而孩子氣的獨占欲，真是幼稚。

我回頭看向扎圖魯：「扎圖魯，沒關係，我們是朋友。」

「不不不，我不配。」扎圖魯卻搖搖頭，後退了一步：「姑娘是神……」

他忽然止住話音，看向殘破的神廟外。

我和安歌也一起望過去，發現里約和小夏等人正神情緊繃地背了幾個黑布袋回來。他們先是在門口看到了扎圖魯，隨後卻發現我和他們不認識的安歌也在場，立刻警覺起來，一行人匆匆走向扎圖魯。里約看著我們，問：「大哥，那是誰？」同時開始打量起安歌。安歌低下臉，用有胎記的半邊臉

對著他們。

扎圖魯隨口介紹：「這是那瀾姑娘撿回來的啞巴。」

里約頓時生氣起來：「大哥，你怎麼又隨隨便便讓人進來？」

扎圖魯因為里約的話而有些憤怒，他一把揪住了里約的衣領，看得小夏等人吃驚得愣在原地，里約也愣愣地看著扎圖魯。扎圖魯生氣地說：「那瀾姑娘的朋友怎麼會是隨隨便便的人？她今天為我們帶回了多少食物，你也都看見了吧？你覺得她浪費我們的糧食，今天她不僅還清了，還多了很多！里約，你應該尊敬那瀾姑娘的，知道嗎？」

里約聽到扎圖魯的這番話，憤恨地猛力推開扎圖魯，扯回自己的衣領，冷冷地看了我一眼，再看向扎圖魯：「我不會尊敬她的！她到底是誰，扎圖魯你心裡和我一樣清楚！我無法信任她，況且她現在還帶來了陌生人！你如果再繼續糊塗下去，只會害了我們大家，扎圖魯！」他伸手揪住了扎圖魯的衣領，踮起腳尖，狠狠地盯著扎圖魯黑色的眼睛：「她不過是帶回了一車食物，我們做的才是大事！」

他推開扎圖魯，帶領小夏等少年從扎圖魯身邊離去。

扎圖魯在他走向地下城門口時低喃：「至少她贏了巴依宰相，她帶來了智慧！里約，我不想讓我的人送死，你明白嗎？」

里約頓住了腳步，他回頭凝視扎圖魯在地上長長的黑影，雙眸中露出一絲淡淡的失望：「扎圖魯，你變了，你變得膽小怕事，不再是我們的英雄了！」

「里約！」扎圖魯焦急地轉身，然而里約已經帶人走入地下城，他們身後的黑布袋裡露出了腰刀的刀柄。

扎圖魯皺著眉搖了搖頭，顯得憂愁而擔心。他看向我說：「對不起，那瀾姑娘，我先失陪一下。」

「嗯。」在我點頭後，扎圖魯立刻追進了地下城。

安歌走到我身側，銀瞳深沉地盯著入口，問：「他們要做什麼？」

「反抗你啊。」我事不關己地說。事到如今，我覺得根本沒必要遮遮掩掩，反而該用當頭棒喝的方法把安歌狠狠敲醒。眼下還在打賭的時間內，我必須讓安歌好好看看這個國家的人民對他的失望與憤怒，因為我相信安歌不是暴君，只是貪玩過了頭。

安歌頓時驚呆了，無法相信地反問我：「妳再說一遍？」

我轉身正對他，認真地說：「這些人想反抗你、推翻你，簡單來說就是要殺死你。他們視你為惡魔……」

「什麼？」安歌吃驚地眨起銀瞳，無法置信地搖搖頭：「他們居然想反抗我？他們瘋了嗎？本王對他們哪裡不好了？我每個月明明都有命令巴依發食物給這些人的！」

「什麼？」我吃驚地看著他：「你有發食物給他們？」

安歌怔住了，像是想到了什麼，目光一時變得深沉難測。他一把抓住我的手臂，冷冷地問我：「是不是沒有人拿到食物過？」

我也發現這之間的誤會了！

我指向黑暗的入口：「安歌王，您覺得呢？」

安歌憤恨地甩開我的手臂，氣惱地在神廟裡大步徘徊，口中念念有詞：「巴依！巴依！巴依！這個老頭居然敢戲弄我，居然把我當白癡耍！」

「噓！」伊森忽然在我耳邊警告著：「有人來了。」

有伊森真好，像雷達一樣。

我立刻拉住安歌的手臂：「噓，有人靠近了！跟我來，我會告訴你一切的。」

安歌看著我，點點頭，再次藏起自己的憤怒，不再說話，我帶著他回到地下城。來人是給我們送食物來的瑪莎，她因為沒看到我們，擔心食物會被人吃完，所以特地過來尋找我們。當我接過香濃的肉湯和美味的烤麵包後，瑪莎就笑著回去了，她一定還不知道扎圖魯他們的叛亂計畫並未停止。

外面天色已暗，我帶安歌來到被黑布包裹的越野車旁，漆黑的入口處幾乎不見光線，僅有一絲淡淡的月光。我掀開黑布的一角，打開車門，安歌因為看不清整輛車，還以為是暗門。我一邊讓他走進去，一邊環視四周，隨後也進入車內。關上門後，車裡一片黑暗。

我微微掀開前端的黑布，讓月光灑在車上。安歌坐在車座上拍了拍，疑惑地問我：「這是什麼地方？」

我把食物拿給他，沒有向他多作解釋，接著開始跟他邊吃邊說起巴依的事情。安歌在旁邊越聽越憤怒、越聽越沉默，最後他攥緊了麵包，久久沒有吃下去。

「誰叫你貪玩，完全不理國事？」黑暗的車廂裡迴盪著我淡淡的話音，蘊含著無奈及一絲悲哀：「你放縱巴依榨取安都的民脂民膏，百姓們斷了活路，自然會起來反抗你，你居然一點都沒有察覺？難道你不覺得所有的土地都荒蕪很奇怪嗎？難道你不覺得乞丐越來越多很奇怪嗎？難道你不覺得巴依越來越諂媚很奇怪嗎？難道你不覺得他把自己的女兒獻給你和安羽褻玩很奇怪嗎？難道你……」

「住口！」安歌憤怒地大吼，好在厚重的黑布對外阻隔了他的聲音，他煩躁地抓緊麵包，好好的麵包被他捏成一團。淡淡的月光下，那張俊俏的臉顯得格外陰沉，他煩躁地轉過頭：「巴依說土地荒蕪是因為賤民懶惰，想不勞而獲。還有……」他憤憤然轉回臉：「我們沒褻玩笑妃！」

我愣愣看他，原來這些男人都喜歡裝純情啊？當我指責伊森下流時，伊森拚命解釋自己是聖潔的，在樹林裡發生的事是莊嚴的成人禮；現在笑妃跟這對雙胞胎玩3P，安歌又理直氣壯地說自己沒有褻玩笑妃，這些男人是多麼地……過分！

我忍不住回嘴：「你和你兄弟安羽跟笑妃一起在床上……」我邊說邊盯著他，他別開臉，臉上那塊青紅的胎記遮掩了他的神情。我嘟囔著：「你還好意思說自己沒有褻玩……」

車廂裡轉瞬間靜了下來。月光最終也消失了，地下城的入口完全陷入黑暗。我們再也看不清彼此的神情。

「笑妃跟我們一起的時候很開心，大家都是自願的！」安歌又開始強調起來。

我依舊鄙夷地說：「那就是放蕩。」

「妳敢再說一遍？我們是王，我們又沒犯下強姦罪！」他在伸手不見五指的黑暗中住口。

黑暗中突然伸出一隻手，抓住了我的手臂，耳邊同時響起了安歌惡狠狠的聲音：「妳又知道了？那是我們在宮裡的事，妳到底是怎麼知道的？妳根本沒進過我的內宮！」

他忽然一把掐住我的下巴，狹小的車廂裡，他的身體正壓在我的身上。

「不准用你的髒手碰她！」金光陡然炸亮，巨大的衝力似乎從我身上直接把安歌推開。安歌靠在

後座的車門上，吃驚地朝我看來。此時伊森手持權杖，在金光中緩緩降落在我的面前，金髮飛揚。

「伊森……」當安歌發出了驚呼時，伊森也對他「啪！」打了個響指，隨著金色火花從他的指尖綻放而出，安歌驚訝的眼神也緩緩渙散，腦袋一歪，陷入了安眠。

靜靜站在空氣裡的伊森低下臉，默默飛到我的面前，金光閃耀。他轉眼間化成人形，在我前面的車座上抱膝而坐，身上隱隱泛著微弱的金光，驅散了車廂裡的黑暗。

「伊森……」我坐在他身後，心情複雜地看向他。

他把臉埋入膝蓋，變得更加沮喪，我也因為他過於安靜而感到五味雜陳。那些事其實並沒有什麼，儘管當下碰到時難免會覺得晦氣，但事後想想也都可以理解的。我不由得伸出左手想安慰他，當手心伸入金光，即將碰到他金色的長髮時，卻聽見了他低落難過的聲音：「我們精靈……真的不是那麼隨便的……」

我緩緩抽回手，心裡湧起了一絲歉意。然而當我想向他道歉時，他再次搶在我之前說：「璐璐的事……對不起……」讓我一時反而不知道該說些什麼。自從到了這個世界後，一直陪伴在我身邊的，正是這個單純的精靈王子伊森，雖然他多少懷著一些私心，對我卻也算是不離不棄。我們之間曾有過矛盾，也發生過尷尬的事，但現在彼此可以算是相依為命。

我抓住前面的車座，從他身邊爬過，他揚起精緻的小臉看著我，金瞳在金光中一眨一眨的。

我坐在駕駛座上，轉頭對他一笑：「想不想出去兜兜風？」

他愣愣地看著我，金瞳圓睜，接著欣喜地說：「妳原諒我了？」

我將左手放上方向盤，轉過頭看他：「其實那些事也沒什麼，但忽然碰到總是讓人有點難堪，更別說是在我的房間裡、我的床上。你想想，那是我們一起睡過的床……」我頓了頓，側開臉：「嗯？這句話怎麼那麼怪？」

「是……很怪……」耳邊也傳來他弱弱的聲音。我看向他，發現他再次把臉埋入膝蓋，金髮滑落肩膀，露出了那泛著桃紅的纖細頸項。見他害羞，我也臉紅了起來，人就是這樣，氣氛和神情有時是會互相傳染的。他不尷尬，我不尷尬，然而現在他害羞了，我也就跟著害羞了起來，轉過頭尷尬地看向前方說：「總之在我們的床上發生了那種事，你現在還能安心睡在上頭嗎？」

「不能……」

「就是啊……」要是我和伊森再睡回那張床上，一定會心猿意馬的，更別說他總記掛著自己的成人禮。

車廂裡忽然有些悶熱，我長舒了一口氣，拿下右手的繃帶，抓了抓手心，隨手推了仍顯得有些羞澀的伊森一把：「去把布全部拿掉！我帶你出去溜達。」

他瞬間揚起臉，開心地看向前方，抬手又是「啪！」一個響指，後面隨即傳來黑布滑落的「啪沙」聲。我看著他笑了，他也看向我，燦燦地笑了起來，這份純真是無法偽裝的。

我朝他靠近，他漸漸睜大眼睛，顯得有些緊張。我拍拍他的膝蓋：「放下去，坐好！」他立刻放下雙腳。我貼上他的胸膛湊近他，他瞬間繃直了後背，努力往後靠。我拉下安全帶，把他固定在車座上，他呆呆地看著我，神情顯得無比可愛。

我忍不住捏捏他滑嫩的臉蛋：「這叫安全帶，坐車時一定要繫上，不然人會飛出去。」

他似懂非懂地點點頭。我回到座位上，同樣繫上安全帶，接著轉動鑰匙、發動引擎，開車衝了出

去。自從發現了這樣「神器」後，我便叫札圖魯等人在台階放上兩塊粗大的木板，好方便我哪天出去溜達。

衝出神廟的那一刻，伊森大叫起來：「啊——」

我一腳踩下油門，直接從台階上衝出破舊的神廟，汽車在如紗的銀白月光下飛躍而出，降落沙地，我開心地大叫：「耶！」

汽車駛出樹林，開在平坦的沙地上，此時伊森不再驚恐，好奇地趴在車門上看著飛馳而過的景物，長長的金髮在月光中飛揚，這一刻，我產生了一種錯覺，眼前似乎出現了一隻正趴在車窗上的長毛黃金獵犬，好奇地張望車窗外飛馳的景色。

我笑了笑，繼續往前開。寧靜的夜晚中、朦朧的月光下，我開車載著天真爛漫的精靈王子和昏睡不醒的安歌王，一起兜風。

對了，因為之前的飛車跳躍，安歌已經震到車座下去了，可見繫安全帶這件事有多麼重要。

伊森一直一動不動地趴在車門上，安靜得像隻教養優良的狗。我們駛過荒蕪的田野、駛過乾涸的水渠，月光化作光柱，傾斜在這片荒涼的大地上，帶出一種蕭條淒涼的美。我看著眼前這幅渾然天成的畫面，體內那股想要畫畫的熱血開始沸騰，強烈地想把它畫下來，欲望在腦海中不停地翻騰，於是我催緊油門往回開。

當我們在外面兜了一圈回來時，發現神廟的門已經關上了，看來他們沒發現我開車出去，畢竟放車的地方很黑，又被黑布罩住，再加上入口處很大，一般不會有人察覺到這輛放在角落的車。

我只能把車停在神廟門口外，月光傾瀉在破敗的古廟上，眼前又是一幅泛著神祕波斯氣息的景致。我或許可以在神廟牆上畫一幅立體畫，比方說畫隻哥吉拉從裡頭破牆而出？或是火燒神廟？

我開始不停地在腦中構圖，身邊的伊森安靜地看著我，好奇地問：「妳在想什麼？」

我指向神廟：「我在想要畫什麼圖。」

他看了看神廟，突然朝我轉身：「也幫我畫一張好不好？」

我沒有搭理他，繼續丈量牆的高度。他見我不理他，忽然拉住我的衣袖說：「幫我畫一張，幫我畫一張，幫我畫一張……」

他不斷重複的話像蒼蠅一樣嗡嗡嗡煩人，我睨向他：「幫你畫有什麼好處？」

他鼓起臉，噘起了紅潤的嘴唇：「妳果然不是善良的女人，善良的女人是不求回報的！」

我扯回自己的衣袖，得意地高抬下巴：「我從來沒說自己是善良的女人，是你們天上的神認為我是善良的女人。」

「……」他鬱悶地癟起嘴，模樣分外可愛。當我正想去捏他的臉時，他身上的金光忽然開始閃爍，整個人在眨眼間消失在我面前。我愣了愣，看向下方，發現垂落的安全帶下方正坐著雙手環胸生悶氣的小小伊森。

「你怎麼突然變小了？」

「力量用完了。」他沒好氣地說。

我笑了，用手指戳了戳他的頭：「你果然還是這副模樣比較可愛呢！看在你這麼可愛的份上，我會幫你畫的。」

「真的？」他開心地飛了起來，飛到我身前繞來繞去：「真的？真的？」

「當然。你飛得我頭都暈了，先讓我睡一下吧。」露宿在外還是有點冷的，不過我記得車上有保溫毯，於是打開車頭櫃，果然找出一條捲起來的金色保溫毯。這種毯子非布料製成，而是錫箔紙做的，具有防水、保溫、攜帶方便等諸多優點，而且折疊起來體積很小，相當輕便，算是露營、防災必備物品。伊森好奇地看著我身上金光閃閃的毯子，我調低椅背，在他好奇的目光中閉上眼睛。

沙啦！沙啦！小伊森似乎正在碰我的保溫毯，夜闌人靜，即使只是一丁點聲音也讓人心煩，尤其還是像小蟲在身上爬來爬去的聲音。

「這是什麼？」他好奇地問。

「這是保溫毯，是上面的科技產品，蓋著很暖和。」

他飛落而下，我瞇起眼睛看去，發現他正打赤腳在保溫毯上走來走去，驚奇地感嘆著：「上面的東西好有趣。」

「你有完沒完啊？我要睡覺了。」我沒好氣地對他說。我睡前和醒來都會有氣，很討厭在我睡覺時窸窸窣窣不安分的人。

他有點無辜地看著我：「我好奇嘛……妳不要老是對我那麼凶好不好？我可是個王子殿下……」他委屈地低下頭，雙手手指在身前不停攪動。

我也感覺自己對他的態度不太好，其實他已經有了很大的改變，從初次見面時的趾高氣揚，到現在算是對我「低聲下氣」，之所以會有這樣的轉變，除了因為我成了他的精靈之元外，也有像今天這樣讓他感到羞愧的狀況。我或許……也該對他好點了。

「對不起……」我抱歉地說，他微微一怔，抬起小臉看向我，身上淡淡的金光照在我的臉上。

「我這個人睡覺前和醒來時的脾氣都不太好……這算是我的祕密……下次這兩個時段你最好……離我遠點……我是瘋女人嘛……所以脾氣有點控制不住……」

他的金瞳閃爍起來，似乎因為得到了我的信任而驚喜不已，燦燦地笑了起來，那原諒和理解我的笑容讓我更覺羞愧。其實伊森真的很單純，就像一個孩子一樣容易原諒別人。

「謝謝妳能告訴我這樣的祕密。」伊森開心地說。我有點不好意思地閉上眼睛：「那你……別再出聲了……」

「嗯！」他應了一聲，輕輕飛起：「那安歌怎麼辦？妳還有沒有毯子？」

我在椅子上調整了一下睡姿，讓自己能睡得舒服些，一邊打起哈欠說：「他不老不死，凍不死的，別管他了。」

「真可憐……那我能不能睡妳手心裡？」他在同情完安歌後，充滿期待地問我，但我連眼睛也不睜，厲聲說：「不准。」畢竟我今天才剛看完現場直播，雖然他的體型非常迷你，但還是一隻雄性的精靈，一想到他睡在我身上，我就渾身有種說不出的奇怪。

「哦……」頗為失望的聲音從他那裡傳來。沙啦！沙啦！他鑽到我的保溫毯裡，輕輕靠在我的腿邊，不再出聲。

睡得朦朦朧朧之際，我聽到了有人說話的聲音。

「殿下，原來您在這裡！我們找了您好久……」我微微睜開眼睛，瞇起的視線裡看到了涅埃爾、璐璐，還有那個艾德沃正站在副駕駛座上，他們的對面是雙手扠腰的伊森。我像是作夢夢見了小人，有種不真實的童話感。

璐璐的未婚夫艾德沃此刻已經穿上了衣服，是一身銀質的鎧甲，黑色長髮依然披散在身後，顯得分外霸氣威武，英俊的臉上散發出如武將般的神勇氣勢，壯碩的身體看起來比伊森魁梧有力，體形也比伊森大了一圈。

「我不想看到你們，你們走！」伊森顯得非常生氣。

璐璐臉紅起來，害羞地躲到了艾德沃的身後，艾德沃倒是面不改色，比伊森還有王者的風範，宛如說：本大爺就是做了，本大爺在賤民家裡做個愛還不行嗎？那是本大爺看得起那張床！

艾德沃上前一步，右手放在腰間的佩刀上，單手扠腰正色看伊森：「伊森，這件事你是不是反應過頭了？」

咦？他不稱呼伊森為殿下，而是直呼其名啊？

涅埃爾驚慌地拉住艾德沃結實的手臂，似乎不想讓他再說下去。艾德沃有些生氣地甩開她，冷眸橫睨涅埃爾：「妹妹，妳為他做得太多了，妳看看他，哪裡像個殿下！」

伊森登時瞪大雙眼，目露驚訝，似乎相當驚訝艾德沃竟然敢這樣跟他說話。

「哥，別說了。」

面色陰沉的艾德沃大步走到伊森面前，魁梧的身體形成一堵牆擋住了他，伊森緊緊盯著他。忽然，艾德沃一把揪起了伊森的衣領，抽著眉腳說道：「你看看你，穿得像個女人！你以前長得像女人也就算了，現在居然連穿著也像個女人！是男人就應該穿鎧甲，我真是越來越受不了你，居然會跟你這種人一起長大，現在連涅埃爾都比你像男人了！」

伊森怔住了，涅埃爾登時臉紅跳腳：「哥！你在說什麼呢？」

艾德沃完全不理會涅埃爾，繼續受不了地看伊森：「你也快要百歲了，居然還是一個處男，連偷腥都要我妹妹幫你找女人兼把風，你到底是不是男人？我艾德沃無法接受你成為將來的精靈之王，你還是回去吃奶吧！哼！」艾德沃憤然把伊森重重推開，伊森金色的髮絲在昏暗的光線下飛揚。

伊森趔趄後退幾步，站穩之時赫然道：「艾德沃，你這話說得有點過分了！」

艾德沃好笑地看著他：「哼，伊森，每次都是我艾德沃帶領勇士打敗暗夜精靈或是入侵的怪物，我們精靈需要強大勇敢的王者！這次陛下派我來就是為了通知你，如果你還找不回自己的精靈之元，他將選我為精靈之王！」

艾德沃高揚的話語讓伊森驚得呆立在車座上。

我也驚訝地睜開眼睛，看著怔立的伊森，他會因為拿不回精靈之元而失去王位？

璐璐驚訝地看艾德沃：「艾德沃，這是真的嗎？」

艾德沃傲然笑道：「當然是真的，為了壯大精靈一族，自然需要強者為王，這在精靈史上並不奇怪。」他撇撇嘴，看向一旁變得沉默的涅埃爾：「涅埃爾，妳是我最愛的妹妹，妳應該嫁給勇士，不要在伊森身上浪費時間，他只把妳當姊妹看。」

突然被艾德沃殘酷地點出現實，涅埃爾難過地別開臉，右手撫上了自己的左臂，傷心的面容讓我也替她感到悲傷。

艾德沃又自豪地看向璐璐：「璐璐，妳將成為精靈王后了。」

「啊！」璐璐驚喜地飛舞起來，他們精靈很單純，任何表情都不會隱藏：「我要做王后了！涅埃爾！我要做王后了！」璐璐興奮地飛來飛去，飛到伊森的面前：「殿下，我要做……」她終於發現自己激動過了頭，尷尬地低下臉：「殿下……對不起……」

伊森眨了眨金瞳，緩緩推開面前的璐璐，冷眼看著艾德沃：「艾德沃，我知道你戰功顯赫，但是王不僅僅需要勇氣，還要有一顆仁愛之心！艾德沃，我跟你一起長大，可以說相當瞭解你，你太自大自負、不聽諫言，會成為一個暴君的！」

艾德沃的臉立時沉了下來。他瞇起黑瞳，慢慢抽出腰刀指向伊森：「伊森，像男人一樣跟我決鬥吧！」

涅埃爾和璐璐頓時緊張起來，卻沒有阻止艾德沃，而是安靜地站在一旁。

伊森面色深沉地盯著艾德沃，慢慢揚起了手，手中金沙聚攏，權杖隱現，頓時顯現出王子殿下的威嚴：「艾德沃，我想你是嫉妒我長得比你俊美吧？」

艾德沃頓時瞇起眼……什麼？難道真被伊森說中了？艾德沃動不動說伊森長得像女人，原來是在嫉妒他嗎？

伊森手握權杖，繼續低語：「我之所以還是處男，是因為我選人慎重，你難道忘記當年是誰替你把風的嗎！」

登時，艾德沃的臉抽搐了起來，璐璐則顯得有些疑惑……什麼？有八卦可以聽了嗎？伊森，快爆料！看璐璐的表情，艾德沃的第一個女人似乎不是她啊？

四隻精靈在副駕駛座上唇槍舌戰，我則像欣賞一場舞台劇般饒富興致地看著他們。

伊森高高舉起權杖：「艾德沃，不要搞錯了，我不是像男人，而是本來就是男人！今天你們絲毫不尊重我的朋友那瀾，未經她允許就在她和本殿下的床上做那種事情，即使你們是未婚夫妻，也有辱我們精靈聖潔的名譽……艾德沃！接招吧！」

說罷，伊森的權杖揮向了他，艾德沃也憤憤地持劍而來。我一看，一隻手不自覺地就拍了下去。

「啪！」

「啊！」

「艾德沃！」

「哥哥！」

車廂裡充斥著小精靈驚恐無比的尖叫聲，伊森呆愣地站在一旁，僵硬地抬起頭看著我。我拿開手，下面是被我拍扁的艾德沃……

艾德沃一下子跳起，對著四周揮舞寬劍：「是誰？誰在暗算我？」

我伸手直接捏住他小小的翅膀，像捉蜻蜓般把他提了起來，他狂亂地揮舞手中的腰刀。我把他提到面前，沉臉看他：「是我，那瀾，就是那張床的主人！」

他對我瞇起眼，驟然朝我揮舞起腰刀，口中大喊：「死亡之光——」

黑色的光從他的腰刀裡射出，卻轉瞬間消失在我的面前，艾德沃頓時驚呆了。

我冷冷看著他：「我最討厭睡覺時有人在我旁邊嘰嘰喳喳的！還有，我覺得伊森很好看，他的衣服也很符合你們精靈聖潔的形象！」

伊森仰著臉呆呆看我，我對他眨眨眼，他一怔，金瞳閃爍了一下，臉慢慢紅了起來。

我再次看向艾德沃：「你整天穿鎧甲，所以只能打打仗。我覺得精靈之王的確需要強者才能擔任，既然他是王，自然要有能保護族人的能力，即使他自己沒有，他也要知人善用，能找到能保護族人的勇士，更重要的是必須代表整個精靈神使的形象，你這個樣子我可看不出半點聖潔。伊森一再忍讓你，表現出王者的寬宏大量和廣闊的胸懷，結果你還得寸進尺，自以為有點功勳就了不起了？如果喜歡以強欺弱，我現在就可以一把捏死你！」

「不要！」璐璐和涅埃爾在下面驚恐地尖叫起來，艾德沃依然驚怔地看著我，眼中盡是不可置信。

「精靈之力對那瀾沒用。」伊森緩緩飛了上來，雙手搭在我伸出的手腕上，看著艾德沃：「也就是說，那瀾現在成了我們精靈族的天敵，比神王更厲害。我現在可是每天哄著她，把她當作神一樣供奉，你居然還敢在她的床上發洩獸欲？那瀾她沒有當場拍死你和璐璐，算是已經很給本殿下面子了！」

伊森半真半假地說著，我心裡好笑，我跟伊森越來越有默契，也不打算戳穿他，他擁有我這樣巨大的朋友做後盾，對鞏固王位只有好處。

艾德沃在伊森的話中呆呆地看向我：「怎麼可能？這個世界怎麼可能存在著能讓我們精靈之力無效的人？這不可能、不可能……」

他似乎還是無法相信，伊森此刻倒是自得了起來，側坐在我的手腕上，金髮飛揚，赤裸雪白的雙腿在我的手臂上悠閒地擺晃著，那件被艾德沃視作女人穿的紗衣也在淡淡的金光中輕輕飛揚。

「怎麼不可能？如果你覺得不可能，可以再試試看啊。」伊森雙手環胸，嘴角揚起，露出了一絲邪氣，可是他天真的面容和單純的氣質讓這絲邪笑反而多了幾分可愛。

艾德沃抬起臉看我，我放開了他的翅膀，他立刻拍動翅膀飛到我的面前，緊接著璐璐和涅埃爾也飛了上來，拉住了他的手臂。

「是真的，艾德沃。」

璐璐認真地對他說，他看向涅埃爾，涅埃爾也點點頭。

我依然伸著手，讓伊森坐在我的手腕上。伊森對他們眨眨眼：「我會取回我的精靈之元的，你們都回去吧。」

「不。」涅埃爾飛到伊森身前：「我這次回來是要來跟璐璐交班的，艾德沃只是想念璐璐，才會跟我一起前來。陛下命令我繼續保護殿下您。」

「不用。」伊森沉下了臉，變得威嚴起來，冷冷的兩個字讓涅埃爾露出了焦急的眼神。他冷冷地看了艾德沃一眼：「既然艾德沃說我不像個男人，那我更不該讓妳來保護我。我是個男人，應該由我來保護妳，還有我的族人們。涅埃爾，妳也跟艾德沃他們一起回去吧，從今天開始，我要獨自冒險，像真正的精靈王子一樣當個勇士，守護我的精靈之元和我的朋友那瀾！」

他從我的手腕飛起，落到我的臉邊，小小的手放在我的面頰上。他要守護我，守護他的精靈之元！還有……他的朋友。

他把我當朋友了，呵呵！我的心裡有些感動，他守護我的理由終於不再是因為我是他的精靈之元。

涅埃爾和璐璐的目光落在我的臉上，璐璐有點擔心地看向涅埃爾。涅埃爾咬了咬下唇，伸手握住了腰間的佩劍，接著忽然垂下臉，轉身飛向黑布。

「涅埃爾！」

「妹妹！」

璐璐和艾德沃齊聲喊向涅埃爾。涅埃爾飛到黑布前，揮劍落下，動作像是劈開敵人一般狠辣，然後從縫中飛了出去。

璐璐轉回臉看伊森：「殿下！涅埃爾愛您，您是知道的！您怎麼可以趕她走？」

在我臉邊的伊森沒有說話，小手依然放在我的臉上。

艾德沃目光灼灼地盯視伊森：「伊森，在你我的決鬥沒有分出勝負之前，我艾德沃永遠不會承認你是個男人的！璐璐，我們走！」說罷，他拉起璐璐離去。

寂靜的車廂裡，最終只剩下伊森身上淡淡的金光。我轉頭看他，他低下了臉，搖頭苦笑：「艾德沃和我一起長大，以前是我最好的朋友，也很崇拜我，可是隨著打的勝仗越來越多，他現在越來越看不起我了……在精靈族人心裡，他是勇士、是英雄，他們崇拜他、仰慕他。而我……是一個柔弱的公主……呵呵……他們以為我不知道他們暗地裡叫我公主嗎？我都知道的……」暗淡的話音讓車廂裡的空氣蒙上了一分酸楚。我靜靜看他，想安慰他，卻不知從何說起，因為我對他們精靈一族並不瞭解。

我看著自己的手心：「要不要睡在我手心裡？說不定明天你又有力量了。」我微笑看他，我的手心變成了他的充電器。

他轉臉看著我，金瞳裡是滿滿的感動。他飛到我的臉邊，抱住了我的臉，將他的小臉貼上我在夜晚顯得有些冰涼的臉龐：「謝謝妳……那瀾……我能不能睡在妳的肩膀上？那裡離妳的耳朵比較近。」

我微笑地點點頭，再次躺回車座，蓋上保溫毯。他飛落到我的臉邊，睡在我的肩膀上，鑽入了我的保溫毯。我忽然覺得脖子有點癢，似乎是因為他的腦袋正頂在那裡，長髮在我的脖子邊盤繞著。

「我只是不希望任何事都要藉由戰爭解決，我錯了嗎？瘋女人？」他在我肩膀上不解地問：「你們的世界會打仗嗎？」

「打……也打……七十年前，第二次世界大戰才剛剛打完，不過現在可沒人敢打了。」

「為什麼？」

「因為有了可以毀滅世界的武器。」

「可以毀滅世界的武器！」伊森驚訝地重複：「那是多麼可怕的武器……」

「然後，現在大家有什麼問題都會坐下來商討，這樣很好。伊森，你沒有錯，這是文明進步的現象，只是別人不夠理解你，好戰是不好的……」

我慢慢閉上了眼睛。儘管我知識有限，也不懂政治軍事和歷史，不會講深奧的道理，但是我知道伊森的想法是正確的，所以我能做的，就是堅定地站在他這邊，鼓勵他。

「我也這麼覺得，暗夜精靈不是壞人，他們和我們是同一個種族，是被這個世界的神一起創造出來的……」

我在伊森困惑的話音中漸漸入睡。

「我們守護光明，他們守護黑暗，送走逝者的靈魂……我們一起維護這個世界的平衡，為什麼要

打架呢……為什麼呢……」

這個世界有太多的為什麼，我也很困惑為什麼自己要放棄家裡舒服的被窩，跑到沙漠來……

為什麼羅布泊總是不出現，卻在那天偏偏出現了？

為什麼要選中我？

為什麼沒有回去的路？

為什麼……

為什麼……

「為什麼里約不能相信我，不能相信您……」

耳邊傳來了扎圖魯無奈的聲音，我緩緩醒來，眼前是燦爛的陽光，刺目的光線讓我一時無法完全睜開眼。

我感覺到自己的左手被人輕輕握住，放在額前：「那瀾姑娘，您能為我們帶來食物，能不能再替我們帶來未來……」

我總算睜開了眼睛，只見扎圖魯站在車門外，雙手捧起我的左手，額頭抵在我的手背上，宛如祈禱。

我的心愧疚得有些發疼：「對不起，扎圖魯，我不是什麼神女，我沒辦法……」

扎圖魯僵住了身體，匆匆放開我的手，抬起頭來看著我，我坐起身歉疚地說：「扎圖魯，我雖然來自上面，但是我和你是一樣普通的人，我在上面也需要為柴米油鹽而煩惱，一開始還找不到工作，因為上面會畫畫的人太多了。我們上面有六十億人……」聽到我的話，扎圖魯驚訝得神情呆滯，我繼續說著：「光是中國人……不對，用你們的話來說應該是『族人』，就有十三億。太多人會畫畫了，所以我重新去學習新的畫法，只為能找到一份工作。看，扎圖魯，我只是一個會畫畫的普通人，我不能欺騙你，讓你以為我是神女，把希望寄託在我的身上，我……」

「別說了……」扎圖魯低下臉，吶吶搖頭。

「對不起，扎圖魯……」

「別再說了！」他猛然仰頭朝我大喝，我怔坐在車座上，呆呆地俯視他。此時耳邊忽然有什麼動了動，是伊森，他拉住了我的耳朵：「妳這瘋女人怎麼那麼傻，做神女有什麼不好？」

做神女當然比當王的女人好多了，但是我不能欺騙善良的人們。

扎圖魯在那聲大吼後，情緒變得有些失控，他撫著額頭，在我的車前徘徊了一會兒，接著卻又忽然走了回來，再次握住我的左手：「那瀾姑娘，剛才那番話求您不要再說了，您現在就是大家的希望，您在他們心中是天神賜給我們的禮物，是天神的使者，您不能破壞大家的希望……」他漸漸恢復了平靜，切切地看著我，那張灰濛濛的臉在金燦燦的陽光中透出了一絲無助和無力。

我的心頭壓著一塊大石，在他祈求的目光中越來越沉重，重得無法呼吸……

扎圖魯的眸中充滿了掙扎，內心深處痛苦難言，他悲傷地垂下臉，再次把額頭抵在我的手背：「那瀾姑娘，您也看見了，我們已經什麼都沒有了，唯一支撐我們的就是希望……自從您來了，我總

算看到大家的臉上出現從未有過的笑容，所以，您是希望……我們需要一個希望……請……不要那麼殘忍地打碎它……」他哽咽的話語帶出了心中的痛：「算我求您了……」他無力地說完後，緩緩放開我的手，我的手在他轉身離開時沉重地跌落車門。

「很多時候人寧可相信夢，也不願面對現實。」伊森嘆著氣說，飛到我的面前，無奈地看著扎圖魯離去：「精靈不能干預人王管理的國度，所以……我們只能是個旁觀者。」無奈地說完後，他長長嘆了口氣，轉身看我：「瘋女人，妳現在的存在意義不同了，妳代表了希望，不再只是妳自己，所以妳還是要扮演好神女的角色，讓他們因為妳而快樂地活下去。」

看著扎圖魯漸漸消失在神廟裡的背影，我低下了臉：「是我錯了……」

「他們居然把妳當作希望……」身後突然傳來了安歌的聲音，我轉身看去，只見他慢慢爬上車座，臉上掛著困惑的神情。他看向我：「他們居然把妳當作希望！」他有些激動地再次重複這句話：「他們怎麼可以把妳當作他們的希望！他們的希望應該是本王！我才是他們的王！」

他大聲地吼向我，銀瞳閃出懾人的目光。

我也立刻朝他大吼：「那你就想辦法成為他們的希望啊！」

安歌在我的大吼中一怔。我沉下臉，第一次用語重心長的語氣說話：「你是王，是他們的王！應該成為他們的信仰、他們的希望，可是現在你成了什麼？成了他們心中的惡魔、他們打算反抗的對象，你自己好好想想為什麼吧！你也是個一百五十幾歲的人了，還像十七歲那麼幼稚，需要我教你怎麼做嗎？」

我生氣地說完後，毫不理會依舊愣怔的安歌，轉身發動了越野車。

「啊！」安歌在我發動車子時嚇了一跳：「這是什麼？」

我透過後照鏡看到他緊張地抓住兩邊的門，不由得輕輕一笑：「越野車啊！你們不是知道汽車嗎？怎麼，沒見過？」

安歌眨眨眼，前前後後仔細看了看，尷尬地轉開臉嘟囔著：「我、我當然知道，只是一下子沒回神……」說完，他恢復鎮定，好奇地觀察起車內。

當我把車開回神廟後，安歌開始爬上爬下，極富興趣地研究著。為了避免他弄壞我的車，我拔下鑰匙，這樣就不怕他把車開走了。而且這裡也沒汽油，一旦油用完，這車便只能用牛拉了。嗯……不知道菜油燈油有沒有用？唉，我只知道汽油來自石油，可是石油是怎麼變成汽油的？書到用時方知少，真後悔物理化學沒好好讀啊！

安歌一邊東摸摸、西碰碰，一邊不停地嘟囔原來這就是車。他們知道上面的很多東西，卻不常看到實物，畢竟飛機大炮也不會莫名其妙地掉到沙漠裡。

等他終於看完後，我帶他回到城裡。

「我現在要去巴依老爺家，你去不去？」我一邊往回走一邊問。

「嗯。」安歌滿臉陰沉地看向前方：「我也打算去看看巴依老頭家！」他說完後咬了咬牙：「對了，妳還沒告訴我巴依老頭為什麼選擇賣麵？」

「道理很簡單，他能通過聖光之門去別的國家以低價買回麵，然後回來再以高價賣給貴族們。他已經榨乾了老百姓，現在輪到貴族了，等到把貴族的錢也榨完後，這個國家就……」我攤攤手看著他：「你應該懂的。」

安歌的銀瞳閃爍起來，露出了我從未見過的憤怒，他怒不可遏地站住了腳步，呼吸變得粗重起來，接著忽然轉身，對著牆狠狠打去。

砰！沙石飛濺，他巨大的力量居然在牆壁上打出了一個實實在在的凹坑，半個拳頭深深嵌在牆裡。此時他終於慢慢平靜下來，像是想起了什麼，神情變得有些疑惑：「奇怪，我昨晚……怎麼好像看到伊森了……」

我一陣緊張，立刻轉臉看向坐在我右肩上的伊森。不過我還沒發問，伊森已經說了起來：「他們畢竟是人王，擁有少許神力，所以精靈之力對他們的影響有時不會太深。」

原來如此。

安歌拔出拳頭後不再說話，鬱悶地一直跟在我身邊。我回安歌房裡拿起畫板，帶著他再次離開。

當我們經過地下城中央的小廣場時，看到那裡擺起了熔爐、冷水桶，以及打鐵台，大夥兒正忙著生火，還不時地傳來打鐵的清脆聲響。從外頭回來的居民們把一些破舊的鐵器倒在地上，有小刀、生鏽的菜刀、鐵鏟和鐵鍬……每樣東西都是鐵器。我再看向一旁，還有彎刀的磨具，這是要鍛造武器吧？

起義的節奏似乎越來越快了，時間越來越緊迫，不知道眾人能不能堅持到我和安歌的賭約結束呢？

「我要留下。」安歌忽然在我耳邊壓低聲音說，他看到大家正在鍛造武器，似乎改變了主意。

我看著他，他推了推我。我知道他想留在這裡觀察，於是邁步上前，走向眼前的那群人。眾人發現是我後，紛紛放下手裡的工作，朝我恭敬地行禮，目露感激地看著我：

「那瀾姑娘您來了。」

「謝謝那瀾姑娘替我們帶回來的食物。」

「有了那瀾姑娘，我們的孩子終於有肉吃了。」

我不好意思地看著他們，想到早上扎圖魯對我說的話，知道自己已經無法回絕他們對我的尊敬和感謝。於是我露出微笑，看向他們：「你們是在打造武器吧？」

他們的神色微微一緊，看了看彼此，不敢回答。

我笑道：「我這個隨從力氣很大，讓他幫你們打鐵吧。」

「那瀾姑娘，這……不好吧？」他們的話讓我心中一驚，難道是里約跟他們說了什麼，導致他們不信任安歌？不過下一刻他們卻著急地說：「您沒了隨從怎麼行？您的手還不方便吧？」

原來是因為這件事啊？我笑了：「沒事，每個人都有每個人的功用，這個隨從跟著我也是浪費，他的力氣真的很大的！」說完，我沉著臉看安歌：「還不去幹活？這裡可不養閒人。」

安歌低著臉點點頭，走到幾乎和浴桶一樣大的水桶旁，彎腰環抱，不費吹灰之力地將它抱起，驚得大家嘖嘖稱奇。

「神力啊！」

「太厲害了！」

「不愧是那瀾姑娘的隨從！」

安歌放下水桶，故意表現得看起來有些吃力。

眾人上前驚喜地看他：「小夥子，厲害啊！」

有人拍拍他的身體、捏捏他的手臂：「他明明看起來和達子他們沒什麼兩樣，沒想到力氣那麼

大。」大家高興地歡迎他加入。

我向大家介紹：「他是個啞巴，但不聾，大家可以叫他木頭，有什麼體力活儘管吩咐他。」眾人紛紛點頭。

我對安歌招手：「木頭，你過來，我還有點事要交代。」

安歌也頗為配合地點頭朝我而來，大家一邊看著他，一邊繼續讚嘆他的神力。我把安歌拉到一邊，壓低聲音對著他說：「你確定要留在這裡？」

安歌第一次露出認真的神情，沒有說話，只是點點頭，真的像一個啞巴。

我擔心地說：「你確定不是為了要殺光他們？」

安歌一怔，生起氣來：「我雖然總是說要砍了他們，但這一百五十年來我從沒砍過人！」

我一愣，無法置信地看著他：「為什麼？」

他似乎變得有些不好意思，轉開臉：「他們弱得像螞蟻，砍他們有什麼好玩呢？而且……」安歌的眸中浮現出絲絲黯淡：「看到他們的血化作沙子，只會提醒我們自己是怪物……」

這次，我真的要對安歌刮目相看了。

「你走吧。」他匆匆收回方才在那瞬間流露的神情，煩躁地推著我。

我再次追問他：「你確定不會亂發脾氣亂打人，能忍住不失控，避免暴露自己的身分？」

「不會的，我說不會就不會，妳走吧。」

這下我真的放心了。我背起了畫板，揚起笑容邁步前進，接著轉身對他揮揮手，他卻煩躁地直接扭頭離去。我看著少年不老的背影，想起他之前露出的落寞神情。

安歌覺得自己……是怪物……和當初涅梵說的一樣……

他們八王是不是都把自己當作怪物，並一直為此介懷一百五十年？

貴族區和昨天有了些許變化，似乎人人都認識我。他們紛紛朝我看來，對我時而指指點點，時而捂嘴笑起，又指向巴依老爺的麵店。

小小的樓蘭古國跟我們上面六十億人口相比，人數可以說是少得不得了，更別說是古國裡八都之一的安都。我想安都的人口也就差不多等於一間大學的人數，貴族區的人自然更少，也難怪一夜之間他們都認識了我。明洋曾說過古樓蘭當年不過一萬多人，兵兩千，但已成一國，當年的他們小心翼翼地活在大漢與匈奴之間。

「瘋女人，那傢伙正跟著妳。」耳邊響起了伊森的即時語音提示。我從踏出地下城門開始就被人跟監了，對方是地下城裡里約的手下，他跟著我，說明里約已經完全不信任我。由於他持有貴族區的通行證，所以一直跟著我到現在。

「瘋女人，妳真的不管他？」伊森再次問我。

「嗯，隨他去吧。」我滿不在乎地說。巴赫林跑到了我的面前，笑看著我：「姑娘真的來了！」顯得有些激動的他，身上穿著鵝黃色的胡服，腰間則繫著一條漂亮的五彩條紋腰帶。

「當然啦，說好的嘛！」我拍拍身後的畫板。

他笑了，儒雅如同君子，微笑恍若雪梅。他看向我的右手，秀目中多了一分擔心：「姑娘需不需要大夫？」

我搖搖頭：「謝謝赫林少爺，我已經沒什麼大礙了。」樓蘭人比我們上面的人熱情，他們來自大草原，性格多半都很開朗。為了讓他放心，我還把手從繃帶裡抽出來，在他的面前晃動。

他放心地笑了：「那請姑娘隨我來吧。」他帶我往貴族區裡頭走去。

「妳膽子可真大。」伊森飛在我的身邊：「就這樣跟陌生男子回家了。」他飛到我面前，瞇起眼睛鼓起了臉：「你不怕他對妳意圖不軌？」他拍著金翅瞪著我，我看了他一眼，眨眨眼，眼神像是在說「不是還有你在嗎？」

也不知道他有沒有明白我的意思，只見伊森眨眨眼，愣住了。他停頓在空氣中，傻傻地站著。

轉眼到，我們來到了一間巨大的建築前，黃色的牆壁在陽光下看起來有些像金色，高聳的牆面猶如城牆，可以清楚地看到每一塊磚頭都大小統一。太神奇了！我摸上牆體，牆面非但不粗糙，反而十分光滑，像是整座建築都打了蠟。這到底是什麼材料？

這是一棟梯形建築物，由下到上共有三層，最上方是圓形的屋頂，與其說是大屋，不如說是城堡。這是樓蘭的建築風格，四四方方、結結實實，我曾在樓蘭博物館見過。不過這座宅邸的規模跟皇宮有得比，宅地裡隱約可見同樣四四方方的高塔建築。

「姑娘這邊請。」巴赫林帶我進入這座城堡，首先映入眼簾的居然是一座室內噴泉，看來我看到的大宅只是個門廳而已！巨大的空間裡只有一座噴泉，一旁有貼牆的樓梯通往上方；四周的牆壁上掛著各種不同風格的精美掛畫，有傳統的水墨畫、油畫、不透明水彩畫，以及素描等等，看得出這棟房子的主人很喜歡畫……不對，巴依那隻肥豬只知道撈錢，怎麼懂得欣賞畫呢？看來是……我看向走在

前方的巴赫林，他的背影散發出一股優雅的文藝氣息，應該是他喜歡畫吧。

整個大廳成了一個畫廊，讓人驚嘆不已，屋內走廊交錯，凡是有牆的地方就有畫。當我們走出一道拱門時，眼前出現了一座美麗的庭院，空氣裡瀰漫著花香，幽靜中傳來流水潺潺的聲音，庭園裡種著各式我從沒見過的大葉植物，受到精心修剪，整整齊齊，繁花似錦，彩蝶翩飛。左右兩處還有著花型的小噴泉，弧形的走廊圍繞這個庭院，讓這裡籠罩在阿拉伯神話般的夢幻感中。

「那瀾姑娘，我們在這裡畫怎樣？」巴赫林琥珀的眸子在陽光下閃耀，像古老的寶石一樣迷人。

我連連點頭：「好，好。」我被庭院裡的景色所迷，放落畫架在一處噴泉前忍不住在他的庭院裡跑來跑去，不想錯過這裡每一處的美麗。

巴赫林站在噴泉邊溫和地笑看我，伊森立刻鑽入還帶著露珠的一朵巨大的花裡像是吸取精華一般在裡面久久沒有出來，只傳出他舒服的聲音：「好舒服……這花養得真好……好甜……」

見伊森快活得不肯出來，我也不去打擾他，跑回畫架邊有些激動地看著巴赫林：「你家院子真漂亮！」

「謝謝。」此刻，巴赫林卻是有些靦腆地笑了：「對了，我吩咐僕人去幫姑娘準備吃的了，姑娘有需要什麼可以跟我說。」

「不不不，我們別浪費時間，立刻開始吧！人物畫沒那麼快的。」我迅速地放上畫紙、打開顏料包拿出鉛筆，詢問他：「你要我畫什麼？」

巴赫林笑了笑，有點靦腆：「能不能畫我？」

「當然可以。」我拿起筆開始構圖，他變得緊張起來：「咦，就這樣？我……我該做些什麼？」

我左手扶上畫架，從畫架後笑著看向他：「不用做什麼，你站的地方很好，風景也很漂亮。」

巴赫林的臉漸漸紅了起來。他垂下臉，兩條黑亮的髮辮垂在了頰邊：「那個……能不能……別脫我衣服？」

我聽到他的話愣了一下，隨後噗嗤一聲笑出來，他滿臉通紅地看著我，琥珀的瞳仁閃爍著一絲羞澀。

我笑著說：「不會的，昨天我只是想捉弄一下你父親。對了，捉弄了他真是對不起啊。」巴依老頭畢竟是他父親。

巴赫林愣了愣，抬頭看向我，眼中浮現著一絲困惑：「我知道平民不太喜歡阿爸，這之間……是不是有什麼誤會？」

看著他困惑的目光，我不由得趴在畫架上方瞇眼看他，他在我的目光中愈發疑惑地看著自己，接著又看向我：「我有哪裡不對嗎？」

真是沒想到啊，巴依老頭倒是把他兒子保護得很好，那個尖酸、刻薄、狡詐、貪婪的老頭居然能養出一個善良、儒雅、知書達理的好兒子！

「你……該不會沒去過貧民區吧？」我看著他，他的臉再次紅了起來：「說來慚愧，我……連皇城區也沒離開過……」

我驚呆了，他口中所說的皇城區也就是貴族區，他居然連貴族區都沒離開過，這是多麼過度的保護？他完全是個象牙塔中的小王子，活在這美麗繁華的表象之中。

「阿爸說外面老鼠橫行。」巴赫林望向上方的天空，我也跟著看去，驚訝地發現整座庭院位於高

樓之間，四周高聳的建築物像是四堵黃色的高牆，把他圈在這小小的深井之中。巴赫林面露困惑：

「外面很危險，我出去會染上瘟疫、會被人打劫、會遭人殺害，所以……」

「所以你從未見過真正的平民，也不知道你父親對他們做了什麼，是嗎？」

聽到我的話，巴赫林緊緊皺起眉頭，緩緩坐在身旁的噴泉邊緣上，低頭失神地看著清澈的泉水：

「只是……聽說了一些……但是……我……無法相信……」

看到他夾雜著懷疑、困惑、徬徨，以及一絲掙扎的痛苦神情，我忽然明白他不是無法相信，而是不敢去相信，善良孝順的少年沒辦法承認保護他、疼愛他的父親是個十足的貪官與混蛋。這是人之常情，是親情與正義的碰撞，是對一個人來說極其殘酷的考驗。

「所以我只能看書。」他笑了起來，從懷裡拿出一本書：「書裡有萬千世界、有宇宙奧義、有我想知道的一切……」他漸漸變得有些激動，低頭翻開了書卷。那雖然是一本殘破的古書，卻被精心地修復、悉心地保護。

我一時不知道該跟巴赫林說什麼才好，也猶豫要不要把真相告訴他，他是個善良的人，我不忍心看到他在親情和正義是非之間矛盾掙扎。巴依老爺肯定沒有想到在他的保護下，不知人間醜惡的巴赫林在美好的環境中成長為一個心地善良的人，和巴依老爺完全相反。

這難道就是命運嗎？或許正因為巴依老爺發現他的兒子過於善良，才更不讓他走出這個美好的世界，他擔心的應該不是被兒子發現自己醜陋的一面，而是怕他出去後上當受騙、遭受欺負，誰叫他仇家那麼多呢？

我所能做的，便是把眼前這幅安詳的景象用水彩畫下來。在夢幻的花園中，儒雅俊秀的青年倚靠在噴泉邊，清澈的水柱在層層流淌而下，如紗的金色陽光灑落滿園。他耳垂上的耳環在輕揚的風中輕輕搖曳，閃現朦朧的光輝，這個彷彿從童話中走出來的異域王子正坐在我的面前。

我用水把顏料化開，選擇了清新夢幻的水彩畫風。金色的陽光灑在巴赫林的身前，此刻的他完全沉浸在書中的世界，似乎忘記我正在為他作畫，不過也正因為這再自然不過的神情，讓我可以畫得更加得心應手。

幽靜的庭院只聽得見噴泉的水聲，偶爾會響起啾啾鳥鳴，巴赫林融入這片景色中，這裡宓穆閒適，浪靜風恬。

有人輕輕地走到我身旁，是巴依家的家奴，他們像是不想打擾正安靜地看著書的巴赫林少爺，放輕了腳步，將一張桌子放到我身旁，擺上了令人垂涎不已的食物，並在我的腳邊鋪上了地毯，隨後悄悄退開。

我看到了像是酥油茶的飲料，還有葡萄和做成花的形狀的豆糕。這裡似乎不僅是血統相互融合，連飲食文化也彼此交流。

我終於畫完了，不過水彩還沒乾。我坐在地毯上大啖美食，忽然眼前掠過一道金光，是伊森，身上花香更濃郁的他，直接抱住一顆葡萄啃了起來。此時，一聲少女的呼喊打破了庭院裡的寂靜：「阿爸——阿爸——阿爸——」

我起身好奇地看去，一對巨乳頓時占據了整個視野，它們大得直接綁架了我的目光，讓人不會想再去瞧擁有者到底長什麼樣；它們隨著主人奔跑而不停跳躍，輕薄的衣衫根本無法束縛住它們，像是兩個大水袋一樣掛在女孩的身前。

那、那、那絕對是E罩杯啊！

「那就是笑妃巴沙笑！」伊森忽然大喊，像是要極力證明什麼似的指著她：「妳快看她的胸部！」

「我已經看到了……」我吶吶地說。女孩跑進了庭院，著急地找尋著，我滿臉歉意地轉頭看向伊森：「我想……我真的錯怪你了……」

那大小別說男人，就連女人的目光也會被吸引過去。尤其是她跑起來的時候，總覺得那對巨乳都能擋住她的臉。

沉冤得雪的伊森瞬間露出了激動的神情，抱住我的臉用力蹭了蹭：「妳終於相信我不是下流的男人了……」

「嗯……」

此時女孩看到了我們，於是朝這裡提裙跑來，胸前的兩個水袋再次彈上彈下。

「阿哥——阿哥——」女孩清脆的嗓音聽起來有些童稚，巴赫林這才從書中揚起臉，看向自己的妹妹。巴沙笑氣喘吁吁跑到我身邊。怎麼可能不喘嘛！瞧那兩個水袋大得跟什麼似的……

她看見了桌上的酥油茶，拿著咕咚咕咚喝了起來。巴赫林疑惑看她：「妹妹，妳怎麼突然出宮了？跑得這麼急是在做什麼？」

「找阿爸。」巴沙笑很豪邁地把嘴一抹，此時我才看清她的容貌，真的是張娃娃臉！

她的年齡約在十六歲上下，有著一張秀美的小圓臉，五官和巴赫林有些神似，也是凹眼高鼻、櫻桃小嘴。一頭金棕色的長捲髮用細小的珍珠鍊子寬鬆地盤繞起來，如同中世紀的公主髮型。她身上穿著飄逸的瑰紅長裙，豔麗的顏色如同山裡嬌美的杜鵑花。

我再次懷疑他們兄妹不是巴依老頭生的！怎麼長得都那麼秀氣？有著一對大胸部的巴沙笑身高比我略矮，不由得讓我想起宅男心目中的女神——童顏巨乳的瑤瑤！看著看著，我的目光又不由自主地被那對巨乳吸引去了。到底是怎麼長的？這身材怎麼能長出那麼大的胸部，形狀看起來也很挺，沒有下垂。

巴沙笑著急地看巴赫林：「你看見阿爸了嗎？」

巴赫林拿出手絹，寵愛地替妹妹擦去額頭上的汗水：「妳找阿爸做什麼？」

「王不見了！」巴沙笑忽然大吼起來，雙拳捏得緊緊的，顯得著急而不安。

我心中一驚，微微輕咳了起來，伊森看著我，金瞳閃爍。巴赫林倒是顯得很平常，微笑地看著她：「王怎麼會不見呢？可能是去打獵了吧。」

「不是的、不是的。」巴沙笑著急地搖頭：「他昨天出去後就再也沒回來，安羽王已經出宮去找他了，他真的不見了！他以前晚上一定會回來跟我玩的，更別說安羽王也在，他怎麼可能獨自扔下安羽王？」巴沙笑急急捉住巴赫林的手臂：「快去告訴阿爸啦！王一定是遇到了危險，他會不會是被老鼠們捉去了？啊～～王會不會染上瘟疫？啊～～」她捧住臉驚恐地叫著，我的腦中瞬間浮現挪威畫家蒙克的《吶喊》。

「怎麼可能？」我忍不住打斷她，巴沙笑一愣，傻傻地朝我看來，巴赫林的目光也落在我的臉上，他知道我是王的獨眼女人。

我瞥了大驚小怪的巴沙笑一眼：「妳的王有神力，力大無窮，不去招惹老鼠們就不錯了。再加上

他不老不死，哪有那麼容易出事？妳不要大驚小怪，他大概是又想出了什麼遊戲，比方說……捉迷藏？他想讓安羽找到他……嗯！一定是的。」我肯定地點點頭，對呆看著我的巴沙笑揚起微笑。

巴沙笑眨眨眼，抬手指向我：「妳是什麼時候出現在這裡的？」

什麼？妳這個胸大無腦的女人，眼睛是被胸部給遮住了嗎？本姑娘一直在這裡，妳居然沒看見？

「妳是誰？」巴沙笑天真無邪地看著我。巴赫林摸摸巴沙笑的頭：「妹妹，她是阿凡提．那瀾姑娘，今天是我請她來替我畫畫的。」

「畫畫？」巴沙笑看見我的畫架，立時繞過去觀看，接著驚訝地睜大了和巴赫林一樣的琥珀色眼睛：「好漂亮！這是誰？阿哥嗎？」

聽見巴沙笑的驚嘆，巴赫林也好奇地繞過去看：「這麼快就畫好了……」他有些愣怔地看著我的畫。我走到他們之間，簡單介紹：「這是水彩畫。對不起，赫林少爺，我知道你想要昨天我畫的那種風格，不過那種畫法不太適合繪製這裡的景物，再加上你給人一種很儒雅的感覺，所以我才會選擇這種畫風。雖然比較偏少女風格……」

「好漂亮！我喜歡！」巴沙笑開心摸上已經乾了的畫作，激動地看著目不轉睛的巴赫林：「哥哥、哥哥，給我好不好？好不好？好不好？求你了～」小女孩開始向大哥撒嬌，完全忘了安歌失蹤的事。

我忽然聞到一陣花香，只見伊森飛落在畫架上，仔細瞧著：「沒想到妳會畫的風格還挺多的……我再幫妳加工一下。」說著，他開始搓起手，金色的細沙從他手心點點飄落，灑在我的畫上，頓時飄出了陣陣花香，也讓整張畫顯得更加美麗，如夢似幻。

一旁飛來了一隻彩蝶，落在畫中的花朵上，翅膀輕動。巴沙笑不再說話，巴赫林的目光則顯得有些柔和迷惘。伊森飛到了彩蝶旁，愛憐地撫摸牠，彩蝶像是乖巧的寵物，親暱地用觸角輕觸他的小臉。

「看，牠們跟我是好朋友。」伊森笑看著我，我也不由自主地看向與彩蝶依偎的他。我想無論是誰看到這樣的畫面，都會目不轉睛，為這和諧美好的一幕所感動。

「好美……」巴沙笑發出輕輕的嘆息。我隨手拿起筆，迅速在花朵上畫出一隻蝴蝶的輪廓，蝴蝶們因為我落筆而紛紛飛起，圍繞在畫架的周圍，不願離去。

立體畫畫起來比較慢，不過只是一隻蝴蝶還是花不了多少時間的，而且我也不採寫實風格，依然畫得有些朦朧。這隻蝴蝶躍出了畫面，一旁的巴沙笑不禁看呆了，巴赫林的神情驚喜，驚嘆連連。我知道這才是他想要的畫，雖然整幅畫裡只有這隻蝴蝶是立體的。

「好像真的哦……」巴沙笑伸手摸向那隻蝴蝶，和昨天看著我作畫的群眾一樣，此時她的手卻忽然被人扣住，是巴赫林！他急道：「不許碰，顏料還沒乾。」

巴沙笑噘起了嘴，方才摸的時候巴赫林明明沒有阻止她，此刻卻不允許她碰這隻蝴蝶。

我正在處理最後的陰影部分，巴依家家奴忽然急急跑來：「小姐～～小姐～～老爺回來了～～」

巴沙笑一愣，似乎才想起自己要通知巴依老爺安歌失蹤的這件事。家奴跑到我們面前，巴赫林向他招招手，他恭敬地到巴赫林身前：「少爺有何吩咐？」

巴赫林彎腰在他耳邊低語，伊森歪著腦袋看他：「什麼事啊？這麼神祕。」

家奴點點頭，轉身立刻離去，巴赫林微笑地看著他的背影。家奴前腳剛走，庭院邊上已經看見了

巴依老爺那高挺如懷胎六個月的肚子。

「阿爸——阿爸——」巴沙笑遠遠看見他，立刻高喊了起來。果然是熱情的民族，不管在哪裡都用喊的。

巴依老爺遠遠看見自己的女兒，馬上眉開眼笑，滿臉寵溺，一雙小胖腿瞬間加快了腳步。似乎只要小公主一召喚，老爹便即刻現形，可以看出巴依老爺非常疼愛巴沙笑。

「來啦——來啦——」

巴沙笑提裙飛奔上前，巴依老爺張開雙臂迎接她，但巴沙笑沒有撲入他的懷中，著急地說：「阿爸！王不見了！」

巴依老爺頓時一愣，似乎一下子沒搞清楚狀況。

「不見了、不見了，王不見了！」巴沙笑想起了正事，變得焦急萬分：「安羽王已經出去找了，阿爸你也快去找啊！」巴沙笑拉住了巴依老頭胖胖的手臂，使勁搖晃：「你快去找啊！王整晚都沒回來，聽說是出去找一個女人了，王是不是不喜歡笑兒，又有新歡了？笑兒不要啦！你快去把王找回來啦！」

巴依老頭愣愣站在原地，巴赫林立時朝我看來，我感覺到他的目光，裝作沒看見地繼續修飾我那隻蝴蝶。

「別胡說！那女人是個獨眼龍，王怎麼會喜歡她？」巴依老爺終於回過神來：「她好像跟王有什麼賭約，但王應該不會失蹤，阿爸這就派人去找，笑兒別擔心了啊。」巴依老頭溫柔地撫摸巴沙笑的手，巴沙笑愣了愣：「獨眼？幫哥哥畫畫的也是個獨眼女人呢！」

「什麼？」只聽見巴依老頭發出一聲像是雞被掐住脖子、完全變了樣的驚叫：「赫林把那女人帶回家了？」顯然這是一個比安歌王失蹤更讓巴依老頭大驚失色的消息。

「……」巴依老頭，你有那麼討厭我嗎？

我從畫架後方慢慢站了起來，對著面色蒼白的巴依老頭一招手：「嗨，巴依老爺，我又來了。」

「妳……！妳……！妳馬上給我滾！」他氣呼呼地揮手，巴沙笑目露疑惑。

巴赫林立刻上前一步，攔在我的身前：「阿爸，那瀾姑娘是我請來的朋友，您不能趕走她，她正在為我畫畫。」

「畫畫，畫畫，你就知道畫畫！」巴依老爺氣急敗壞：「早知道就不讓你看那麼多書，學別人欣賞什麼畫！那個無恥的女人能畫出什麼好畫來？壞女人，不要畫我兒子的……的……」巴依老爺狠狠指著我，一張臉氣得通紅，似乎覺得接下來的字眼難以啟齒。

在畫架後方的我巧笑倩兮：「巴依老爺，您放心吧，您兒子長得玉樹臨風、風度翩翩，我可不會把他扒光的！」

巴赫林全身一僵，微微側頭看我。我拿起畫紙轉向巴依老爺，他一愣，瞪大了眼睛，似乎為我居然沒有扒光他的兒子而感到驚奇。我笑著把畫放到巴赫林手中，巴赫林雙手鄭重地接過它，微笑地看著我：「謝謝那瀾姑娘。」

「應該的。」我隨即開始收拾畫具。巴沙笑跑過來拉住了我的手臂，卻在發現我的衣服灰濛濛時鬆開了手，往自己身上拍了拍。她激動地對我說：「也幫我畫一張好嗎？」

「幫妳畫可以，但要用食物交換。」

「行啊！」巴沙笑毫不猶豫地回答，巴依老頭在後面直跺腳，八成是想著自己怎麼會生出這兩個敗家、胳臂拚命向外彎的孩子。巴沙笑在我面前得意地抬起下巴：「我們家裡要什麼有什麼，只要妳幫我畫圖，無論要多少東西都沒問題，反正阿爸會去處理的。」

巴依老頭捶胸頓足。不過他似乎很疼愛自己的兩個孩子，以至於當他們敗家時也沒有喝止，或是嚴厲地責罵他們不能跟我這種人來往。

巴沙笑繼續說著：「下次妳來，我再幫妳梳洗乾淨。」真是個口直心快的姑娘啊。她打量著我的全身上下，目光最後落在我右眼的眼罩上，忽然愣住了。她捂住了嘴：「妳就是王要找的那個獨眼女人？」

哈哈，她現在才想起這件事？這個單純的女孩還真是毫無心機可言。

伊森飛落在我身旁，也笑道：「這個女孩真單純。巴依老頭狡詐多端，卻生出了這兩個善良的孩子，這也算是命運的捉弄吧？哈哈！」

我也跟著暗自竊笑，命運的確是個喜歡惡作劇的孩子。我看向巴依老爺，他似乎因為女兒終於知道我是誰而鬆了一口氣，摸著肥肥的肚皮得意起來，接著惡狠狠地瞪了我一眼，火上澆油地說：「不錯，她就是安歌王從玉音王那裡帶回來的獨眼女人。笑兒，她是來跟妳爭寵的！」

巴沙笑瞬間難過了起來：「王真的有新歡了……」

巴赫林神情複雜地看著我。不過泰山壓頂心不慌的我直挺挺地站在巴依老爺家的庭院中，別以為用這種下三濫的宮廷鬥爭招數就能把我那瀾給踩扁！我那瀾經過八王輪番轟炸都沒被炸死，有著如蟑螂一般的生命力，怎麼可能死在這種炮灰女配角手裡？

「王呢？我的王呢？」巴沙笑忽然焦急地在我面前跺腳，態度瞬間改變：「妳把我的王藏到哪裡去了？妳這個壞女人！」

「妹妹，那瀾姑娘不會這麼做的。」巴赫林依然堅定地支持我，真是個優質粉絲。

我不慌不忙地跟巴沙笑說：「小妹妹，別聽妳父親胡說，妳覺得妳的王眼光會差到看上我這個獨眼龍？」

巴沙笑愣愣地看了我一會兒，眼中的憤怒忽然又消失了。她呆呆地點了點頭：「也是呢，妳是獨眼醜八怪嘛……」

「……」拜託，別說得那麼直接好不好？我無語了一會兒，繼續說：「我確實是王帶回來的沒錯，因為我獨眼，所以他想把我帶回來當玩具，結果又把我丟棄在皇宮外，打算看我自生自滅，大概是怕我真的死了沒得玩，於是才會出宮抓我回去。我不知道他去了哪裡，但我相信他最後一定會出現的，妹妹就別擔心了。」

巴沙笑眨了眨眼睛，笑了：「姊姊說得對，王一定只是貪玩，不知道躲到哪裡去想讓我們找到他。那我在宮裡等姊姊，王既然這麼喜歡姊姊這個玩具，一定會再把姊姊捉回宮的！」

啊……真是個思想單純的好孩子，我瞬間搞定了眼前這個大胸妹。如果後宮裡都是這種女孩該有多好，多和諧啊！哪裡還會有什麼宮廷鬥爭呢？

「姊姊到時候一定要幫我畫畫哦！我先回宮去等王了。如果王回來看不見我，一定會覺得無聊的！」說罷，她像來時一樣如風似的跑了。她跑到石化的巴依老爺身前，親了親他僵硬的臉：「阿爸，記得一定要派很多很多人去找，王這次絕對是在玩捉迷藏，你派的人越多，聲勢越浩大，王一定

越開心！但是你可不能真的找到王，那樣他會生氣的，知道了嗎？」

巴依老爺的嘴角開始抽搐。巴沙笑笑了笑，轉身跟巴赫林說了聲再見，又如風一般消失在庭院中。

巴赫林微微一笑，幫我提起畫架：「那瀾姑娘，我送妳出去吧。」真是個好人。

他領著我走過巴依老爺身邊，似乎完全無視了他的父親，繼續跟我探討畫畫的問題。他對畫畫很有研究，說以前畫師幫他畫一張圖要花上老半天，而且還不能動，讓他很痛苦，沒想到我這麼快就畫好了。我笑而不語。他說的那種畫是寫實派，確實是一種很花時間的風格，而且其實我的右手才這樣畫個半天下來就有點痠痛吃不消了。

他送我到門口，讓我驚喜的是他居然又幫我準備了一車的食物，巴赫林真的是好得沒話說！

我感激地握住他的手，結果他的身體不由得又僵硬了起來，反應跟被我「毛手毛腳」的扎圖魯差不多。

「謝謝！真的太謝謝你了……啊，對不起，我的手太髒了。」我匆匆放開他，手在身上擦了擦：「對了，如果你哪天想離開皇城區到外面的世界看看，儘管跟我說，我帶你去看！」

我的話頓時讓巴赫林的眼神有些動搖，琥珀色的眸中閃爍著猶豫和掙扎的光芒。我知道走出自己的世界需要一定的勇氣，不是每個人都具備冒險的精神。

巴依家家奴走到巴赫林身旁，遞上了一個長方形的紅木盒子，盒面上用金漆描繪出一隻美麗的孔雀。回過神的巴赫林接過盒子，遞到我的面前，目露溫和微笑：「那瀾姑娘，這是我的謝禮。」

我疑惑地接下盒子並打開，心中頓時一陣狂喜，只見各種顏色正在盒中朝我笑著——是顏料！是一盒相當高級的顏料！還帶著撲鼻的花香。得到這麼高貴的顏料，對我來說就像歌手得到一個金麥克風、書法家得到一支珍罕的毛筆、料理人得到一把名匠鍛造的菜刀一樣，讓人歡喜不已。

我合上顏料盒，欣喜而感激地看著巴赫林，不知該如何表達心中的感謝之情，於是情不自禁地抱住了他，拍了拍他徹底僵直的後背：「謝謝你，兄弟，你真是個好人，願天神保佑你能一直如此善良美麗。」說完，我放開他，鄭重地點了頭。能夠在這個世界得到一盒精美的顏料，對我而言真的是莫大的安慰。

當我滿心歡喜地趕著牛車回去時，伊森鐵青著臉飛到我的面前，雙手環胸，用那雙大大的金瞳狠狠瞪著我。

「又怎麼啦，小王子？」

「妳怎麼可以抱他？他是個男人！」伊森大聲說，然而此時的我正沉浸在獲得顏料的喜悅之中：「那是我們那個世界感謝的方式。」

「不可以！」他憤怒地大喊，小小的身體繃得緊緊的。

我疑惑看他：「為什麼不可以？」

「不可以就是不可以！」他小小的拳頭在我面前揮舞：「妳是我的精靈之元，我的精靈之元擁抱了一個男人，啊~~~雞皮疙瘩都起來了！」伊森受不了地撫摸手臂，彷彿真的感到惡寒不已。

我愣愣地看他半天，忍不住大笑起來：「哈哈哈……哈哈哈……」我笑了很久，一旁的路人紛紛疑惑地朝我看來。

伊森真的生氣了，彷彿自己的身體被男人給褻瀆了一般。我開始偷偷想像聖潔純真的伊森擁抱溫

柔儒雅的巴赫林的畫面……呃，總覺得哪裡不太對勁，讓人無法熱血沸騰，沒有興趣繼續想像下去。

我看著還在生悶氣的伊森，恍然大悟——他們兩個都是受啊！難怪配不起來，受受相擁給我的感覺跟女生擁抱女生是沒什麼兩樣的。

「好啦，我答應你，以後不隨便亂碰別的男人。」我對伊森拍拍胸脯保證。伊森沉著臉點點頭，轉身坐在我的身邊，小小的金翅在風中微微輕顫。

「那碰女人呢？」我故意問他，他聳聳肩笑著說：「女人當然無所謂啦！」

「哈，你還說你不好色？」我抓住了他的話柄，毫不猶豫地揶揄他，他頓時變得啞口無言，小臉通紅。

轉眼間，我們已經回到貧民區，百姓們看見我滿載而歸，紛紛欣喜地上前。當我把車停在門口，想通知瑪莎過來搬東西時，里約忽然從城裡衝了出來，朝我大吼：「我們不要妳這些不乾不淨的東西！」

我一愣，這又是什麼情況？

大家也傻傻地看著里約，眾人面露驚訝，輕聲問著：

「里約怎麼了？」

「是啊，怎麼這麼不尊敬那瀾姑娘？」

「他是想得罪神明嗎？」

「請寬恕里約冒失的行為……」

善良淳樸的百姓似乎認為里約呵斥我會觸怒神靈。

「里約，還不快跟那斕姑娘道歉！」一位長者命令里約向我道歉。

人漸漸多了起來，扎圖魯也從地下城走了出來，還有達子和那些少年。里約見人都來了，忽然指向我：「你們不要把她當成什麼神靈的使者，她跟我們一樣是普通人！」他朝大家大喊，人群頓時騷動不已，善良的百姓們面露驚恐和悲傷，紛紛向天祈禱，嘴裡念念有詞。

「神明早就遺棄了我們，我們要靠自己！你們在這裡整天向神祈禱有什麼用？」他這番話引起了更大的驚惶，扎圖魯立刻上前一把拽住他，大聲喝止：「里約，別說了！」

「哼！」里約甩開扎圖魯的手臂，壓低聲音冷冷地說著：「你跟那女人的對話我全聽見了，繼續去作你的夢吧！我要用自己的雙手得到所有的一切！我們根本不應該在這裡，我們也不是老鼠！」聲音漸漸變得高亢的他情緒激昂地踩上我的牛車，大聲道：「我們也是人！憑什麼挨餓受凍、成為奴隸？但那些人，那些住在皇城裡的人！」里約指向皇城的方向，此時我看到安歌從地下城裡走了出來，站在打鐵師傅身旁。

「那些人憑什麼有飯吃，有衣服穿？他們嘴裡吃的、身上穿的，全是從我們這裡奪去的！他們連年加重我們的賦稅，不顧我們的死活，搶走我們剩餘的糧食，讓我們在這裡挨餓受凍，他們卻在皇城裡吃著大魚大肉，光是每天丟棄的剩菜就可以養我們整條街！」里約說的沒錯，他們每天都會去那裡偷剩菜剩飯分給飢民。

我看向安歌，發現他聽著里約這番激動的言論，似乎有些愣怔。

「這個里約又在發什麼神經了？」伊森飛到我面前。我想了想，輕聲說：「這應該是起義前的鼓譟，他需要士兵，需要挑起民憤和他一起戰鬥。」

伊森眨眨眼，露出了不悅的神情：「我不喜歡他，這件事其實不完全是安歌的錯，他們應該給安歌機會。而且他們也不是做王的材料，安都到他們手裡只會毀滅得更快。」

我疑惑看他：「為什麼？」

伊森的神情忽然顯得有些鬼鬼祟祟，明明沒人能看見他，他卻依然鑽入我的長髮，趴到我耳邊低語：「聽父王說，八王裡有幾個人想統一八都，成為八王之王。」

伊森的話提醒了我。還記得當初在抽籤時，安歌曾經對鄯善開玩笑說要他交出自己的國土來換取我，當時整個大殿的氣氛確實很不對勁……

「還有這個女人！」里約忽然又將手指向我：「她根本不是神明的使者！當你們向神明祈求時，神理睬我們了嗎？神把那個惡魔驅逐出去了嗎？神給我們帶來吃的了嗎？沒有，這世上根本沒有神！」

「求神寬恕、求神寬恕……」群眾們紛紛惶惶不安地跪下，向神祈求寬恕。神是他們的信仰，當信仰被打破，人會變得無所適從，陷入巨大的不安之中。里約真是殘忍，扎圖魯努力求我不要打碎大家的希望，卻被他在這裡毫不留情地擊碎。

里約俯看他們，眼中是滿滿的憤恨：「你們還在求神寬恕？我告訴你們，這個女人其實是安歌王從玉音王那裡帶來的女人，根本就是個普通人！正因為她是安歌王的人，才能從巴依老頭那裡得到食物！」

驚慌失措的百姓因為這句話而驚訝地朝我看來，我站在牛車下繼續看里約繼續說我壞話。看來他是羨慕嫉妒恨，自己沒本事得到食物，又在扎圖魯這裡失了寵，於是異常懷恨我。

哼，我鄙視他！

他繼續說：「今天我派人跟蹤她，發現她被巴赫林少爺帶回家，直到現在才回來。我看巴赫林之所以願意把食物給她，是因為她根本就是他的情婦！」

什麼？你眼睛瞎了嗎？我可是個沒什麼魅力的獨眼龍！

「里約！」扎圖魯吃驚地看了我一眼，著急地喝斥著里約。我終於聽不下去了，踩上牛車站到里約身邊，他得意而囂張地抬頭看我：「怎麼？被我說中了？」

我瞇了瞇眼，抬腿直接一腳踹在他身上：「你去死吧！」

里約完全沒有防備，可能這個世界對女人不會有防心，沒想到女人會打架吧？於是他就這樣直接被我踹下了牛車，咚咚咚地滾了下去，所有人頓時驚訝得鴉雀無聲。

伊森僵硬地飛了起來，嘴角抽搐：「瘋女人……妳可真粗魯……」

我本來就是女中英雌，脾氣火爆，惹不起的！

扎圖魯上前扶起完全嚇呆的里約，我高高站在牛車上，雄糾糾氣昂昂地俯視他：「自己沒本事就別嫉妒別人，光是就你懷疑我是巴赫林情婦的這點智商，我嚴重懷疑你要是做了王后，會不會比現在更糟！」

里約瞪大了眼睛，我也瞪大眼睛，指著自己的右眼：「你看清楚一點，我可是獨眼龍！這裡有哪個男人想讓我當情婦的？舉個手吧！」我大喝一聲，周圍沒人舉手，也無人應聲。很多人偷偷地看了我一眼，匆匆低下頭。

眾人之所以敬畏我，是因為他們把我當作神靈的使者，此外還有一個小小的原因——他們害怕獨

眼龍，他們對獨眼龍似乎懷著一股莫名的畏懼心。

我指向里約：「你呢？你願不願意揭開我的眼罩，跟我談場戀愛？」

里約的眼神有些動搖，目光落在我那神祕的眼罩上，他似乎覺得眼罩下很可能是個巨大而恐怖的黑洞。正因為大家都沒見過我眼罩下的眼睛，才會對它產生恐懼感，人們會不由自主地想像裡頭有多麼可怕，覺得那絕對是個沒眼球的黑洞。

我好笑地看著他：「你以為你們當了王就能把安都治理好？你以為殺了所有的貴族，老百姓就能得到解脫？你會做王嗎？你知道做王的首要條件是什麼嗎？我告訴你，不是我那瀾小看你，讓你做王，不如改變安歌來得更快、更好！至少安歌擁有神力，他可以保護所有百姓不受外敵侵擾！」

站在暗處的安歌一怔，抬起臉朝我看來。

我看向里約：「你又會什麼？」

「我會為了百姓而獻出我的生命！」里約豪邁而視死如歸地朝我大吼。

我笑：「然後呢？你要是死了，誰來保護你的老婆跟孩子、扎圖魯的老婆跟孩子，或是這裡所有還在挨餓受苦的老人、女人跟孩子？」

里約登時怔住了，從城裡面走出來的瑪莎聽到我的話，難過地低下臉。

「有勇的成為勇夫，這很好，打仗本來就需要勇夫。」我看向里約身後準備起義的青年們：「可是有勇無謀是莽夫！莽夫只會白白犧牲，然後留下這些老弱婦孺，你們要他們怎麼辦？」我指向跪在地上的老人、女人和孩子，裡頭有些人已經害怕地抱在一起。

「而且，所謂三軍未動，糧草先行。不過我想你們連這句話也聽不懂吧……」

達子他們面面相覷，抓耳撓腮，里約也困惑地看著我。我繼續說道：「這句話的意思是吃飽了再打仗，連飯都沒吃飽，怎麼能戰勝以一敵百的安歌王？」

他們全愣住了。聽到這句話後，扎圖魯認真點頭，仰視我的目光裡又多了一分欽佩。

「那瀾姊姊讀過書，果然不一樣呢……」達子他們在里約身後開始竊竊私語。

「是啊……她知道那麼多事情和道理……」

「她到底是從哪裡來的？連安歌王也不敢動她。」

「她一定是神的使者，一定是的！」

里約垂下頭，憤恨得咬牙切齒。

忽然，遠處傳來了噠噠噠噠的鐵蹄聲，百姓們紛紛驚惶散開。只見一隊鐵騎衝了進來，眾人頓時本能性地全數跑到我後方，就連里約他們也瞬間站到扎圖魯的身後，這是一種下意識尋求保護的行為。

我看向來者，心裡一驚，是那天穿著黑色斗篷的人……是安歌王的人！我瞟向安歌，只見他微微低著頭，躲入了入口處的陰影之中。

儘管里約他們回過神後又紛紛站了出來，恢復無畏的神態，不過看來他們心底對安歌王還是畏懼的，才會在第一時間躲起來，沒有人不畏懼不老不死的半神。

「王！」黑斗篷的人齊齊喝道，我心裡抖了一下，難道他們認出安歌了？此時卻見他們向兩邊散開，讓出了一條路，安羽的白馬頓時出現在人前！

「是安羽來了！」伊森迅速飛到我的身前，戒備了起來。

我吃驚地看著安羽，難道他已經知道安歌在我這裡了？今天的安羽穿著一襲銀藍鷹紋的胡服長衫，腰間繫著白玉腰帶，頭上沒有戴氈帽，改戴了一條有翎毛裝飾的額帶，一頭雪髮在陽光裡燦如星斗。

安羽騎著馬，走到我的牛車車尾，頎長的體格和身下那匹高大的馬讓他看起來異常威武。他手執銀線纏繞的馬鞭，輕鄙地環視周圍，然後將身體微微前傾，靠在雪白的馬頭上看著我，對我勾唇一笑：「小怪怪，好久不見。」

我笑了笑，看向扎圖魯和里約他們。里約的目光有些動搖，卻依然捏緊雙拳，他在害怕，但他想要反抗；扎圖魯比他們鎮靜許多，不再像上次那麼魯莽，而是認真的看著我，似乎想看看我會怎麼行動。

我收回目光，跨過牛車，站上一個放在車尾、巨大得可以站人的南瓜，與安羽面對面：「是啊，好久不見了，安羽王，您來找我是想求我回宮嗎？」我洋洋自得地看著他，伊森立刻又飛到我面前，像是要保護我。

安羽王舔舔唇：「這是妳跟安歌的遊戲，我不會參與的。不過我確實沒想到妳能堅持那麼久，還從巴依老頭那裡弄到食物，你可把巴依老頭氣壞了……很好玩！哈哈哈……」

安羽在白馬上大笑起來，他的大笑卻讓百姓們愈發惶恐，不敢出聲。

安羽笑了一會兒，看向周圍：「不錯嘛……他們的膽子越來越大了，居然不知道要跪迎本王！」

他的眸光頓時銳利了起來，周圍的百姓嚇得紛紛作勢下跪，我立刻揚手大喝：「跪什麼？你們是安歌王的子民，跪安羽做什麼？有我在，你們不用跪任何人！」

百姓愣在原地，眸中的惶恐瞬間被更大的驚訝給取代。我看向瞇起雙眸，明顯不悅的安羽：「我知道你來做什麼。」

安羽微微坐直身體，眸中流露出一絲興趣：「妳知道？那妳說說我是來做什麼的吧。」

我笑了：「好啊，要是我答對了，你就離開這裡；答錯了……我就陪你玩，怎麼樣？」你喜歡玩是吧？本姑娘有的是時間陪你們玩！

「那瀾姑娘！」扎圖魯焦急地上前，我揚起手制止他。安羽的目光落在扎圖魯的臉上，仔細地打量著他，笑了：「有意思，原來妳和他在一起啊？真好玩……好，我答應妳！妳要是輸了，隨我怎麼玩都行嗎？」

我大方點頭：「不錯，但是你不能耍賴，在我說出答案後故意說不對。」這對雙胞胎有著喜歡耍賴的劣根性。

安羽側著頭想了想：「好！」

「好？那有請神明作證。」我揚起右手：「如果你耍賴，我就詛咒你一輩子當太監！」

安羽立時瞪大眼睛。他們不老不死，漫長歲月裡卻只能當太監……我想這對一個男人來說是最狠毒的詛咒了。

「呵呵……」四周傳來輕微的、像是憋著不敢發出來的竊笑聲。

安羽頓時作勢要捉住我的手，想阻止我，我淡定地後退，對他壞壞一笑：「已經發好誓囉！那麼我就來猜猜……你來這裡……是想問我安歌王的事！」我自信地看著他。他瞇起眼睛，銀瞳閃爍，我立刻指向天：「神明看著，你可不許說謊呦！」

安羽不悅地撇開臉：「沒錯！」

「嘩——」身後忽然傳來了輕微的驚嘆聲。我單手扠腰，繼續看著安羽，他顯得非常不開心，抬起臉冷冷看我：「安歌在哪裡？」

我懷著歉意地看著他：「我不知道。」

安羽一瞪：「妳不知道，又怎麼知道我是來問妳安歌的事？」

我指了指大腦：「有一種能力叫推理。」我像是福爾摩斯，在眾人的目光中回想著：「早上我去赫林少爺家替他畫畫換食物。他的妹妹——也就是笑妃——忽然跑來找巴依老爺，赫林少爺問她怎麼突然出了宮，她說王不見了，希望巴依老頭幫她找王，我這才知道安歌王失蹤了……」我看向安羽，只見他皺起眉頭，銀瞳裡再次流露出饒富興致的目光。我指向他身旁的黑衣人：「然後你就和這些黑衣人一起來了。昨天安歌王出來捉拿我時也和這些人在一起，所以我想你應該認為和安歌王最後在一起的人——」我指向了自己的臉：「是我。」

「沒錯。所以安歌呢？」安羽再次問我。

我攤了攤手：「不過這只是你一廂情願的想法，其實他跟我見面後就走了。」

「走了？」安羽懷疑地看我：「安歌既然要捉妳，又怎麼可能會放過妳？」

「因為……他又跟我打了個賭，接著就咻咻飛走了！」我手舞足蹈，做出輕功的樣子。

安羽立刻追問：「什麼賭？」

我再次有些歉疚地看著他：「抱歉，這個賭不能告訴你，因為安歌王命令我在賭約沒有結果之前，我不能跟任何人說……」我豎起左手手指，放在唇前：「噓……」

「妳……！」安羽生起氣來，用馬鞭指著我，我立刻補充道：「不過我跟安歌王的賭約有期限，為期七天。」安羽的神情隨著我的話漸漸緩和，只見他銀瞳閃爍，不知在打什麼主意。我數著天數：「昨天加上今天……五天後他肯定會來找我，你急什麼？況且他才離開一天，說不定今晚就會回來了。」我納悶地看著安羽：「你們是不是太勞師動眾了？安歌又不是個孩子。」我看向安羽帶來的黑衣部隊。

安羽微微瞇起眼：「既然這是妳與安歌的遊戲，如果打斷它，我知道他肯定會更快出現。」他勾唇壞笑，眼角的美人痣讓整張臉多了幾分邪氣：「不如讓我把妳帶回宮，破壞這場遊戲。」

「什麼？」

安羽得意地揮動馬鞭：「剛才妳說如果妳贏了，我就必須離開這裡，卻沒說我不能帶走妳，所以呢……」他忽然收起笑容，右手直接朝我抓來，速度之快，讓我根本無法躲藏。

在千鈞一髮之際，金光突然劃過我面前，耳邊同時傳來伊森的大喝：「你敢！」他立刻揮舞著手中的小權杖，一束光線直接射向我的腳下，當安羽的手即將抓到我時，一根綠色的藤條忽然從下方陡然竄出，纏住了他的手腕！

我腳下的南瓜開始劇烈震動，瓜藤正是從南瓜頂端衝出來的，震動的幅度之大讓我跌下了牛車。安羽驚訝地收回手，瓜藤卻迅速攀上他的全身，驚得兩邊的黑衣侍衛紛紛後退、馬匹騷動，身後更傳來了群眾的陣陣驚呼。

「神明顯靈了！」

「天啊……」

「哦……我的神啊……」

「她果然是神女……」

「嘶～～～～」俊美的白馬也被瓜藤纏繞，驚得原地亂跳，遍布安羽和白馬身上的瓜藤緊接著綻開綠葉，長出花苞。最後，安羽的頭頂慢慢開出了一朵巨大而燦爛的黃色南瓜花，如同一頂黃色的帽子，完全籠罩在他的雪髮上。

「噗！」我噴笑而出，白馬王子瞬間成南瓜王子了！安羽的臉被花瓣微微遮住，隱約可見極其陰沉的表情。我捂住嘴：「對不起……噗！真的好好笑……噗！哈哈哈哈……」我最後還是沒忍住，笑得前仰後合。

伊森樂呵呵地飛到我的肩膀上，甩著自己小小的權杖。他們精靈是不能直接攻擊人類的，除非有特殊情況，比方說戰爭。

「哈哈哈，安羽，看來真的是神明顯靈呢！哈哈哈……」我依舊大笑不已。安羽轉了轉在南瓜花下的臉，揚頭望天，白馬則開始一步步後退。他忽然調轉馬頭，大喝一聲：「走！」黑衣人們頓時跟著他齊齊撤退，逃出了這條小巷。

其實我想八王一定比別人更相信神的存在，因為只有神才能解釋他們身上不老不死的詛咒，和他們所擁有的特殊神力。

「哦——」

「哦——」

巷子裡響起了震耳欲聾的歡呼聲。大南瓜被安羽拖下了牛車、牽在馬後，我對他大力揮手：「恕我不送——南瓜送你啦——哈哈哈！」

今天真是奇妙的一天。

南瓜忽然長出藤蔓擊退安羽的事，讓百姓們對我是神靈使者這點更加深信不疑，因為只有神靈的使者才會受到神靈的保護。里約不再對我叫囂，扭頭獨自離開，扎圖魯也對我再次充滿了期待，臉上揚起了希望的笑容。

我知道自己不是神女，但似乎可以幫他們做些事情，至少像扎圖魯說的，讓自己繼續成為大家的希望。

我躺在床上，回想起白天發生的事，難免有些自鳴得意。伊森躺在軟墊上，也開心地笑著。

「幫助別人很開心。」伊森轉過來側對著我，我也側對著他：「沒錯，謝謝你今天幫我。」

他的神情忽然認真起來：「我是不會讓任何人碰我的精靈之元的！」說完後，他眨了眨金瞳，有些睏倦地打了個哈欠。

「你累了？」

「嗯。」他點點頭：「我沒了精靈之元，只能用體內殘存的力量，今天一下子用得有些過頭了，我先睡會兒。」

「那會恢復嗎？」我擔心起來。

他笑了笑：「不用擔心，沒了精靈之元，我就不能儲存力量，但還是可以從植物花草和自然界的一切提取力量，尤其是陽光，我只要曬曬太陽就會恢復的。」

明白了，這算是太陽能充電吧？這個世界的造物主真是奇妙，精靈仰賴太陽能、風力等一切自然的能量；人類其實也是，靠著食物和水來補充能量。仔細一想，人類不就像是一部耗能的機器嗎？

伊森在我的目光中漸漸睡著了。我想了想，將他從軟墊上捧了起來，放在自己的腹部上，用手心輕輕遮蓋，希望能像之前一樣賦予他力量，畢竟他今天是因為我才會這樣的。靜謐的石室因為伊森入睡而徹底陷入黑暗，此時我漸漸冷靜下來，開始擔心起來。黑暗似乎總是能誘發人心底最負面的情緒。

今天我成功了，讓大家信心大增，對我充滿了新生的希望，可是如果哪天失敗了呢？如果我沒能帶大家獲得最終的幸福呢？他們對我的失望必然是雙倍……不，是數倍的，他們會不會陷入徹底的絕望之中？

今天當里約說這個世界沒有神，差點打碎他們的信念與希望時，我看見了他們眼中的驚惶與恐慌，我想任何人都不會想再看到那害怕、絕望和無助的眼神。

我不知不覺摸上了自己的右眼，它到底好了沒？我明明有眼球，為什麼看不見？難道是視網膜剝離了？我冒出陣陣冷汗。可是夜叉王說過我的眼睛會好的，儘管他很變態，此刻我卻願意相信他的醫術。

我鼓起勇氣，決定再度掀開眼罩。我抓住眼罩，慢慢地、慢慢地掀開……

「咳咳。」簾外忽然傳來輕輕的咳嗽聲。我停下了動作，看向外頭，那裡似乎出現了一絲火光。

現在已經很晚了，大家也都睡了，只有廣場那裡隱約傳來了打鐵的聲音，那群人似乎正日夜趕工打造武器。

「那瀾，妳睡了嗎？」來者是安歌。

我立刻坐起身，靠在牆上，把伊森輕輕放到腿上：「沒有。」聽到我出聲後，安歌掀簾而入，將手中的火把插入牆邊的鐵架，低著頭直接坐在我床邊，雙手交握：「……妳得罪小羽了，以後的下場會很慘。」

我愣了愣，他來就是為了告訴我這件事？

「我先聲明，當小羽整妳的時候，我不會保護妳。」他冷酷無情地說。

我懶懶看他一眼：「知道了，我也沒指望你保護我，你不參與我就很謝謝你了！」說完，我躺回床上背對他。但他沒走，依舊坐在我床邊，似乎還有話要說，卻久久沒開口。

通道裡「咻咻」地吹起冷風，那風鑽入了門簾，吹響了火把，火光搖曳了一下，安歌映在牆上的人影也微微晃動。

「妳……是怎麼做到的？」他忽然再次開了口。我看著他牆上的影子問：「什麼？」

「就是……讓南瓜開花。」

我一時語塞，不知道該怎麼回答。

「除了精靈之外，照理說沒人能做到的。」安歌提到了精靈，我不由得心虛地看向伊森，難道安歌猜到了？

「不過真是太好玩了，我第一次看到小羽出糗，頭上還頂著一朵大南瓜花，哈哈哈……」他大笑

起來，牆面上的影子震顫不已：「聽說你們那裡有樣東西叫相機，真想把那個畫面拍下來，一直取笑他到死。」

相機……我開始想念起我的相機了……不知道我的相機和包包掉到哪裡去了？

我靜默了一會兒，說：「我也不知道為什麼會那樣……」

「你真的不知道？」

「嗯……我不知道的事太多了……我不知道怎麼離開這裡，不知道如何擺脫現狀，更不知道自己這個神女還能做多久，安歌……你能不能幫幫我，帶我離開的時候看起來能體面一點，不要讓大家以為我是被你抓回去的，畢竟……我是他們心裡的神女……」

「妳……這是在求我？」牆上的影子微微側身，像是在看著我，我點了點頭：「嗯……」

「哼……」他笑了笑，轉過身去，過沒多久卻又忽然轉過來：「你們上面真的有六十億人？」

「嗯，怎麼了？」

「那……怎麼住？」他的語氣充滿困惑。

我轉身看著他的後背：「以前掉下來的人沒跟你們說上面有多少人嗎？」

「我們沒想到要問。」他聳聳肩：「誰會關心上面有多少人呢？我們只想要新的知識和科技。跟你們六十億人口相比，我們只是滄海一粟吧……」

我轉頭看向伊森熟睡的臉龐：「如果這裡的精靈知道我們上面的狀況，他們一定會傷心的，上面的人類一直在和自然爭奪生存空間，山被鏟平、樹被砍伐，很多動物也都瀕臨滅絕……」

「那妳還想回去？」安歌打趣地說：「樹林能鞏固土地，一旦失去樹木，泥土便會很快沙化，然後變成沙塵……嘖嘖嘖，你們上面的空氣一定不怎麼好……」

我驚訝地轉身，他怎麼知道？上面的空氣確實越來越差。而且我原本以為沙塵暴只有北方才有，沒想到沒多久就波及到我們南方地區了，真是前人栽樹，後人乘涼；前人砍樹，後人吃灰……而且這報應來得特別快，我們這些人還在砍樹，沙塵就已經飄到了這裡，引發各種問題，比方說肺病，還有很多新生兒出現了呼吸系統的毛病。

「自然生物息息相關。」安歌繼續說著，我忽然覺得他像是一位自然科學家：「砍一片樹林，你們可能不覺得有所改變，不過等砍多了，危害自然會加重，看來你們上面的人也很愚昧嘛！」他轉過身來，眼裡流露出一絲嘲弄：「我看他們最後怎麼死的都不知道。」

我對他的指責無法辯駁，但是我知道現在改變還不晚。

「咳咳……」他又咳了兩聲，皺起眉頭，覺得有些不舒服地摸了摸嗓子：「這裡的空氣讓我真的很不舒服……」他站了起來，轉身俯看我，唇角自信地揚起：「不過妳放心，我一定會堅持下去，直到看著妳……」他湊近我的臉，笑咪咪地說：「三步一跪來求我～～大姊姊！」熱燙的氣息吐在我的臉上，他抬手戳了戳我的臉，邪笑著離開了。

安歌帶走了火把，也帶走了光亮。總覺得他剛才吐出的熱氣熱得有點不太正常，像是身體裡有火在燒……難道他發燒了？

不會的，這種不老不死的存在怎麼會生病呢？

我發現他沒有回房，難道又去幫那群人打鐵？真沒想到安歌會這麼熱中這件事，不知道他是怎麼想的。也許他想藉此掌握扎圖魯他們的動向，又或許他根本沒把他們的起義放在眼裡。

我再次把伊森抱了回來，閉上眼睛，心中默默祈禱：請把力量還給他……請把力量還給他……請把力量……還給……他……

好沉！胸口像是壓了一塊巨石，讓我呼吸無法通暢。

我吃力地睜開眼睛，昏暗中只看到了一頭金髮，我一愣。雖說地下城陰冷晦暗，但白天因為居民時常行走，會在走廊邊放上火把，刺眼的光亮提醒著大家現在是白天；然而眼前金髮的光芒比外面的火光更加明亮，只能說明……某人……長大了……

我討厭這樣……入睡時明明還是個小人，早上醒來卻變成大男人，還壓在我身上，我根本就是一台充電機。而且這次比上次更糟，昨晚睡在我肚皮上的他整個人趴在我身上，頭似乎壓在我的右側。由於右眼受傷，少了右邊的視野，導致我無法看清。

「伊森！」我大喊一聲。

「啊！」他瞬間驚嚇跳起，卻變成了跨坐在我腿上。他舉起右手，迷迷糊糊地揉著眼睛，我這才現自己的右手也被他一起舉起來了，還是十指相扣的狀態！

左手果然也是一樣的狀況，所以他昨晚是睡在我身上與我雙掌相扣，傳送功力練玉女心經嗎？

我忽然好想死……即使他再聖潔，我也感覺自己很吃虧。

「啊～～～」他想伸懶腰，我一下子被他拉了起來。他愣了一會兒，因為感覺手臂相當沉重而疑惑地看了看，發現我的手連在他手上時，他露出了困惑的神情。

我抽著眉腳坐在他身前，現在我們又變成抱坐了！

「你能不能先放開我啊？伊森！」

此時的伊森跨坐在我腿上，我坐在床上，我們的臉近在咫尺。他傻傻地轉頭看著我：「咦？妳的臉……變小了……」

「那是因為你變大了！」我的臉完全黑了下來：「你還想在我身上坐多久？」

他一愣，往下看了一眼，登時全身僵硬。該死，他居然僵在哪裡，這下要我怎麼走人？

「快走！你快坐斷我的腿了！」

他似乎沒聽見，繼續低頭看著自己坐的地方：「我怎麼……又變大了？」

「……」糟糕，我想歪了，誰叫他看向自己的下身……我該去面壁，我的大腦已經徹底腐壞，沒節操了……

「那瀾……我覺得……這樣不好……」他吶吶地抬起頭，桃花般嬌豔的臉上嵌著水光盈盈、帶著一絲羞澀和委屈的金瞳。

我太陽穴陣陣抽搐，揉著眉頭大吼：「當然不好……你入睡前還是個小人，醒了卻變成了正常尺寸的男人！你不能總是這樣不受控制地變大，然後壓在我身上！」我鬱悶地瞪向那張近在咫尺、愣怔地看著我出神的臉。

伊森耳邊兩條金色的髮辮垂在那件薄薄的紗衣上，他眨了眨金瞳，裡頭的水光不知道為何愈發盈動。

「那瀾……」他看著我的臉，喚著我的名字，白皙的臉漸漸紅了起來：「那個……」兩個字從他紅得如同玫瑰花瓣的嘴裡吐出，卻再也沒說下去，他欲言又止，似乎難以啟齒。

「什麼？」我等不及地追問他：「你是個男人，說話不要吞吞吐吐的！」

伊森張了張嘴，似乎還是沒有勇氣說出來，又轉過身去。我忽然感到身上一輕，發現他已經恢復小精靈的大小，背對我跪坐在一旁硬邦邦的石床上，低下頭抓耳撓腮，顯得很懊惱。

我伸出手指戳了戳他的頭：「你到底想說什麼？」

他拚命搖頭，金色的髮辮甩了起來：「沒什麼、沒什麼。」

「鬼鬼祟祟的。」我疑惑地看著他的背影，接著準備起床。伊森一個轉身，依舊低著頭：「那、那個……那瀾，如果我說了……妳能不能不打我？」

嗯？什麼事嚴重到會讓我想打他？

我儘量露出溫柔的微笑，蹲下來看著他：「伊森，現在我們已經是朋友了，我不會再無緣無故打你，所以你說吧。」我展現出只有面對小貓、小狗和小嬰兒時的慈愛母性。

伊森小心翼翼看了我一眼，安心地笑了，但雙頰依然緋紅，整張臉像顆小櫻桃。他站起來走到我面前，伸出雙手摸上我的臉，金瞳閃爍：「我在想……既然我們是朋友……妳能不能幫助我完成成人禮？」

成人……禮？我臉上的溫柔微笑頓時撐不住了。

伊森充滿期待地看著我：「怎麼樣？好不好？我們是好朋友，好朋友不是應該互相幫助嗎？我真的好想成為真正的男人啊！」他露出了嚮往的神情，看看四周：「可惜這裡環境不好，我們不如去樹林，那裡空氣好、花也香，我們……」

「你去死吧！」我一巴掌直接拍上去，不帶半絲猶豫。

啪！他橫飛出去，撞在床頭的牆上，慢慢滑落，嘴裡哽咽地念著：「說好……不打我的……早知道就……不縮小了……全身攻擊……我很痛……的……」他趴落在牆頭下的軟墊上，昏死過去。

我直接甩臉走人，扔下一句：「就知道你們精靈淫蕩！」

伊森的腦子裡在想什麼？他居然認為我幫他完成成人禮是朋友之間的幫助？他大腦回路是怎麼長的？

對了，他是精靈，我是人，我們的大腦回路自然不一樣。

呼……受不了，今晚不讓他上床！

他叫安歌，左眼角有顆美人痣。

他叫安羽，右眼角有顆美人痣。

他們是雙胞胎，這是他們唯一的不同之處，因為他們長得一模一樣，身高一模一樣，髮色一模一樣，就連穿著也一模一樣。

安歌斜靠在華麗柔軟的臥榻上，單手支臉，身上精美的鵝黃色胡服散開，微微露出纖細的少年身體和那珠光琉璃般的粉蕊。

他是不老不死的人王。十七歲時，他獲得了前任人王長生不老的神力，於是他的年紀定格在十七歲，身材也定格在十七歲。他若有所思地看著面前的華麗圓床上，和他一樣定格在十七歲的弟弟安羽，望著安羽便像是在看著自己，讓安歌有時會有種錯覺，彷彿自己正置身於一個鏡像世界。

安羽正在床上快活，胡服半褪在窄細纖柔的腰間，雪白的身體形成宛如少女般的美妙弧線，帶著珠光的皮膚在燈光下泛出比少女更迷人的色彩，一頭雪髮隨著他的律動中不斷震顫，還有那修長高揚的脖頸和迷離的銀瞳，讓人的目光無法從這個縱情縱欲的少年身上離開，忘卻他身下那凹凸有致的赤裸女孩。

「呃！呃！呃！」安羽盡情徜徉在情欲中，一手抓捏在身下少女碩大的雪乳上，一手提起少女雪白而富有彈性的大腿，褪在腰間的衣服恰到好處地遮蓋住他重要的密部，只露出那修長纖細的腿，與少女的玉腿交疊在豔麗華美的被單之間。他用力地衝撞著少女的身體，少女在他大力的撞擊下喊叫不斷：「啊！啊！羽王……啊……啊！笑兒不行了！嗯……啊！」

「哼。」安羽輕哼一聲，停下了下身，潮紅的臉上浮出一絲壞笑：「笑兒，平時可要我和小安兩個人才能滿足妳啊？」

少女登時炸紅了臉，偷偷看向床邊沒有加入的安歌，心裡湧起了一分失落。她是安歌的妃子，她是笑妃，可是今天她的王似乎對她失去了興趣。安羽有些沒趣地看向安歌，迷離的眸光讓他多了一分嫵媚：「小安，你今天不來嗎？我們再一起玩嘛！」

安歌陷入了沉思。到底是從什麼時候開始，他的小羽變成了現在這個樣子？他還記得兒時的他們一起在田野裡追逐，一起在河裡抓魚，一起看著少女臉紅心跳，一起躺在床上幻想將來自己的妻子。小羽比他更加羞澀、更加靦腆；然而曾經躲在他的身後、不敢直接面對女孩、害羞得不敢說話的小羽，卻在那件事後完全成了另一個人。

他要自己和他穿上一模一樣的衣服，和他說出一模一樣的話，和他做出一模一樣的動作，安歌全部照辦了，因為小羽在那件事中救了他，他從此無法拒絕這個弟弟提出的任何要求，甚至……他們還一起上床……

他感覺自己在墮落，跟著小羽一起墮落。他知道這是不對的，卻無法阻止，因為他無法拒絕小羽提出的任何要求。他愛這個弟弟，只要小羽開心，他全都願意照做，無論小羽最後變成什麼模樣，他依然愛他。

「嗯……」安羽的銀瞳裡劃過一抹掃興。他從笑妃的體內抽離，拿起衣衫圍住下身，走下床站到發呆的安歌面前，俯身伸手捧住了安歌的臉，他們兩人的臉幾乎一模一樣，位置相對的美人痣讓人產生了只是一個人在照鏡子的錯覺，但安羽的身上此刻仍殘留著情潮的紅。

「小安，你今天怎麼了？」

安歌緩緩回神，抬眸看向安羽：「小羽，我在想……如果我們愛上同一個女孩怎麼辦？」

安羽勾唇邪邪地笑了：「當然是一起啊！」安羽單手撐在安歌的身邊俯看他：「難道小安不願意嗎？原來小安不願把心愛的女人跟我分享嗎？」他露出了難過的神情。安歌的銀瞳動搖了，他笑著伸手撫上安羽的臉龐，柔聲地說：「怎麼會呢？好，我們一起吧！」

安羽笑了，轉身離開時露出了一絲陰邪的表情。他走回圓床前，身後的安歌垂下臉，露出了一絲迷茫和惆悵，他其實一點都不希望自己心愛的女人這樣被小羽這樣褻玩，他無法貢獻出自己心愛的女人。

安羽回到床上，掀開了下身的衣服，登時露出了那高高挺立的鐵杵。他直接拉開笑妃的腿，抵在她的下身，笑妃呆呆地看著他們：「難道笑妃不是兩位王所愛的女孩嗎？」

「當然不是。」安羽笑咪咪地看著她：「讓我們愛著的女人還沒出現……不過笑妃不喜歡服侍我們嗎？」說罷，他一個大力地挺進，把自己的硬物滿滿塞進笑妃的下身。

「啊——」笑妃在一聲呻吟後嬌喘連連，滿臉緋紅地看向安歌：「王，如果不開心，請讓笑妃也來服侍您……」

安歌變得更加失去興趣，比小羽多愁善感的他想得太多了，這個世界不會再出現能讓他們愛上的女人，因為她們不是畏懼他們就是癡愛他們，毫無智慧可言，一百五十年下來，沒有一個女人可以讓他們產生半分興趣，即使是從上面掉下來的女人，最後也會被這個世界同化，和別的女人一樣深深畏懼著他們，變得無趣。

「啊！啊！啊！啊！」房內再次響起笑妃高亢的呻吟，安歌覺得索然無味。他和安羽連下面的尺寸也一模一樣，看著小羽做，他總覺得就像自己做了似的，毫無樂趣。小羽喜歡三個人，他也玩過了，結果卻讓他對這件事越來越厭煩，越來越噁心。他不喜歡跟小羽在同一個女人身上進進出出，面對小羽赤裸的身體，會讓他有自己分裂的錯覺。

他皺起眉頭，起身穿好衣服走了出去，在庭院裡的花香中稍許恢復了些精神。活了一百五十年，什麼都吃厭了、什麼都玩厭了，也擁有過無數個女人……還有什麼新鮮的事物能讓他們產生興趣？

密探忽然落到庭院中，在他身邊耳語：「王，夜叉王在玉都抓獲一個從上面掉下來的女人，並藏匿在玉都地下室裡。」

安歌的眸光一亮，立刻問：「別的王知道了嗎？」

「還沒。」

他勾了勾唇，悶了這麼久，終於出現了一件讓人精神振奮的事，而且小羽一定喜歡。他立刻回到寢殿，安羽正躺在床上，享受笑妃的服侍。他半眯雙眼，沉浸在肉欲帶來的歡愉中，粗喘聲聲：「啊，啊！笑兒，對！很好！」他的雙手揉捏在笑妃巨大的雙乳上，肆意揉捏抓握，狠狠掐住了上頭已經不再粉嫩的巨大乳頭，重重拉扯。

笑妃在強烈的刺激下更加賣力地晃動自己的身體，在熱鐵上上下移動，紅唇裡吐出嬌吟：「啊！

「啊！王，王！笑兒不行了，笑兒快不行了！」雙乳隨著起伏彈跳悅動，整個寢殿裡瀰漫著男女交合的淫靡氣味。

安歌看向享受中的安羽：「小羽，夜叉王抓到一個女人。」

安羽依然徜徉在快感之中，漫不經心地瞥眸看他，水眸瀲灩，格外妖媚：「夜叉王那變態怎麼會對女人感興趣？」

安歌單手扠腰，揚唇一笑：「因為她是從上面掉下來的。」

安羽微微一怔，銀瞳頓時完全睜開，一抹精光從布滿情欲的眸光中射出。安歌再挑眉補充：「而且其他王還不知道。」

安羽邪邪地笑了。他倏然扣住笑妃的腰用力衝撞起來，笑妃的叫聲更加高亢：「啊啊啊啊啊啊啊啊——」白濁的蜜液從笑妃的下身流出，安羽抽離自己的身體，迅速穿好了衣衫，笑咪咪地勾住安歌的脖子說：「走，去玩玩那女人吧！」說罷，兩人相視一笑，留下在床上喘息的笑妃。

深夜，身穿相同服飾的安歌、安羽潛入夜叉王藏匿神祕女人的地下室中，這麼好玩的東西可不能讓夜叉王一個人獨占。在樓蘭有個規矩，從上面掉下來的活人是屬於八王的，每個王都能輪著玩。夜叉王偷偷抓去，只有一個目的，就是解剖這個女人。

他們悶了那麼久，好不容易從上面掉下來一個活物，要是被修給解剖就糟了。他們走下了樓梯，聽到了一個女人的哀求和嗚咽聲，事情果然變得越來越有趣，他們相視一笑，該說這女人運氣還是倒楣？

他們打算救她，但救她也只是因為好玩。

「現在……就讓我嘗嘗妳的血……」他們看到修正要去咬那女人的脖子，他果然還是那麼變態。

他們立刻上前，一掌把修劈暈，然後看到了解剖台上可以說是萬分狼狽的女人。她身上穿著奇怪的青藍色麻布衣裙，看起來有點像漢服，卻又不太一樣，每次掉下來的人身上的衣服總是可以讓他們研究半天。

她看起來摔得很慘，衣服上到處都是血跡，右眼也血肉模糊，看著讓他們都有點發寒。這個女人正呆呆地看著他們，安歌、安羽挑挑眉，看向彼此，同時想到了一件事——這個剛才還在哀號的女人，此刻怎麼不害怕了？

他們開始討論要怎麼處置這個女人。安歌笑問安羽：「這麼恐怖的東西，要用來做什麼才好呢？」

安羽與他相視而笑，他們是雙胞胎，自然有著特殊的感應，他們同時想到了玉音王，完美主義的玉音王如果看到這種血肉模糊的東西，一定會嚇壞的！

他們心有靈犀地合掌，忽然聽到了女人的低語：「這個世界的人怎麼都那麼變態……」

變態？他們一怔，安歌看向了那個女人，這還是第一個掉到這個世界卻不畏懼他們，反而還有閒情打量他們、說他們變態的女人。他冷視著她，不管怎樣，這個女人最後肯定還是會被嚇壞、尖叫、求他們饒命，然後在這個世界被同化。

他們扛起她，換走了玉音晚上要寵幸的女人，效果果然和他們預計的一樣，玉音王驚叫連連，花容失色。只怪他們活得太久、太過無聊，玉音王也會喜歡他們這種「惡作劇」的，因為他們把這個女人扛了出來，讓大家可以一起玩一下。

就在他們為自己的惡作劇洋洋得意時，那個被他們折騰得半死不活的女人卻對著他們所有人輕鄙而笑：「我終於要死了，而你們……會依舊孤獨寂寞地活下去……」

安歌的心瞬間往下沉，他看向安羽，以為安羽會有和他一樣的感覺，因為當年他們在殺死那個女人時，她也說過同樣的話……

可是安羽只是覺得有趣地看著因為這句話而徹底發狂的涅梵，臉上掛著等待好戲開演的興奮表情。

安羽邪笑著睨向他：「怎麼了？小安？」

安歌怔了怔，揚起了和安羽相同的笑容：「沒什麼，看來越來越好玩了。」

「是啊，越來越好玩了。」安羽的目光停留在安歌的笑容上，他們是雙胞胎兄弟，他自然能看出安歌何時是真心在笑，何時是為了讓他滿意而笑的。無論是前者還是後者，他都相當享受，他喜歡安歌看著他笑，喜歡強迫安歌做他不喜歡做的事。可是，明明強迫安歌會讓自己感到開心，事後他的內心卻只會湧起更大的空虛與落寞。

或許是他和小安之間的聯繫還不夠深，只有他才能守護小安，小安是那麼地柔弱、善良，可是善良有什麼用？那個人明明要殺死他，小安卻傻傻地願意替他死。

為什麼他們之間非要死一個不可？為什麼不是那個人死！

所以，小安必須變得和自己一樣才能強大起來，才能不受任何人欺負！他們在這個世界上只剩下彼此，如果自己不在了，又有誰能守護他的哥哥、他的小安呢？

他感覺到這個叫那瀾的女人給小安帶來了一絲衝擊，讓他的哥哥想起了那件事情，帶起了他對那個女人的愧疚感。他的小安太善良了，以至於他即使努力了這麼多年，依然沒能讓小安變成一個和他一樣的「壞人」，只有壞人才不會心痛、心碎，因為他們的快樂是建立在別人的痛苦之上的。這一次，他希望能看到小安欺負那個女人，就像他們之前做的，然後看著那個女人哀求他們，求他們放過她，這樣才能讓他的小安從那些不開心的過往中徹底解脫，不再對那幾件事心懷愧疚。

抽籤即將開始，希望這個女人可以給他和小安枯燥無味的生活，帶來些許的樂趣……

「要抽籤了。」安歌拉起了安羽的手，安羽也笑看著他：「是啊，要抽籤了，無論誰先抽到，我們都要一起玩哦！」

「好。」安歌毫不猶豫地答應了。反正這個女人遲早都會被同化，再次變成像以前那些人那樣，能讓小羽開心才是最重要的。

兩人相視一笑，攜手一同進入那座人王們已經齊聚的宮殿……

# 後記

## 樓蘭迷情

樓蘭這座古城因為神祕消失而蒙上了迷人的面紗，無數故事、無數傳說和無數冒險紛紛圍繞著它展開。

在我的世界裡，樓蘭是浪漫的，它的神祕消失可能讓相愛的人就此分離。我一直想寫個關於樓蘭的故事，卻又覺得只有樓蘭一處有些單調，需要加入更多、更有趣、更能帶給大家驚喜的元素，讓神祕的樓蘭生動活潑。而我也很喜歡一款名叫《波斯王子》的遊戲，裡頭迷人的波斯風情和異域的浪漫氛圍讓人心生嚮往，至於那瀟灑帥氣、壯碩有力的波斯王子更是讓人萌生愛意。當《波斯王子》電影化時，我決定要寫個帶有波斯風格的異域故事。然而只有波斯一處也有些單調，我於是萌生出一個想法——何不把樓蘭與波斯結合起來？

消失前的樓蘭就是這樣一個中西方文化薈萃的地方，可以想像在這座沙漠綠洲上的古城中，中國商人、波斯商人、印度商人，還有東歐、羅馬、匈奴和樓蘭本身的人民來來往往，他們身上不同的民族服飾，讓樓蘭這座古城平添一份浪漫與喧囂。

或許，樓蘭不是消失，而是被禁錮在了另一個世界呢？於是《十王一妃》誕生了，它描述了一個並非消失在沙漠中，而是被禁錮在沙漠之下的樓蘭。它被封印在沙漠下，成為了另一個世界，兩千年下來，當初留在樓蘭裡的漢人、歐洲人、波斯人、印度人、羅馬人、匈奴人還有樓蘭人彼此通婚繁衍，形成了一個全新的樓蘭世界，各式各樣的血統促成了各色美男的誕生，我的世界終於不再局限於樓蘭或是波斯，而是整個世界。

在這個嶄新的樓蘭世界裡，時不時會有上面的人掉下來，他們從此留在這裡，跟樓蘭的諸王描述著上面突飛猛進的科技和樓蘭消失後的兩千年歷史，讓樓蘭裡的人也接觸到現代社會，不至於因為太過落伍而和上面的人無法溝通。樓蘭人會的語言會比上面的人更多——國語、英語，以及各地方言，他們藉著掉下來的人而學會這一切，對上面的世界同樣充滿了好奇和渴望，卻始終無法離開這裡。

那瀾就是最近一個掉到這個世界裡的女生，她本來是一個插畫家，來到樓蘭只是為了取材。原本不會離開安全區的她，因為另外兩個考古研究生的好奇心而進入了茫茫沙漠，掉入這個消失的樓蘭世界。

她成了不老不死的群王們的新玩物，參加抽籤，還得陪每個王各玩上一個月，才會決定她的命運何去何從，這讓她時時擔心自己的貞潔會不會不保。在與八王周旋時，她卻一點一點地揭開了樓蘭的祕密，揭開了詛咒的面紗，成為這個世界的人們破除詛咒的希望。與此同時，和她一起掉下來的其他人，命運卻與她有所分歧。

「性格改變命運」這句話將在他們的身上證實，當原本的朋友成為敵人，原本的敵人卻成為朋友時，那瀾的未來又該如何抉擇呢？

樓蘭八王各自統領八個不同的世界——波斯風格的玉都、大漢風格的梵都、如現在的樓蘭般荒蕪的安都，還有太多太多神祕風格的國度，等著讀者們和那瀾一起去發現、去感受。至於神祕而高高在上的神王，以及管理樓蘭世界自然的精靈，也會在這個樓蘭世界裡一一呈現。

這是個如同《天方夜譚》般美麗夢幻的故事，是個充滿怪獸、精靈和魔力的童話世界，希望能為大家煩躁的生活帶來一絲快樂。

張廉

二〇一四年二月

國家圖書館出版品預行編目資料

十王一妃 / 張廉作. -- 二版. -- 臺北市 : 臺灣角川
, 2014.07-
冊； 公分
ISBN 978-986-366-110-8(第1冊 : 平裝)

857.7 103013136

Kadokawa Fantastic Novels DX

# 十王一妃1

２０１４年６月20日　初版第１刷發行
２０１４年７月19日　二版第１刷發行
作　　者：張廉
插　　畫：Chiya
發 行 人：加藤寬之
總　　監：施性吉
主　　編：陳正益
副 主 編：林秀儒
責任編輯：邱璟萱
資深設計指導：黃珮君
設計指導：許景舜
美術設計：宋芳茹
印　　務：李明修（主任）、張加恩、黎宇凡、張則蝶
發 行 所：台灣角川股份有限公司
地　　址：１０５台北市光復北路11巷44號５樓
電　　話：（02）2747-2433
傳　　真：（02）2747-2558
網　　址：http://www.kadokawa.com.tw
劃撥帳戶：台灣角川股份有限公司
劃撥帳號：19487412
法律顧問：寰瀛法律事務所
製　　版：尚騰製版印刷有限公司
ＩＳＢＮ：978-986-366-110-8
香港代理：香港角川有限公司
地　　址：香港新界葵涌興芳路223號新都會廣場第2座17樓 1701-02A室
電　　話：（852）3653-2888